Christine Cardot

LE ROI D'ÉBÈNE

L'Aventure imaginaire

Ouvrage publié sous la direction
de Hélène Ramdani

© Les Éditions MNÉMOS, août 2010
2, rue Nicolas Chervin
69620 SAINT LAURENT D'OINGT
✿
ISBN : 978-2-35408-089-1

www.mnemos.com

Prologue

J'ÉTAIS LE CŒUR QUI APAISAIT LA DERNIÈRE SENTINELLE, l'unique, celui sur lequel elle s'endormait.
Mais en ce jour, désormais, ne battra plus que celui d'un assassin.
Par amour, et à jamais, ...

Le scribe cessa de lire, puis il froissa son texte qu'il jeta contre le mur face à lui. Il poussa un étrange cri rauque en se levant et se retourna pour balayer d'un revers de bras tout un rayonnage de céramiques. Ses poings s'acharnèrent sur l'étagère avec tant de hargne qu'ils la fracassèrent entièrement.

L'homme s'immobilisa d'abord haletant, soufflant par les narines avec force et régularité comme un vieil animal sur le qui-vive, prêt à reprendre le combat à la moindre occasion.

Ses yeux s'épuisèrent dans un va-et-vient frénétique puis leur ballet s'interrompit pour se fixer dans le néant.

Sa respiration saccadée et bruyante ralentit, jusqu'à se faire sourde, ses mâchoires se décrispèrent et son torse s'affaissa.

Ses esprits enfin recouvrés, il sortit, le pas lourd et les épaules tombantes.

Il ne revint qu'un peu avant l'aube, imbibé d'alcool, mais suffisamment lucide pour remarquer qu'il ne restait déjà plus aucune trace de son énième accès de furie.

La pièce était nettoyée et parfaitement rangée, l'étagère remplacée lui parut beaucoup plus robuste que les précédentes.

Le scribe s'approcha pour constater sans surprise qu'il ne manquait rien. Une mèche de lin dans une écuelle d'huile brûlait aux côtés de trois plumiers alignés, d'un pot de pinceaux dont les bouts n'avaient pas encore été mâchés, le tout avoisinant des réserves de pigments ocre rouge et de charbon noir.

L'homme gratta sa barbe naissante en se jurant de remercier son dernier apprenti. Il expira d'impuissance, mesurant combien le jeune garçon faisait preuve d'une sollicitude plus que généreuse à son égard en de telles circonstances.

Pestant intérieurement contre lui-même, il réussit tant bien que mal à allumer deux lampes supplémentaires, avant de remplir un petit godet à eau avec des gestes lents et hésitants. Il attrapa sa palette qu'il déposa au sol, et choisit un bâton de jonc neuf ainsi qu'une feuille de papier. Il s'assit en tailleur et contempla le matériel devant lui. Il ferma les yeux et posa ses coudes sur l'extrémité de ses cuisses, son crâne entre les mains. Enfin, comme résigné, il se laissa choir le dos contre le mur, le regard perdu. Il ne se redressa qu'au bout d'un long moment pour placer au mieux sa petite plaque de marbre et son feuillet.

Feuillet qui, au bout du compte, subirait un destin éphémère comme tout ce qu'il rédigeait depuis trois jours.

Chapitre 1

Je n'ai jamais accordé crédit à ton réseau de commères et ce n'est pas aujourd'hui que je vais commencer, assura la jeune femme avec impatience.

— Il faudra pourtant t'y faire, ma très chère Kaïrale. C'est beaucoup plus qu'une rumeur. Les maîtres de la cité ont parlé d'un nouveau Regard Clair, et tu es ce prochain.

— Quand renonceras-tu à prêter attention à tous les ragots qui animent tes marchés ? lança-t-elle, incrédule.

— Cette fois, tu as tort de les ignorer. Partout, il se raconte qu'à l'instant où le soleil a embrassé la seule lune, El Phâ a révélé ton nom. Son entourage ne l'a pas encore annoncé de manière officielle, mais cela ne saurait tarder, termina en susurrant N'Mô.

Le petit bonhomme ventru guettait d'un œil espiègle la plus infime réaction de la Sentinelle.

Agacée, celle-ci rabattit d'un geste vif sa capuche, dévoilant son joli crâne noir soigneusement rasé.

— Je suis un soldat. Je hais les jeux de pouvoir, et tout ce qui touche à l'administration m'ennuie. Sinon, crois-moi, je gérerais depuis longtemps des comptes dans une noble entreprise familiale ou chez un négociant frontalier, et en ce jour, je serais fortunée.

— Je n'ai jamais entendu dire qu'il y avait matière à faire fortune dans ces fonctions, s'étonna N'Mô.

— Parce que tu es un doux ignorant, lui répondit-elle avec un clin d'oeil.

Elle se débarrassa de son boubou qu'elle laissa tomber avec joie, car Kaïrale ne s'était jamais habituée à la chaleur étouffante de Niassamé.

— J'ai suffisamment sondé ce petit monde pour savoir que tout n'est que stratégie, continua-t-elle. Et fais-moi confiance, j'aurais excellé dans le domaine. Maîtresse jusque dans les combines, je serais parvenue à me faire épouser de mon riche employeur en moins de deux saisons de pluies !

Elle riait, assise à même le sol, dénouant ses sandales avec hâte pour être les pieds nus. Enfin à son aise, elle parlait en cherchant un peu d'air frais à travers une ouverture que jouxtait un patio, rare endroit ombré, et rafraîchissant, en cette fin d'après-midi.

— Peux-tu vraiment m'imaginer, moi, aux côtés d'El Phâ, en train de raisonner de façon impartiale pour donner un avis tranché sur quoi que soit ? C'est impossible. Ce ne sont que verbiages et...

— Non, non, non, ma toute belle, tu n'y échapperas pas, coupa le cuisinier de la cour, redevenu enthousiaste. Il y a bien trop longtemps que Sa Majesté te voulait auprès de lui. Il s'avança près de Kaïrale pour ajouter avec fierté, mais presque à voix basse : Je t'avais prévenue. Maintenant, il ne te lâchera plus, gloussa-t-il encore, tout en ramassant le vêtement abandonné par la jeune femme.

Il prit le temps de le plier avec soin, avant de le déposer sur un coffre, unique meuble de la pièce.

— Je ne rêvais pas de ce titre, bougonna Kaïrale.

— Et moi, je peux t'assurer que bon nombre t'envient.

— Les sots ! pesta-t-elle en venant jeter son ceinturon sur sa paillasse.

Elle se saisit d'une petite cruche, de sa timbale logée dans une niche, et se servit une rasade de vin frais qu'elle but d'un trait.

— Sais-tu ce que cela signifierait pour moi ? Je suis d'abord une Sentinelle. Je ne peux être cet esprit-là. El Phâ s'est trompé !

— El Phâ ? Se tromper ? Te rends-tu compte de ce que tu dis ?

— Et toi, mesures-tu les répercussions qui pèseront sur ma vie si j'étais promue Regard Clair ?

— L'idée de te voir au seul service d'El Phâ t'est peut-être désagréable, mais...

— Tais-toi donc ! Je pourrais mourir pour mon roi et tu le sais très bien ! rétorqua-t-elle. Mais il est une chose de trépasser dans une embuscade, et il en est une autre de décider qui pourra y succomber. Parce que, s'il m'a vraiment choisie, ce sera pour des affaires militaires et non pour trancher sur le choix des récoltes, des nouvelles répartitions d'impôts ou d'une loi facilitant les successions princières.

» Et arrête avec tes yeux de vieux rat affamé !

— Je ne comprends pas… objecta N'Mô, mal à l'aise.

— Oh, mais je te connais. Je sais ce qui mijote ici, ricana-t-elle, en heurtant de son index le front moite du petit cuisinier. Tu élabores mille hypothèses épicées, tu extrapoles, et c'est ridicule. Je ne suis pas assez enrobée pour plaire à El Phâ ; il ne me désirerait pas plus longtemps qu'il ne faudrait à un de tes mets pour refroidir.

— Je ne pensais à rien de ce genre, protesta-t-il.

— Vraiment ? Pas une seule idée polissonne ? minauda Kaïrale, en jouant de ses doigts fins sous le nez de son fidèle ami, qui roulait des yeux pour fuir ceux trop inquisiteurs de la jeune femme.

— Je suis certain de mes informations, reprit-il aussitôt, en chassant cette main énervante. Tes jours vont changer et de façon radicale.

— Foutaises !

— Tu connaîtras la sérénité, la…

— Une Sentinelle ne peut se défaire de sa mémoire. Je te l'ai dit maintes fois, je n'ai cure de l'harmonie et de ses leurres. Je suis à l'affût depuis toujours et je le resterai. Et si tu as raison, il y a forcément une erreur. Forcément !

— Donne-lui un petit Regard Clair, et peut-être t'autorisera-t-il ensuite à reprendre ton poste ?

— Et voilà que tu continues. Pourquoi crois-tu que nous autres n'enfantons jamais ?

— Euh… puisque vous êtes des soldats… je suppose que…

N'Mô avait définitivement perdu sa bonhomie, empêtré dans la recherche d'une réponse que Kaïrale ne souhaita pas entendre.

— Nous « voyons » pour vous préserver des abîmes les plus sombres, et occultons l'immonde de vos existences. Dis-moi, comment pourrions-nous conserver en plus le courage d'engendrer la vie ?

— Je pensais que prédire les horreurs d'une guerre et les empêcher suffisait à atténuer le poids de vos souvenirs. C'est donc si terrible ? osa-t-il du bout des lèvres.

— Si tu savais… soupira la jeune femme. Enfin, je ne m'inquiète pas car je suis sûre que cette conversation est née d'une somme de racontars absurdes. Allez, file maintenant. Laisse-moi faire semblant de croire que je suis libre de me saouler avec mes compagnons d'armes et de vomir à l'envi.

— Je reviendrai avant la nuit t'apporter un petit quelque chose à grignoter, et encore de ce miel exceptionnel dont tu raffoles dans ta bière.

Gêné par le silence persistant, N'Mô ajouta :

» Et d'autres nouvelles, on ne sait jamais.

— Fais comme bon te semblera… consentit Kaïrale dans un souffle las, en s'allongeant les mains croisées sous la nuque.

Elle fixa le plafond, pendant que le petit cuisinier, embarrassé, choisissait de s'éclipser.

Il n'y eut plus un bruit, pas même le bruissement d'un feuillage pour troubler le calme qui envahissait la Sentinelle. Rien dans la chambre n'aurait pu la soustraire à sa concentration. Le ton crème des murs bruts et le plafond assez bas n'étaient agrémentés d'aucune fioriture. Seule la grosse porte de bois sculptée tranchait, une touche décorative presque trop sophistiquée pour cette atmosphère spartiate mais paisible.

Les yeux clos, la jeune femme parvint à une quiétude totale au fil de longues inspirations. Toutefois, plus que son corps, il lui fallait apaiser son esprit.

Il lui était impossible de concevoir qu'elle puisse être sur le point de rentrer dans le cercle très fermé des Regards Clairs. Comment pourrait-elle trouver sa place parmi ces individus jouissant d'une paix intérieure réputée inébranlable, ces grands sages que nulle autorité tribale n'osait remettre en question ? Plus incroyable encore, cette nomination transformerait d'un coup le simple soldat qu'elle était en un des plus hauts dignitaires du pays. Et même si les règles semblaient respectées, puisque le souverain était totalement libre dans ses choix, les conditions dans lesquelles lui serait attribué ce nouveau statut, la soudaineté de la décision, tout paraissait ahurissant.

La tradition exigeait qu'au jour de son investiture, le roi ou la reine désigne un conseiller personnel dévoué à son règne. Il était d'ailleurs assez courant qu'une idylle naisse entre la source d'inférence et le pouvoir suprême, voire qu'un mariage en découle. Le fruit de ces unions d'exceptions venait ainsi grossir le nombre des âmes douées de raison. Mais en vérité, épouser un Regard Clair, c'était aussi et surtout un moyen de s'assurer un allié indéfectible et précieux pour gouverner.

La coutume autorisait sans conteste la désignation d'autres de ces conseillers royaux permanents en cas de nécessité. Mais ils étaient rares, justifiés la plupart du temps par des périodes troublées, des circonstances inhabituelles comme une guerre, un risque de famine ou des épidémies. Or, aujourd'hui, aucun événement particulier dans le pays ou la cité, ne permettait d'expliquer une nouvelle nomination. Et plus curieux encore : pourquoi El Phâ chercherait-il un conseiller spirituel parmi ses soldats ? Cela ne s'était jamais produit, et l'idée de créer un précédent était loin de flatter l'ego de Kaïrale. Cette ultime constatation l'obligea à faire le point sur son parcours personnel. Et elle devait l'admettre, bon gré mal gré, elle était devenue une vraie Sentinelle et en avait pris son parti.

Sa communauté d'origine était signalée sur les cartes et sous la protection de l'Arrassanie depuis cinq générations. À la tête d'une population parfaitement intégrée, le conseil de son village avait décidé de l'avenir de Kaïrale lorsqu'elle avait à peine sept ans, en la destinant aux forces de surveillance des frontières du nord.

Durant les premières années, les élèves Sentinelles devaient faire preuve d'un don de clairvoyance toujours en éveil et tenter de développer d'autres talents. Une fois admis à la fonction, ils prêtaient serment, juraient d'utiliser leurs facultés exceptionnelles dans le seul et unique but de protéger le pays.

La petite fille avait intégré l'école des Guetteurs à son dixième anniversaire et assuré ainsi une rente non négligeable à sa famille. La Sentinelle eut un sourire en se remémorant qu'elle avait été inscrite à chaque cession d'examens sur ordre de celui qui était devenu rapidement son précepteur attitré, Oun. Elle avait achevé ses degrés de Vigilance à quatorze ans et amorcé sa véritable carrière dès sa quinzième année.

Kaïrale n'avait jamais affiché d'ambition particulière et pourtant, aucun soldat, homme ou femme de son grade, ne s'était présenté à l'instruction suprême aussi jeune. Et si jusqu'alors la toute jeune fille s'était plus ou moins contentée de parfaire ses capacités hors du commun, elle se souvint combien, à partir de ce moment, elle avait travaillé d'arrache-pied pour obtenir haut la main ses derniers examens. Elle y parvint à un tel point, qu'à tout juste vingt ans, elle déjoua deux funestes projets dirigés contre des réserves d'eau situées aux limites du désert. Ces dernières étaient fondamentales pour la cité royale, car elles étaient des passages obligés pour toutes les grandes caravanes commerciales. Récompensée, Kaïrale gagna ainsi son affectation dans la capitale où elle fut introduite parmi l'élite qui servait l'entourage de l'auguste Sénéphy, feue la mère d'El Phâ que l'on nommait alors le prince Mounrï.

Dès ce jour, Kaïrale se complut dans ses tâches et mit tout en œuvre pour continuer à gravir les échelons sans tapage. En effet, hors du cycle de l'apprentissage, les rapports entre les Sentinelles pouvaient très vite prendre une tournure détestable. Libérées du joug de leurs instructeurs, le culte de la performance s'imposait à beaucoup comme une priorité. Loin d'être contenu, l'esprit de compétition était perfidement entretenu, poussant parfois quelques jeunes lions à faire fi de leurs états d'âme pour mieux planter leurs crocs dans le dos d'un ancien camarade. Cette volonté perpétuelle de s'attirer les faveurs des officiers royaux engendrait de temps à autre de réels exploits prémonitoires, alors que la majorité des Sentinelles s'illustrait dans la constance et la précision.

Selon leurs origines tribales, certains, comme la nouvelle recrue, possédaient des dons particuliers en plus de ce *troisième œil* axé sur la protection du royaume. La sensibilité dont la descendante de nomades fit preuve pour la surveillance du bétail n'attisa cependant aucune convoitise, même s'il la rendait imbattable pour prédire les épizooties de gales chez les chèvres.

Ainsi, Kaïrale développa ses indéniables talents de visionnaire au fil des ans, sans les exposer plus que nécessaire. C'est pourquoi, à ce jour, et en y réfléchissant bien, elle réalisa ne s'être jamais attiré la moindre animosité au sein de sa communauté. Cela en soi avait-il suffit à attirer l'attention d'El Phâ ? La jeune femme n'avait qu'une seule certitude, un parcours inédit allait bientôt s'imposer à elle.

Détendue, elle s'essaya à un petit périple astral. Elle venait à peine de plonger dans la transe qui ouvrait ses perceptions au monde, qu'elle y perçut les pas de cinq individus remontant le couloir qui donnait à sa cellule.

La démarche, très rythmée, de quatre soldats se détachait nettement, alors que la cinquième, quasi aérienne, était tout juste perceptible, et seuls les mouvements réguliers d'un drapé léger la rendaient audible. Soudain, on s'arrêta, et les heurts d'un poing ferme résonnèrent en rafale par deux fois.

Kaïrale tenta de se réapproprier sa conscience de base le plus vite possible. Mais étourdie, elle ne parvenait pas à regagner le moment présent et à se redresser en même temps.

Je pourrais toujours prétendre que je dormais tout mon saoul, pensa-t-elle.

Elle récupérait peu à peu ses moyens, pendant que la réalité la rattrapait.

Le groupe de soldats était maintenant là, dans le couloir, et une salve de coups sourds s'abattait sur la porte.

Contrainte et forcée, la jeune femme réussit à se lever en maugréant. Elle demeura immobile un court instant, et blêmit dès qu'elle ressentit l'aura de celui qui s'annonçait.

Elle se dirigea vers la porte et feignit in extremis un certain détachement lorsqu'elle l'ouvrit, mais il lui fallut plusieurs secondes pour parvenir à prononcer la formule de politesse requise en présence d'El Phâ.

— Les quatre lunes... commença-t-elle.

Le roi n'attendit pas qu'elle achève pour pénétrer dans la chambre, tandis que son escorte prenait position en silence. Le souverain se servit à boire et dit sans regarder la jeune femme :

— Ma Majesté t'a désignée pour être son prochain Regard Clair.

— Mais je n'ai pas été formée à... balbutia-t-elle.

— Il ne te faudra pas longtemps. De par ton exceptionnelle condition, il a été écrit que tu n'auras pas à donner vie.

— Votre Majesté, je ne...

— Il est encore trop tôt pour nous faire part de tes avis. Prépare tes affaires, tu t'installes sur-le-champ dans tes nouveaux appartements.

Le ton était posé, mais inflexible. Sans s'occuper de sa sujette atterrée, le roi acheva son vin et sortit aussi vite qu'il était entré.

Kaïrale demeura interdite devant sa porte grande ouverte. Protester ? C'était trop tard. S'enfuir ? Pour aller où ? C'était donc vrai ! Mais par les fesses d'un babouin, pourquoi elle ? Un Regard Clair se devait d'être avant tout un esprit pacifié, un esprit qui ne connaît pas le tourment, l'inverse absolu de ce qu'était Kaïrale. Tout ce qui faisait d'elle une excellente Sentinelle allait à l'opposé des qualités d'un Regard Clair. La jeune femme avait beau étudier la question sous tous les angles, sa nomination restait contraire à toute logique. Envahie par une colère froide, elle décida de ne pas se laisser manœuvrer.

Mais comment ai-je pu ne pas sentir cette énorme bouse, avant de me retrouver les deux pieds dedans ? Ah, elle est douée la soldate ! fulminait-elle.

N'Mô avait donc raison depuis le début, songea-t-elle encore avec amertume.

Mais elle dut très vite faire l'impasse sur son orgueil. Il devenait impératif d'accepter les faits pour se concentrer sur l'instant. Quelque chose clochait, mais Kaïrale ne percevait rien de concret. Elle enrageait. La Sentinelle détestait cet état, lorsque son flair ne l'aidait qu'à moitié, quand tous ses sens la mettaient en alerte alors qu'il lui était impossible de discerner la nature précise du danger. Elle le vivait comme un échec, d'autant qu'elle était consciente de ce que son estomac le lui ferait payer cher et longtemps. Elle le comparait alors à un vieux porc-épic qui décidait de suivre une migration de buffles à travers toute la savane.

Dépassée, la jeune femme se mordit la lèvre sur la promesse de faire preuve d'acuité et de réserve tout au long de ces prochains jours, et en particulier durant ceux qu'elle passerait auprès du roi.

Réfléchissons. Quelles sont les dernières affaires dont je n'aurais su mesurer l'impact ?

Outre la haute fiabilité de sa prescience, Kaïrale se distinguait de ses homologues par sa présence sur le terrain. Elle mettait un point d'honneur à vérifier ses sensations en se rendant au plus près du lieu ciblé, alors que la plupart des siens préféraient exercer depuis Niassamé, à partir de cartes. Et parce que la jeune femme avait toujours suivi avec rigueur, quand ce n'était pas physiquement, les opérations et décisions qui découlaient de ses visions, elle avait obtenu en retour un profond respect de tous les corps d'armée. Malgré tout, et à l'instar de ses confrères, elle transmettait ses recommandations aux différentes hiérarchies concernées, sans entrer en contact direct avec le haut commandement, et encore moins avec El Phâ.

Cependant, depuis peu, le souverain avait multiplié les rencontres avec la Sentinelle comme avec plusieurs de ses compagnons de travail, sous le prétexte de vérifier ou d'infirmer des rumeurs d'attaques régulières sur des convois de marchandises exportées vers le Nord.

Et si, dans un premier temps, elle n'avait prêté aucune attention au fait qu'elle était sujette à dix fois plus d'entretiens que les autres, elle avait flairé une certaine légèreté dans les motifs justifiant leurs dernières entrevues. Plusieurs regards appuyés sur des endroits précis de son anatomie, et des sourires qui n'avaient rien de très protocolaire, avaient fini de confirmer ses soupçons.

Ah! Les sourires du roi! Elle aimait y penser comme à une sucrerie. L'expression sévère d'El Phâ s'effaçait pour illuminer et adoucir ses traits. Kaïrale succombait à chaque fois, concédant combien elle le trouvait séduisant.

Mais de là à se réjouir d'être un de ses conseillers personnels… elle préférait tout bonnement ne pas l'envisager. La discrète soldate n'avait jamais, au grand jamais, aspiré à faire partie de ses intimes. Même un piètre devin savait que plus on se tenait éloigné du prestigieux giron, mieux on se préservait des répercussions désastreuses liées aux multiples intrigues et luttes intestines de la cour.

— Hum, hum, fit quelqu'un dans l'entrebâillement.

Tirée de ses réflexions, Kaïrale reconnut le drapé multicolore barrant le torse du nouveau venu. En d'autres circonstances, la présence du Premier Regard Clair du souverain aurait été tout aussi inattendue que celle de son prédécesseur. Mais puisque tout devait basculer aujourd'hui dans sa vie, Kaïrale refusa de s'en émouvoir.

Muette, elle examina sans gêne le dignitaire aux yeux d'amandes qui s'avançait. Son visage doux, à la peau légèrement moins foncée que celle de la Sentinelle, arborait une barbe en collier soignée à l'extrême, et une assurance qui devait souvent frôler la suffisance.

Kaïrale le détestait déjà.

El Phâ est bigrement pressé ! pesta-t-elle.
— Je suis Gel Ram, le Regard Clair Royal.
Je sais qui tu es, « l'Abyssin » ! se moqua-t-elle intérieurement, avant de se voir accrochée par un regard sombre qui la cloua sur place.

Son malaise s'intensifia lorsque Gel Ram lui décocha un sourire narquois semblant répondre sans ambiguïté :
Ô mais, je n'en doute pas !
Puis, il observa la pièce autour de lui en déclarant :
— Je suis chargé de te conduire dans tes nouvelles fonctions, et dans un premier temps, à tes quartiers. Bien, je constate que tu n'as guère à faire porter.
— C'est exact, se borna à reconnaître Kaïrale, alors qu'elle avait bouclé son ceinturon et commençait à lacer ses sandales.

Augurant qu'il s'attendait à une foule de questions, la Sentinelle n'en posa aucune.

Avec un léger rictus, Gel Ram désigna la sortie d'un geste suspendu.

Kaïrale attrapa alors son boubou et prit, dans son coffre, le seul objet auquel elle tenait.
— Qu'est-ce donc ? demanda son nouveau supérieur sans détour.

Irritée, elle défit le lien d'une poche de toile renfermant de vieilles amulettes.
— Létï, l'ancienne de mon village, me les a offertes avant mon départ, lors de ma première affectation loin des miens.

Les yeux d'amandes ignorèrent les trois pierres de cornaline, d'améthyste et le feldspath, tout comme ils firent l'impasse sur la déesse aux formes hypertrophiées. Mais ils s'attardèrent longuement sur la très raffinée petite danseuse de bronze.

Excédée par cette inspection, Kaïrale referma le petit sac d'un coup sec.
— Allons-y, enjoignit Gel Ram, à nouveau imperturbable, avant de regagner le couloir.

La jeune femme laissa traîner son regard sur ce qui avait été son unique repaire durant ces dernières années. Lui tournant le dos, la conviction qu'elle n'y reviendrait jamais pesa sur ses épaules.

Chapitre 2

L'IMPROBABLE DUO QUITTA AINSI LA MAISON DES SENTINELLES sans échanger un mot, escorté par deux gardes royaux dont Kaïrale avait pris soin de mémoriser les visages. Elle fit de même avec les allées et les nombreuses cours privées qu'ils traversèrent.

À défaut de savoir où je mets les pieds, repérons une sortie, avait-elle ironisé, pour tenter de contrer une sourde sensation de duplicité qui, nichée au plus profond d'elle-même, s'amplifiait à chaque pas.

Ils pénétrèrent dans les beaux quartiers de la ville lorsque Gel Ram entama la conversation :

— Je me suis quelque peu renseigné et j'ai ouï dire que tu avais une curieuse réputation en privé.

Comme la Sentinelle demeurait silencieuse, le Regard Clair insista :

— Il serait bon d'y remédier.

Puis, après un court instant, il persévéra, exagérément mielleux, en se penchant vers la jeune femme :

— Pour le confort de tous.

— Et si vous preniez la peine d'être plus précis ? l'incita Kaïrale, non sans provocation.

— Il semblerait que tu ne fréquentes jamais la même couche et que tu boives autant qu'un homme. Il paraît même que tu jures plus encore, après une certaine heure.

Gel Ram s'était laissé aller avec une joie non feinte, et d'une voix suffisamment forte pour qu'un des gardes réagisse en pouffant. Le Regard Clair ajouta avec condescendance :

— N'y voit aucun jugement de ma part, mais ce sont des conduites inconcevables au sein de la cour.

— Je saurai m'en souvenir, assura Kaïrale, déjà sur les nerfs.

— On rapporte aussi que les sloughis se couchent sur ton passage ?

— Vous n'allez pas vous y mettre vous aussi ?! Pourquoi faut-il que l'on me ressasse ce qui ne s'est produit qu'une seule fois, et il y a une éternité ? s'insurgea-t-elle, en s'immobilisant.

— Peut-être parce que cela a eu lieu en pleine cérémonie officielle en l'honneur d'El Phâ ? suggéra le conseiller du roi, sans perdre son calme.

— Ce n'était qu'un incroyable concours de circonstances, renchérit la Sentinelle, agressive.

— Je serais enclin à le penser. Je n'en demeure pas moins étonné que tu ne te revendiques pas à l'origine de cet étrange comportement. Continuons, un long parcours nous attend, poursuivit Gel Ram, en désignant leur escorte qui patientait un peu plus loin.

— Je puis vous jurer que j'ignore encore ce qui a amené ces stupides bestioles à agir ainsi, bougonna Kaïrale.

— Tu es bien la première à médire des lévriers royaux. Je viens à peine de faire ta connaissance, et voilà que tu me déconcertes déjà.

— Vous m'en voyez navrée, maugréa la jeune femme.

— J'en suis convaincu, répondit le Regard Clair ironique, avant de continuer plus sérieusement :

» Reconnais que tu t'offusques pour un phénomène qui sert avantageusement ta réputation, alors que tu ne cherches pas un seul instant à minimiser ton statut d'outre à vin.

— Je déteste ces chiens, c'est tout.

— Et tu fais preuve d'une logique très... particulière. Je crois que nous aurons fort à faire... Dis-moi plutôt quels sont tes premiers sentiments quant à ton avenir parmi les Très-Hauts ?

— L'incompréhension... admit la jeune femme du bout des lèvres. Puis elle reprit avec assurance, en regardant droit devant : vous qui guidez El Phâ depuis ses premières années de règne, pourquoi cette soudaine nécessité d'un second élu ?

— Il te faudra oser lui poser la question, répliqua Gel Ram, les yeux emplis de malice.

— Les notables de la cité ne tarderont pas à récuser son choix, ricana la Sentinelle.

— Tu commets ta première erreur, soldate. Tu n'en trouveras pas un pour contester une décision de Sénéphy La Juste !

— Pardon ? lâcha Kaïrale en s'arrêtant une nouvelle fois.

— Parfaitement ! Et nous n'arriverons jamais avant le coucher du soleil si nous devons faire des pauses tous les dix pas, ajouta Gel Ram, moqueur.

La Sentinelle marcha donc, l'esprit absorbé par un flot de questions qui se bousculaient, se heurtaient, avant de se perdre dans une infinité de possibilités qui ne débouchaient sur aucune réponse simple ou rassurante.

— Notre Vénérée a fait rédiger ton ordre de mission avant le couronnement de son héritier. Il ne viendrait à personne l'idée de s'opposer à ce que cela soit accompli, poursuivit le Regard Clair.

Kaïrale prit son temps pour trouver une réplique bien sentie, mais décidément, rien ne devait lui réussir aujourd'hui. Au bout du compte, puisque seul son ressentiment s'imposait, elle s'y abandonna en tentant de se contenir :

— Je me refuse à désapprendre tout ce que je connais. L'éternelle plénitude des vôtres m'insupporte.

— Ma chère amie, il va te falloir apprendre à tenir ta langue si tu ne veux pas avoir à l'avaler tout entière, prévint le premier conseiller du roi. Et je ne comprends toujours pas ton hostilité à notre égard.

— Je renierais les miens si je les oubliais !

Malgré ses dires, ce fut au tour de Gel Ram de stopper net au beau milieu de la petite ruelle qu'ils avaient presque fini de remonter. Secouant la tête, il rétorqua :

— Les tiens ? Mais enfin, ce sont tes exploits qui les ont protégés avant de te conduire jusqu'à moi. Ton travail t'a rendue… désespérée face à la nature humaine, mais je t'offre une chance d'y remédier, de voir son pendant, d'accéder à la lumière de la raison !

— Vous ne me comprenez pas. Je ne doute pas un seul instant que vous puissiez faire de moi un Regard Clair, mais je m'en défends ! Et puis, ma vie me convenait tout à fait. Je n'aspirais pas à cette… paix intérieure. Quelle Sentinelle aurait l'audace de se démettre aussi aisément de tout son désespoir ? interrogea-t-elle dans un murmure.

— Et comment pourrait-on refuser d'atteindre un sanctuaire pour l'esprit ?

— Je vous accorde qu'il est naturel d'y prétendre, mais je considère dangereux de le trouver et encore plus d'oser s'y promener... confia Kaïrale, en grattant le sol du bout de sa sandale.

— Et pour quelle raison, je te prie ? insista Gel Ram, stupéfait.

— Le risque est grand de ne plus souhaiter en ressortir.

— Et quand bien même ?

— Il est sûr que je ne suis pas de ceux qui doivent en bénéficier, répliqua sans ambages Kaïrale. Bien d'autres le mériteraient plus que moi. Serais-je en paix en sachant que rien n'aura changé pour mes semblables ? Je ne le pense pas. Je ne le veux pas ! Trop de drames hantent ma mémoire pour pouvoir prétendre à cette... plénitude qui serait la mère des bons conseils.

» Je vous le dis, La Juste s'est fourvoyée en portant son choix sur moi, assura-t-elle après un silence.

— Crois-tu ? En politique, l'association des contraires peut être une judicieuse option. De leurs confrontations peuvent émerger les meilleures orientations, déclara le Regard Clair, serein.

— Comme lorsque l'un des vôtres a préconisé, à El Phâ et à ses généraux, d'abandonner tout un escadron dans le désert ? répliqua la Sentinelle avec haine.

— Ce fut certes une tragédie, mais à la lecture des événements, c'était une décision raisonnable. Et à l'évidence, tu n'es pas encore capable de juger de sa pertinence, conclut Gel Ram, avec une certaine délicatesse.

— Mais bien sûr, grommela Kaïrale.

— Selon toute probabilité, il n'y aurait eu aucun survivant, ni dans la patrouille ni parmi ceux censés la retrouver.

— Nous ne le saurons jamais, continua la Sentinelle, d'une voix sourde.

— Aucun des tiens ne l'avait donc prévu ?

— Nous ne commandons pas nos sens.

— Quoi qu'il en soit, il va falloir faire montre d'un peu plus de réserve quant à certains de tes points de vue... ainsi qu'à la manière de formuler tes opinions d'ailleurs, et ce, dès maintenant, conseilla Gel Ram, tandis qu'ils franchissaient le premier poste de garde menant vers le palais.

Pourtant, au lieu de continuer à remonter les allées royales, le Regard Clair bifurqua sur sa droite, alors que les gardes poursuivaient dans l'artère centrale. Kaïrale le suivit sans mot dire.

Ils traversèrent des vignes et un verger avant de contourner une plantation d'arbres aux résines odorantes. La Sentinelle découvrit médusée des jardins ombrant des miroirs d'eau fragiles où s'étalaient avec élégance des lotus et des nénuphars. Les rives devaient exploser en jeux de couleurs aériennes au fil des saisons. La soldate n'était pas très savante en fleurs, mais celles choyées ici n'étaient pas venues toutes seules s'agencer avec autant d'harmonie. Kaïrale sursauta devant l'envol d'une colonie de flamants roses, et s'étonna que de tels oiseaux puissent choisir de s'installer dans un lieu aussi artificiel. Elle réalisa par la même occasion combien ses périples visionnaires s'étaient toujours dirigés vers les limites et l'extérieur du pays. À aucun moment, et depuis le premier jour de son engagement, elle n'avait songé à explorer son environnement immédiat.

Après avoir laissé derrière eux des pièces d'eau aux formes géométriques, Gel Ram l'entraîna dans une pépinière exotique dont elle n'aurait même pas imaginé l'existence.

Au sortir d'une collection de sycomores plus majestueux les uns que les autres, ils débouchèrent sur une immense cour où plusieurs toitures déchiraient le ciel.

Encore bouleversée par sa traversée du parc luxuriant et insoupçonné, la jeune femme scruta machinalement l'horizon orangé au-dessus des toits.

Gel Ram la ramena à lui :

— Les vôtres ont-ils des craintes en ce qui concerne la saison des pluies ?

— Il est beaucoup trop tôt pour le dire.

— Pourtant, certains affirment que...

— Des prétentieux ou des escrocs, commença-t-elle, lorsqu'un puissant haut-le-coeur la saisit.

Elle se pencha en avant, une main sur la bouche. Le Regard Clair proposa son aide, mais elle tendit le bras en hochant négativement la tête. Elle se redressa en aspirant une grande bouffée d'air.

— C'est terminé, assura-t-elle.

— Ce doit être une réaction aux mélanges des encens, tu t'habitueras très vite, promit Gel Ram.

Mais Kaïrale ne l'écoutait pas parce qu'une voix intérieure la mettait en garde :

Ne méprise pas le crocodile du grand fleuve. Ne le méprise jamais !

Si ce genre de manifestation était courant pour une Sentinelle, la virulence de la charge émotive accompagnant celle-ci n'avait rien d'ordinaire. Et bien que le soldat savait devoir interpréter les propos au-delà des mots, l'impression d'avertissement personnel avait été sans commune mesure avec ses ressentis habituels. Et plus curieux encore, elle perdurait beaucoup trop longtemps après la nausée. Kaïrale dut lutter pour se concentrer.

Gel Ram la dévisageait, sans impatience. Il attendit que les yeux de la jeune femme reviennent sur lui, pour poursuivre :

— Tout Regard Clair en poste à la capitale réside à La Haute Maison. Ainsi, à l'écart de l'agitation de la ville, il reste à la disposition de tous ceux qui désirent s'entretenir avec lui. Il anime régulièrement les audiences publiques qui se déroulent sous ces Grandes Huttes, précisa-t-il, en levant son menton en direction des bâtiments.

Malgré tous ses efforts pour se focaliser sur les paroles du conseiller royal, Kaïrale fut distraite par le terme de « hutte », et ne put s'empêcher de ricaner en son for intérieur :

Tu n'as pas dû traîner ta superbe dans un village depuis longtemps.

Tout à son exposé, Gel Ram désignait, par ses bras grands ouverts, les quatre toitures soutenues par d'imposantes colonnes savamment sculptées et colorées. Il émanait de chacune d'elle un mélange d'encens distinct et raffiné.

— Chaque emplacement est dédié à un domaine réservé. Et ils sont de plus en plus nombreux, paysans ou artisans, vivant de leur labeur ou nantis, à venir ici quérir des avis sur des différents commerciaux ou administratifs, voire parfois idéologiques. As-tu déjà contribué à un de ces débats ?

— Je... je n'en ai pas souvenir, avoua maladroitement la Sentinelle.

— Évidemment, suis-je bête. J'avais oublié qu'ils vous sont interdits.

— S'il est vrai que nous ne pouvons intervenir, nous avons cependant toute liberté d'y assister, rectifia la jeune femme, agacée.

— Je n'ai jamais croisé ici un seul de tes camarades, affirma le conseiller avec flegme.

Kaïrale fit une moue, puis demanda :

— Les recommandations découlant de ces discussions sont-elles toujours suivies ?

— Dans la majorité des cas, et leurs conséquences ne sont jamais remises en cause. Je dois te préciser, qu'en théorie, les Regards Clairs n'officient pas dans le privé, mais depuis toujours, la plupart acceptent sans peine quelques apartés. Les dénouements publics font souvent jurisprudence, et finissent plus ou moins vite par avoir force de loi.

L'esprit de la soldate intégrait les informations à sa manière, et pourtant, elle ne put s'empêcher de réagir :

Et c'est ainsi qu'au fil du temps, Niassamé a insidieusement tissé là une toile d'une pensée homogène.

Le Regard Clair continua :

— Nous avons, par là même, facilité les relations entre la quasi-totalité des villages, notamment en unifiant les pratiques les plus courantes. Certains des nôtres ont eu pour mission de sillonner le territoire afin de répertorier les disparités dans les communautés les plus reculées. Aider notre souverain, ou notre souveraine, à maintenir la cohésion du pays était notre vocation première, conclut Gel Ram sur un ton très professoral.

Il est surtout essentiel de ne pas ignorer des coutumes ou des usages anciens qui pourraient ressurgir et desservir El Phâ. Quant à ceux qui lui seraient favorables, il est bon de les exalter en les faisant passer pour des particularités locales devant être fièrement défendues.

Mais que m'arrive-t-il ? Qu'importe toutes ces considérations ! Il faut que nous partions d'ici, et vite ! pensa Kaïrale.

Mais la Sentinelle lança, malgré elle :

— En fait, vous jouez en alternance sur la singularité des uns en flattant leurs origines et leurs différences par rapport aux autres, tout en insistant sur les bienfaits incommensurables et réciproques liés à leurs participations au rayonnement de l'Arrassanie.

— On peut résumer la chose ainsi, consentit Gel Ram, suspicieux.

— Dans le seul but qu'ils ne vous abandonnent pas pour commercer ailleurs, poursuivit la jeune femme, aussitôt étonnée par son audace.

Hardiesse que Gel Ram n'apprécia pas du tout, bien qu'il répondit, toujours placide :

— Encore une remarque de ce genre, et je me verrai contraint de te faire arrêter. Allons nous rafraîchir là-bas, puis nous nous assiérons sous un toit, puisqu'il n'y a personne.

La Sentinelle se pinça les lèvres, et marcha derrière le Regard Clair jusqu'au point d'eau voisin. Ils s'y désaltérèrent en silence.

Alors qu'il prenait la direction de la bâtisse, Gel Ram changea d'avis :

— Profitons plutôt de l'ombrage de ces *moringas*, ainsi, tu ne seras pas incommodée par les encens.

Kaïrale s'installa en tailleur pendant qu'il cueillait quelques feuilles. Il souffla dessus, les agita, puis commença par en mâcher une, avant de proposer :

— En veux-tu ?

— Non merci.

— Tu prétends ne pas aimer les chiens, mais tu te comportes exactement comme eux, asséna le Regard Clair, en s'asseyant aux côtés de Kaïrale.

— Vous me pardonnerez de ne pas vous comprendre, maugréa la jeune femme, en jetant un caillou devant elle.

— Je suis sûr que tu manges une fois par jour, le soir de préférence, et tout comme eux, tu grognes beaucoup trop. Tu n'as plus tes périodes de sang depuis longtemps, n'est-ce pas ? demanda-t-il soudain.

Kaïrale tourna vivement la tête vers lui.

— Peut-être même ne les as-tu jamais eues, continua-t-il.

— Auriez-vous enquêté sur moi ?

— Nul besoin. Je suis observateur.

— Soit, mais de là à savoir...

— Que tu fais en sorte de te nourrir un minimum, et ce, depuis tes plus jeunes années ? Tu n'as quasiment pas de poitrine, tu es beaucoup plus petite et plus fine que n'importe qui ici. Mais tu n'es pas maigre, tu es sèche parce que très musclée, mentionna-t-il, en désignant du menton un mollet que Kaïrale dissimula aussitôt en étendant ses jambes.

» Nous avons effectué un long parcours auquel je suis habitué, mais toi, à aucun moment tu n'as demandé à ralentir. Je ne t'ai pas vue essoufflée. Sans compter que, lorsque nous avons longé le lac, tu l'as dévoré des yeux comme si tu mourais d'envie de t'y baigner. Tu n'as rien de commun avec tes semblables confinés dans la Maison des Sentinelles.

— Vous auriez fait un très bon soldat.

— Je sais, déclara le Regard Clair sans ironie. Je peux deviner les avantages à maîtriser ses réserves nutritionnelles, tout comme l'intérêt de se faire passer pour un jeune homme dans certaines situations. Mais pourquoi t'évertuer à prétendre tenir l'alcool plus que de raison alors que tu ne réunis pas, à l'évidence, les conditions physiques nécessaires pour y parvenir?

— Suis-je vraiment obligée de vous répondre sur de tels sujets? protesta la soldate.

— Tu l'es. Sur ce point, comme sur tous ceux que je jugerai utiles.

Kaïrale fixa le bout de ses sandales.

— Et au cas où tu te défilerais, je trouverai sans peine ce que je souhaite découvrir par mes propres moyens, ajouta Gel Ram, en se penchant un peu vers elle.

— Bien. En vérité, je bois très peu. Mais c'est une réputation sciemment entretenue qui me sert plus qu'elle ne me fait du tort. Les détenteurs de secrets ne désirent pas les femmes qui boivent, à l'inverse de leurs proches… précisa-t-elle, avec un petit sourire. Et c'est un indice parmi d'autres à récolter, utile à mon travail. Quant aux imbéciles, ils ne se méfieront pas de moi.

— Comment ce type de détail peut-il interagir dans tes visions?

— Contrairement à ce que vous imaginez, les prémonitions ne sont qu'une partie infime de notre savoir-faire. Comme les Regards Clairs prospectant pour El Phâ…

— Prends garde à tes propos, soldat, menaça Gel Ram avec froideur.

— Contrairement à eux, reprit Kaïrale imperturbable, nous nous fondons dans la population et observons tout. Mais comme eux, nous sommes constamment en service, même lorsque nous ne sommes pas de garde. Nous connaissons les habitudes de chacun des acteurs de la ville, du port, du village, de l'endroit où nous sommes affectés. Certaines Sentinelles sont spécialisées dans la faune et l'environnement d'un lieu, tandis que d'autres ciblent des réseaux de commerçants, surveillent les caravanes ou les frontières du désert.

— Ce qui était ton cas avant d'être envoyée ici.

— Oui.

— Comment as-tu découvert le projet d'empoisonnement des puits ?

— Comme je viens de vous l'expliquer, la plupart de nos ressentis sont avant tout basés sur une parfaite connaissance du terrain où l'on exerce. C'est un état de sensibilité extrême qui nous fait pressentir un incident avant qu'il ne survienne. La plus petite variation d'habitudes, une minuscule modification d'un rouage, nous alerte aussi sûrement qu'un tambour dans la nuit. Et c'est ce qui s'est produit pour les oasis.

— Es-tu en train de me dire que tu n'as pas eu de vision dans ce cas précis ?

— Tout à fait. Il faut que vous sachiez que nous ne travaillons pas tous de la même façon. Il est des Sentinelles à qui de véritables images viennent à l'esprit, quand d'autres entendront des voix. Je connais aussi des soldats capables de revoir des événements du passé. En ce qui me concerne, ce sont en majorité des rêves plus ou moins détaillés à interpréter. Mais dans le cas qui nous intéresse, c'est avant tout le changement de comportement de l'éleveur de *basenji* qui a déclenché ma condition de vigilance.

— Quel est cet animal ?

— Un chien.

— Et comment se manifeste cet... « état de vigilance » ?

— C'est une nervosité très spécifique qui soudain vous étreint, vous empêche de dormir à poings fermés, vous noue l'estomac avec la certitude d'un péril imminent qui focalise toutes vos pensées sur des faits, des personnes ou des sites définis. La conviction que ce n'est pas une malversation anodine ou une ruse sans conséquence qu'il vous faut cerner, mais un acte à venir qui mettra en danger votre entourage. L'entourage peut se résumer à la ville, à votre famille, au groupe de soldats dont vous êtes responsable, ou je ne sais quoi.

— Et c'est ce que tu as ressenti avec ce vendeur de chiens ?

— Pas exactement. S'il était dur en affaire, il n'en aimait pas moins ses animaux. Je l'ai vu décliner des offres alléchantes simplement parce qu'il ne jugeait pas l'acheteur assez digne de confiance pour ses bêtes. Ce qui demeure en soit parfaitement compréhensible pour une telle race.

— J'ai du mal à saisir ce qu'un chien peut représenter de si précieux.

— Il est vrai que je n'en ai repéré aucun depuis que je vis dans la cité. Là-bas, comme dans ma région natale, le basenji est le compagnon idéal pour la chasse et pour la garde des villages. Il y a du mystère dans ses yeux, peut-être cache-t-il des secrets qui expliqueraient pourquoi il se comporte comme un félin. Mais il possède surtout une caractéristique unique qui vous ferait l'aimer sans l'ombre d'un doute.

— J'ai hâte de savoir, ironisa Gel Ram.

— Il n'aboie jamais.

Le Regard Clair se contenta de sourire, avant de dire :

— Revenons à notre affaire.

— Sur un marché, j'ai été intriguée par une dispute. Notre homme refusait catégoriquement de traiter avec le chef d'une caravane qui représentait pourtant, à lui seul, la moitié de ses revenus. J'ai fouiné. Je connaissais tous les recoins de ce caravansérail, les petits malins adeptes des pratiques frôlant l'illégalité, comme les trafics et les pots de vin. Je n'ai pas mis longtemps à constater que les ventes de cet éleveur de chiens ne se concentraient plus que sur des expéditions vers l'ouest et le sud. En d'autres termes, il faisait en sorte que ses animaux n'empruntent plus les couloirs habituels. Je n'ai plus eu de doute lorsqu'il m'a souri de toutes ses dents en m'accueillant chez lui.

— C'est une plaisanterie, s'esclaffa le Regard Clair.

— Non. C'était un individu arrogant. Son commerce était le plus prospère de toute la région. Il se sentait intouchable et n'avait jamais accordé aux miens une quelconque considération. Je m'étais arrangée pour qu'il apprenne que je me renseignais sur lui et il s'est trahi. Comme le font tous ces notables, il aurait dû m'ignorer pour me montrer son dédain, ou m'insulter, outré que j'ose enquêter sur son inestimable personne, mais il n'a pas agi ainsi. J'ai lu la menace sur son visage à l'instant précis où il m'a cordialement prêté toute son attention.

— L'as-tu arrêté sur ce seul forfait ? se moqua Gel Ram.

— Je lui ai présenté sans fard mes analyses et lui ai laissé une chance de s'expliquer. Bien évidemment, il a soutenu qu'il y avait méprise et m'a donné un tas d'arguments de sable. J'ai prétendu en savoir plus long sur lui qu'une patte entière d'autruche, et qu'avec un seul mot de ma part, il verrait ses entrailles, comme celles de ses précieux chiens, dégustées par les fourmis avant la nuit.

— Tu lui as donc menti.

— Je dois admettre avoir un petit peu exagéré, reconnut joyeusement Kaïrale. Il faut dire que j'avais déjà très mauvaise réputation parmi les voleurs et les brigands, ajouta-t-elle, non sans fierté.

— Voyez-vous cela, ironisa Gel Ram. Alors, ton plus bel état de service se résume à une intuition et de l'intimidation. On frôle l'imposture ! termina-t-il, rieur.

La Sentinelle se renfrogna, remontant ses genoux sous le menton et les enserrant de ses bras.

— Cesse de bouder comme une gamine, et finis ton récit. Que s'est-il passé ensuite ?

— Pendant que les gardes emmenaient l'éleveur, j'ai fait mon rapport à mes supérieurs qui ont immédiatement envoyé une compagnie aux oasis où les puits devaient être souillés. Les complices ont été appréhendés alors qu'ils s'apprêtaient à jeter des charognes dans le premier.

— Quel était leur intérêt ? Qui étaient ces hommes ?

— J'étais la première à souhaiter le découvrir et j'y serais parvenue si l'on m'avait permis de réinterroger ce maudit marchand, pesta la Sentinelle. Mais il a été conduit ici, le jour même de son arrestation, pour être traduit devant notre Vénérée Sénéphy. Rares doivent être ceux instruits sur le sort qui lui a été réservé.

— Et ses comparses ?

— Trop farouches pour être ramenés vivants, m'a-t-on dit.

— En douterais-tu ?

Kaïrale regarda le Regard Clair un long moment, puis choisit de répondre :

— Ce qui est sûr, c'est que je n'avais jamais croisé un seul d'entre eux.

— Parce que ta compagnie a transporté les corps ? s'étonna Gel Ram.

— Non. Je me suis rendue à l'oasis la plus proche de mon propre chef, et j'y ai découvert cinq cadavres faisant déjà l'objet de combats entre vautours. Mais j'ai eu suffisamment de temps pour examiner leur dépouille.

Alors que Kaïrale s'apprêtait à faire état de sa frustration sur la manière dont s'était close cette enquête, Gel Ram l'interrompit en demandant :

— Pourquoi le choix d'une carrière de Sentinelle ?

— Je... je ne l'ai pas décidé, bafouilla-t-elle, prise au dépourvue.

— Continue, ordonna Gel Ram, avant de mettre sa dernière feuille de moringa dans la bouche.

— C'était mon destin et il m'a été montré alors que je devais avoir... six ans. J'ai fait un rêve dans lequel je courais avec le vent, comme je le faisais dans mes jeux d'enfant.

— Quelle drôle d'idée.

— N'avez-vous jamais fait cela ? Non. Bien sûr..., déduisit aussitôt la jeune femme, avec un mouvement d'épaules. Moi, j'étais un des petits messagers les plus rapides des villages alentour. Donc, dans mon rêve, je courais et j'ai chuté. Une de mes chevilles était fracturée et je ne pouvais plus bouger. Je n'avais pas mal, mais pendant que j'étais au sol, une meute de hyènes s'est attroupée devant moi. Elles m'ont encerclée tout en restant à distance. J'avais le sentiment qu'elles se concertaient avant d'attaquer et leurs ricanements me terrifiaient. Puis le groupe s'est d'abord dispersé avant de complètement disparaître de ma vue. Du sang s'est écoulé d'entre mes jambes, beaucoup de sang. Et les hyènes sont revenues avec des carcasses d'animaux qu'elles n'ont eu de cesse de disposer autour de moi, les unes après les autres. Puis, j'ai soudain réalisé qu'il n'y avait plus de sang entre mes cuisses, mais j'ai commencé à grossir et à grandir, jusqu'à devenir femme. Toujours à terre, mon ventre s'est mis à gonfler, de plus en plus, lorsqu'un sorcier est apparu et a chassé d'un seul geste les hyènes, plus rieuses que jamais.

» Je me sentais perdue et comme je pleurais, il m'a consolée en prononçant cette phrase : « Tant que tu courras comme le vent,

Petite Sagaie, nul ne te rattrapera ! ». J'avais retrouvé le corps de mes six ans et il a posé sa main sur ma cheville. Le vent s'est levé, et il m'a commandé : « Cours maintenant, cours et ne t'arrête pas ! ». Apparemment, je suis née Sentinelle, finit Kaïrale un ton plus bas.

— N'as-tu pas plutôt fait en sorte que cela soit ?

— J'étais certaine qu'un Regard Clair n'y comprendrait rien, répliqua-t-elle, avec une morgue plus que tangible, à laquelle le conseiller refusa de répondre.

— Pourquoi ai-je l'étrange sensation que tu omets de me conter un détail important ?

— Je n'ai rien d'autre à vous révéler.

— Admettons. Parle-moi de ton village.

— Nous n'aurons pas le temps, quelqu'un va venir pour vous.

Un soldat de la garde rapprochée d'El Phâ s'avançait vers les moringas. À la hauteur de Kaïrale, il s'adressa à Gel Ram :

— Veuillez excuser la garde royale, Regard Clair, mais la Sentinelle est attendue pour soumettre à la question un prévenu.

La jeune femme chercha secours dans les yeux de son nouveau supérieur.

— Je ne suis plus censée...

— Obéis, tu n'es pas encore un Regard Clair. J'ignorais que tu pratiquais ce genre de... spécialité, confia-t-il, sans masquer son dégoût.

— Ce n'est pas ce que vous pensez, se défendit Kaïrale. Ma fierté est de n'avoir jamais eu à subir la perte d'un seul des hommes dont j'ai eu la responsabilité du fait de mes visions. Mon mentor, Oun, a toujours si bien vanté mes mérites que je bénéficie de certains égards. Si je supporte un régime identique à tout soldat, on ne s'interroge pas sur mes allées et venues, mes fréquentations ou mes jours d'absences. Mais, le pendant à de telles faveurs est l'obligation de me livrer à des exercices que j'exècre, notamment de procéder à certains interrogatoires épineux, quand ce n'est pas de me prononcer sur la sincérité d'un accusé ou d'un témoin lors de procès en matière criminelle.

— Et bien, te voilà obligée d'admettre que ton futur statut t'apportera un soulagement dans certains domaines. Fais ton devoir, soldat, tu auras ensuite quartier libre. Nous nous reverrons demain.

La jeune femme salua Gel Ram d'un mouvement de tête, mais il s'approcha d'elle pour lui murmurer, un brin caustique :

— Laisse-moi te faire remarquer combien tes prémonitions manquent de précision, ce quelqu'un venait pour toi, et non pour moi.

Kaïrale grimaça avant de suivre à contrecœur le messager royal.

Ils n'avaient pas fait deux pas que l'officier crut bon de préciser :

— Le prisonnier a été installé tout près d'ici.

— De qui s'agit-il ?

— Aucune idée, Senti... Regard Clair.

L'hésitation du soldat sur son titre irrita Kaïrale. Elle ruminait, encore blessée de la réaction de répulsion qu'elle avait déclenchée chez Gel Ram.

La Sentinelle s'était toujours défendue d'avoir trop de compétences. Pourtant, elle avait résolu moult affaires privées, et prévenu certaines très délicates impliquant bon nombre de personnages importants dans les rouages de l'état. Souvent, les individus mis en cause passaient à table parce qu'ils pressentaient que la sanction serait bien plus lourde si Kaïrale prouvait leur culpabilité, plutôt que s'ils avouaient d'eux-mêmes.

La jeune femme n'avait jamais nié user principalement d'intuition et de psychologie. Parfois, les postures d'un suspect en train de mentir lui suffisaient pour insister jusqu'à ce qu'il craque. Et c'est ainsi qu'au fil des années, sa réputation précédait ses interrogatoires et expliquait, la plupart du temps, ses résultats surprenants.

Kaïrale se souvenait encore du jour où elle avait évoqué ouvertement avec Oun ce trouble sentiment d'usurpation qui la rongeait. Son supérieur lui avait alors sommé de garder ses doutes pour elle, lui rappelant que, plus d'une fois, elle avait rétabli la vérité sur des suspicions ou des faits montés de toutes pièces. Quand elle n'avait pas disculpé de pauvres diables qui, sans sa ténacité, n'auraient pas longtemps fait le poids face à de puissants notables véreux.

Avant d'être un soldat, Kaïrale était surtout une Sentinelle dans l'âme, convaincue d'être au service des siens. Jamais elle n'avait eu de cas de conscience quant à ses visions, et encore moins douté de leur utilité pour la société.

Les Sentinelles avaient d'ailleurs déjoué plusieurs complots ourdis contre la reine Sénéphy, et permis d'éviter des conflits avec les pays voisins.

Après tout, ce n'était pas ce prétentieux Regard Clair qui allait remettre en question toute l'intégrité de son travail, donc sa vie entière, par son seul et unique jugement suffisant.

Calmée, Kaïrale s'approcha des soldats qui montaient la garde devant l'entrée d'une réserve qui jouxtait un atelier de poterie. Apparemment, ils avaient enjoint avec insistance au locataire des lieux de prendre une journée de congé.

La jeune femme dissimula avec peine son étonnement lorsqu'elle constata la présence d'un rapporteur royal au sein de la petite escorte.

— Bonjour Nali. Expose-moi les faits dans les grandes lignes.

— Un ouvrier a été découvert assassiné dans une ruelle ce matin. La veille, plusieurs témoins ont assisté à une violente dispute entre lui et son contremaître, mais personne n'en connaît le motif.

— Comment a-t-il été occis ?

— Étranglé avec une corde ou quelque chose du genre. Nous sommes allés cueillir le prévenu au sortir d'une ruche, et bien sûr, il n'a rien à nous dire. Nous l'avons interrogé toute la journée, mais il persiste à prétendre s'être directement rendu du chantier à la ruche hier soir, et ne se souvenir de rien d'autre. Une cuite monumentale en serait la cause.

— Encore un original, bougonna Kaïrale.

La jeune femme pénétra d'un pas décidé dans une petite pièce obscure d'où il se dégageait une telle ambiance morbide qu'elle vérifia d'un coup d'oeil qu'aucun corps inanimé ne gisait dans un coin.

Au fond, de grandes jarres attendaient d'être peintes tandis qu'à l'opposé, un garde surveillait un homme assis par terre, tête baissée, adossé contre le mur.

Il ne semblait pas avoir entendu Kaïrale entrer.

Elle annonça d'emblée, mais sans la moindre agressivité :

— Je suis la Sentinelle Kaïrale. Je vais t'interroger, et si tu n'es pas un idiot, tu me diras la vérité.

Puis elle vint s'asseoir à ses côtés, tranquille, et le regarda franchement sans plus dire un mot.

Le visage du détenu hagard était marqué, presque décomposé après cette journée passée entre les mains des enquêteurs. Et pourtant, sa barbe naissante ne suffisait pas à lui donner un air négligé. À l'évidence, sa tenue d'un vert émeraude satiné avait été taillée sur mesure, et le soleil royal brodé sur une de ses manches rehaussait un tissage gaufré parfaitement régulier.

Kaïrale avait tout de suite remarqué ses cheveux tondus à la dernière mode, en spirales, et notait maintenant ses souliers à peine usés et tressés dans un cuir haut de gamme.

L'homme gardait la tête baissée en se tordant les mains qu'il avait fines et délicates, avec des ongles soignés, comme tout le reste de son apparence, même après avoir subi un interrogatoire des heures durant. Il ne jetait que quelques petits coups d'oeil à la jeune femme, gêné par leur promiscuité et son silence.

Un soldat entra et déposa devant eux une écuelle d'huile où une minuscule mèche de lin trempait. Il l'alluma après un signe de tête de Kaïrale qui enserra ses genoux dans le creux de ses coudes.

Elle soupira bruyamment, avant de commander d'une voix rassurante.

— Fixe la flamme, et détends-toi.

Le prisonnier dévisagea la jeune femme brièvement, puis parut se relâcher.

» Lorsqu'elle sera éteinte, ton sort sera scellé, reprit-elle. Est-ce que tu comprends ce que je viens de te dire ?

L'homme aux traits tirés hocha la tête plusieurs fois, en regardant l'écuelle.

» Réponds simplement à mes questions et tout se passera bien. Comment t'appelles-tu ?

— Pamo. Je suis le Contremaître Pamo.

— Très bien Pamo, n'as-tu toujours rien à nous apprendre sur ton ouvrier assassiné ?

— Non, je vous le dis comme je l'ai déjà répété des centaines de fois depuis ce matin, c'était un ouvrier ordinaire dont j'ignorais tout, jusqu'à son nom ! répondit l'homme, aussi épuisé que nerveux.

— Tu ne l'avais donc pas embauché personnellement ?
— Non.

— Alors quelle était la raison de cette dispute, si violente que plusieurs témoins s'en souviennent encore ?

Le contremaître regarda Kaïrale, puis bredouilla :

— Elle n'a aucun rapport avec sa mort.

— J'aimerais m'en assurer. J'attends, insista la jeune femme.

— Il s'est emporté parce que je refusais de lui accorder une augmentation de salaire, lâcha Pamo.

— On nous a parlé de menaces à l'encontre de ta famille, reprit Kaïrale.

— C'est chose courante avec ce genre d'individu, rétorqua le contremaître, de plus en plus mal à l'aise.

Il fixait la mèche de lin qui se consumait beaucoup trop vite à son goût.

— Et tu prétends toujours t'être directement rendu à la ruche après la fermeture du chantier ?

— Oui, c'est ce que j'ai fait, murmura-t-il.

Il baissa de nouveau la tête, ne supportant plus de voir filer le temps qui jouait contre lui.

— Concentre-toi, et raconte-moi exactement ton parcours jusque là-bas, sans omettre le moindre détail.

— Le moindre détail… répéta-t-il, à bout de nerfs, ne parvenant plus à contenir sa jambe gauche qui s'agita nerveusement.

— Comme les gens que tu as croisés par exemple, proposa Kaïrale, avec douceur.

Pamo se mit à transpirer, il réfléchissait, trop, et la Sentinelle préféra l'empêcher de concevoir un récit plausible ou d'échafauder un plan :

— As-tu conscience qu'il me suffit d'envoyer des hommes chez toi pour obtenir tous les renseignements que nous désirons ?

— Non ! hurla tout à coup le suspect affolé, en tentant de se lever.

Mais le soldat resté à sa droite appuya une main puissante sur son épaule, l'obligeant à se rasseoir.

— J'ai… j'ai tellement bu que je ne m'en souviens plus. C'est la vérité. Je ne me souviens de rien avant qu'on vienne me chercher ce matin, déclara-t-il alors, aux bords des larmes.

— Pourquoi n'as-tu pas passé la nuit chez toi ?

— J'ai pris pour habitude de dormir près de mes chantiers quand je termine tard, c'est plus simple pour tout le monde.

— Dans ce cas, dans quelle magouille as-tu trempé pour te retrouver ici ?

— J'ignore ce dont vous parlez, je vous le jure ? s'obstina le contremaître, les yeux exorbités et le front dégoulinant de sueur.

— Réfléchis encore. Pas une bribe de souvenir ? Un visage ? Un incident ? continua Kaïrale.

La patience dont elle faisait preuve ne faisait qu'attiser l'anxiété de Pamo.

— Rien ! Je vous assure, j'ai beau faire de mon mieux, rien ne me revient. Maintenant, il faut que je rentre chez moi !

Kaïrale mouilla ses doigts puis pinça l'extrémité de la mèche consumée dans sa quasi-totalité. Elle se leva, puis se dirigea en silence vers la sortie, tandis que Pamo la suivait d'un regard implorant. Lorsqu'elle s'arrêta à hauteur du gardien, elle déclara :

— Il ment.

— Non ! Attendez !

— Tu aurais dû saisir ta chance quand je te l'ai proposée, rétorqua-t-elle, glaciale. Emmenez-le !

Elle fixa sans ciller le contremaître qui tentait de se débattre au milieu de deux molosses brutaux. Après l'avoir soulevé de terre, ils l'entraînèrent hors de la réserve sans ménagement.

— Je savais que c'était lui, fanfaronna le rapporteur d'El Phâ, seul gradé présent pendant l'interrogatoire.

— J'ai dit qu'il mentait, pas qu'il était coupable.

— Insinuerais-tu qu'il couvre le véritable assassin ?

— A-t-on déjà interrogé sa femme ?

— Sa femme ?

— Il est bien marié, n'est-ce pas ?

— Heu... peut-être, mais quel rapport avec le meurtre ?

— Je l'ignore, mais il y a de fortes chances qu'elle soit la raison principale de son silence. En fait, il est certainement plus terrorisé par sa moitié que par vous autres, ricana Kaïrale. Laissez-le mijoter encore quelques heures et menacez-le de parler à sa femme. Je parie que vous obtiendrez réponse à toutes vos questions.

Un « Félicitation ! » résonna soudain.

— Ma Majesté te reconnaît très futée, s'exclama El Phâ, apparaissant en contre-jour.

Froissée de ne pas avoir ressenti sa présence tout au long de l'entretien, Kaïrale cacha sa déconvenue en adoptant immédiatement une position de salut, tout comme le rapporteur à ses côtés.

— Laisse-Nous ! ordonna El Phâ à ce dernier qui s'exécuta dans l'instant. Comment es-tu arrivée à de telles conclusions en l'ayant à peine questionné ? reprit le souverain, en se tournant vers la jeune femme.

— Oh, ce n'était pas bien difficile, réussit-elle à prétendre le plus naturellement du monde, malgré une exaspération qui commençait à nouer sa gorge et plomber son estomac. Cet homme est d'expérience, il est donc censé avoir l'habitude des discussions et des négociations vigoureuses. Pourtant, il était terrifié. J'ai tout de suite été très étonnée qu'il ne cherche pas à jouer de son statut ou de ses relations pour que l'on intervienne en sa faveur. Plus curieux encore, il n'a pas hurlé son innocence. Non, sa seule et unique préoccupation était de partir d'ici sans faire le moindre esclandre. Je ne serais pas surprise d'apprendre que sa femme est fortunée, et qu'elle pourrait bien lui faire payer chèrement un écart de conduite. À moins que…. ce ne soit plus grave.

— Nous n'avons guère de temps pour les effets de style, Sentinelle. Qu'entends-tu par « plus grave » ?

— Peut-être a-t-il été témoin de cet assassinat, ou qu'il a un lien avec quelques affaires qui le dépassent ? S'il n'avait rien de désinvolte, à aucun moment il ne m'a paru pris de remords, alors que sa panique était totale. Au mieux, elle est causée par une coucherie qu'il regrette. Au pire, elle est due à une malversation qui aura mal tourné, et dont les conséquences lui auront échappées. De toute façon, cette histoire est loin d'être terminée en ce qui le concerne.

— Et pourquoi ne pas avoir évoqué cette seconde hypothèse devant notre officier ? s'enquit le roi, les yeux légèrement plissés.

— Je… je n'étais pas certaine de sa discrétion.

— La belle affaire !

— Si cette dernière théorie se vérifiait, cette réserve pourrait s'avérer capitale pour la survie de notre homme.

— Te voilà bien compatissante, Sentinelle.

— Le silence est notre seul atout si nous espérons découvrir l'embrouille dans laquelle il s'est fourré. Enfin… si nous le voulons véritablement.

— Aurais-tu omis de confier d'autres détails à ton roi ? grogna soudain El Phâ.

— Non, majesté, assura Kaïrale, en s'inclinant. Je n'avais jamais rencontré cet individu avant aujourd'hui. Mais… j'ai maintes fois été confrontée à ce genre de situation et je reconnais ces bougres. L'haleine de fennec de ce Pamo suffit à me confirmer qu'il n'a pas trouvé de solution à son problème tout au long de cette nuit. Sans compter…

Kaïrale s'interrompit, regrettant aussitôt son empressement.

— Il serait dommage de t'arrêter en si bon chemin, souligna le roi, avec un petit sourire en coin.

La Sentinelle déglutit avec difficulté, mais elle se lança pourtant avec aplomb.

— Sans compter qu'il est assez curieux que Sa Majesté s'intéresse à l'exécution d'un simple ouvrier sur un chantier, même s'il est le commanditaire des travaux.

— Tu sais donc aussi cela, lâcha le souverain, visiblement impressionné. On Nous avait dit beaucoup de bien de toi et je constate qu'on ne Nous a pas trompés. Mais à être trop maligne… ne devrions-Nous pas aussi Nous méfier ?

— Je suis un soldat entièrement dévoué à El Phâ, et servirai Sa Majesté quoi qu'il m'en coûte !

— Bien… souffla le roi à l'oreille de sa Sentinelle, de plus en plus nerveuse.

Qu'il parte ! Qu'il s'écarte de moi au plus vite ! pria-t-elle aussi fort que lorsqu'elle faisait des voeux d'enfant devant la statue de Massou.

El Phâ se détourna de la jeune femme pour poursuivre :

— Je vais te révéler ce que nos espions Nous ont appris sur cet ouvrier assassiné, puisque tu ne tarderais pas à le découvrir par toi-même. Tu as d'ailleurs déjà pratiquement tout appréhendé. Ce chacal avait payé une jolie brunette pour tourner la tête à ce Pamo. Une fois le poisson ferré, il le conservait sous sa coupe en menaçant son ménage. En effet, le beau-père du prisonnier est le véritable trésorier de l'entreprise familiale, et si sa fille exige une séparation, notre contremaître se retrouve sans un sou.

— Je maintiens que l'homme que je viens d'interroger n'est pas l'assassin, ni même l'instigateur de ce meurtre. J'en suis certaine.

— Quelle assurance ! Te voilà presque arrogante ! lança le souverain dans un éclat de rire. Mais c'est exact puisque c'est moi qui ai ordonné son élimination.

Devant l'effarement de la Sentinelle, El Phâ accepta d'expliquer.

— Ce chien galeux ne réclamait pas d'argent ou de faveurs, mais des renseignements sur Nous.

— Pourquoi ne pas l'avoir arrêté pour l'interroger ?

— Parce qu'il n'est pas le premier à fomenter contre Ma Majesté. C'est même le huitième pour être précis, et ils ne parlent jamais. Je ne sais comment ils résistent, mais ils résistent ! Tous !

— Pour ma part, je n'ai jamais été amenée à interroger... commença à protester Kaïrale, lorsque le roi leva la main avec un rictus de colère.

La jeune femme se tint coite et sut qu'il lui faudrait faire preuve de beaucoup plus de vigilance lorsqu'elle s'adresserait à El Phâ.

— Je ne comprends pas pourquoi nulle Sentinelle ne nous a alerté sur la présence de ces fourbes, gronda-t-il.

Kaïrale choisit la prudence :

— Je n'ai aucune raison de remettre en cause vos réseaux de renseignements, ce qui signifie probablement que, pour le moment et malgré les apparences, aucun danger ne pèse sur Votre Majesté.

El Phâ leva les sourcils.

— Gel Ram, comme la plupart de mes conseillers, est convaincu que ces individus bénéficient de complicités au sein de la population voire de mon entourage proche. Ma venue chez toi, ce matin, se voulait un des signes forts destinés à affirmer la continuité avec le gouvernement de Sénéphy.

Kaïrale demeurait silencieuse alors que son esprit bouillonnait. D'une part, son intuition lui intimait de se taire, et d'autre part, elle lui certifiait qu'El Phâ omettait sciemment certains détails.

— Tu as été désignée comme Second Regard Clair au titre de tes connaissances étendues et reconnues sur les folklores des tribus. Mais en vérité, tes compétences de Sentinelle seront une protection supplémentaire au quotidien, et elles Nous offriront la possibilité d'une enquête approfondie et discrète.

— Dois-je entendre « non officielle » par « discrète » ?

— Tout à fait. Affranchie de tes obligations militaires et intégrée à la haute société, tu seras tout à ton aise pour mener des investigations et démasquer ces traîtres.

Le souverain ne dissimulait pas sa rage. Les mâchoires crispées, il poursuivit, le regard dans le vague :

— Dorénavant, je ferai exterminer la moindre de ces vermines.

Il reprit une posture hautaine pour ajouter :

» Ma Majesté a plus que jamais besoin d'être entourée de personnes non seulement capables mais de toute confiance. Nous voulions nous assurer que tu l'étais et comptions par la même occasion apprendre ce que savait exactement ce misérable Pamo sur son maître chanteur.

— Et sa complice ? demanda Kaïrale, avant de s'insulter *in petto* pour ne pas avoir tenu sa langue plus longtemps.

D'autant que devant l'air interrogateur du roi, elle dut préciser :

» La jolie brunette.

— Oh! Nous l'avons grassement récompensée pour avoir dénoncé cet odieux stratagème contre Ma Majesté. Tu la croiseras certainement un de ces jours en arpentant les couloirs du palais.

C'est alors qu'un goût de bile remonta dans l'oesophage d'une Kaïrale qui n'allait pas tarder à se sentir mal.

Je n'ai rien avalé depuis trop longtemps, se convainquit-elle en passant le dos d'une main sur son front, tandis qu' El Phâ prenait congé.

La jeune femme ne put ignorer les visages rieurs des deux soldats qui s'annonçaient afin de la conduire dans ses nouveaux quartiers.

— Pourrais-je, moi aussi, bénéficier de cette hilarité générale ? exigea-t-elle du plus jeune.

— Sauf votre respect Sentinelle, on raconte que le prochain Regard Clair a tapé dans l'œil de notre roi ! claironna-t-il tout sourire, tandis que son compère affichait un air de bovin réjoui.

Kaïrale haussa les épaules puis marcha au-devant d'eux, lorsqu'elle aperçut Gel Ram qui patientait à deux pas de là.

— Je me charge de l'accompagner, vous pouvez disposer, ordonna-t-il aux soldats.

Une fois à sa hauteur, la jeune femme crispée ne tarda pas à demander :

— Sa Majesté vient de m'expliquer la nécessité d'avoir en permanence une Sentinelle à ses côtés. Je n'ai donc jamais vraiment été destinée à devenir un Regard Clair, n'est-ce pas ?

— Pas seulement... consentit Gel Ram à voix basse et le visage fermé. La liberté de ta soirée est aussi remise en question. El Phâ donne une réception en l'honneur d'un généreux donateur et nous y sommes conviés. Il est indispensable qu'en de telles circonstances, nous affichions une entente sans faille et que nous apparaissions d'ores et déjà soudés par les impératifs liés à notre rôle auprès du souverain.

— Cela ne va pas être simple, ne put s'empêcher de pouffer la jeune femme, autant de nervosité que de surprise.

— Et bien nous devrons faire illusion. Nous sommes donc très proches et parfaitement en phase sur notre vision de l'ordre des choses, un point c'est tout. Nous allons commencer par nous tutoyer.

— Entendu. Je t'obéirai au doigt et à l'oeil comme un petit *basenji* bien dressé, se moqua Kaïrale.

— N'en fais pas trop. Je pourrais bien entreprendre de devenir très familier moi aussi, riposta lentement le Regard Clair, de dos, laissant la Sentinelle hésitante sur la portée réelle de la plaisanterie.

La nuit tombait sur le pays d'Arrassanie, et son cœur se mit à battre avec ferveur. Les tambours de la Grande Maison, comme ceux aux quatre coins de la cité, résonnaient dans un ensemble parfait.

Gel Ram, Kaïrale et les soldats se figèrent au premier coup. Et El Phâ, le pêcheur amarrant son embarcation, la mère nourrissant ses enfants, partout on pensa, on pria dans un unique murmure : « Qu'Arrassane daigne porter nos rêves comme s'ils étaient les siens » avant que chacun ne reprenne le cours de ses activités.

Pendant le trajet les menant vers le palais, Gel Ram conseilla à Kaïrale de se faire confectionner une écharpe de Regard Clair Royal le plus vite possible. En attendant, il proposa de lui prêter une des siennes pour la soirée.

La jeune femme fut immédiatement dévorée de curiosité à l'idée de découvrir les appartements d'un homme tel que lui. Elle accéléra le pas sans s'en rendre compte, mais n'obtint pas satisfaction. En effet, Gel Ram la fit patienter dans le couloir, prétextant qu'il devait aussitôt se rendre à ses bureaux parce qu'il avait encore fort à faire.

Kaïrale ne mit pourtant pas longtemps avant de se décider à oser jeter un oeil derrière la tenture qui séparait l'entrée du corridor particulier menant chez le Regard Clair. Elle allait s'avancer lorsque Gel Ram refit son apparition.

Elle afficha un sourire innocent en saisissant l'étoffe soyeuse :

— J'en prendrai grand soin, promit-elle.

— J'y compte bien, répondit-il sèchement, puis il ajouta : viens, tes appartements sont juste à côté des miens.

Son changement d'humeur intrigua Kaïrale, et le mutisme dans lequel il s'enfermait ne la rassura pas. Était-il subitement contrarié de devoir la côtoyer au quotidien ? La jeune femme préféra ne pas lui poser la question. Peut-être sa présence n'avait-elle rien à voir avec ses tourments ? Et si le contraire devait se confirmer, elle trouverait bien une ou deux occasions pour le vérifier.

— Je reviendrai te chercher tout à l'heure. Je te présenterai aux personnalités les plus influentes, et surtout, celles dont il faut se méfier. Tu auras beaucoup à apprendre, profite de ces quelques heures pour te reposer, recommanda-t-il, avec gravité, avant de la quitter à sa porte.

Kaïrale demeura un moment sur le seuil, impressionnée par le luxe de l'endroit. Elle pénétra d'abord dans un couloir menant à un salon qui faisait aussi office de bureau et permettait d'accueillir dignement une bonne demi-douzaine de visiteurs. Puis elle ouvrit de grands yeux ronds en découvrant l'immense balcon qui éclairait une chambre plus vaste que trois fois la surface de son ancienne cellule.

Je ne risque pas de ramener du travail à la maison, pensa-t-elle, alors qu'une tension nerveuse commençait à poindre.

La sobriété des cellules des Sentinelles avait toujours été un moyen efficace de concentration sans laquelle leur talent ne pouvait s'épanouir. Mais ici, tout était somptueux. Les tentures, les coffres, les vasques, les coupes de fruits, jusqu'à la moindre écuelle d'huile ou d'encens, tout incarnait le luxe aussi bien dans la rareté des matières que dans la maîtrise des techniques artisanales employées. Même l'exposition à la lumière n'avait pas été laissée au hasard. Le soleil semblait avoir été dompté, il inondait la pièce sans excès, et surtout, comme par magie, sans peser de sa chaleur écrasante.

Kaïrale eut le souffle coupé lorsqu'elle pénétra dans la salle au bain. C'était la seconde fois seulement qu'elle avait l'occasion de jouir de ce genre d'installation, pourtant courante dans les villas cossues de Niassamé. Sa découverte était liée à son amitié avec Omat, et son souvenir fit naître un petit sourire sur le visage de la jeune femme. Jamais elle n'aurait imaginé bénéficier personnellement d'un tel luxe.

Les dalles autour du bassin jouaient avec la nuance des sables du désert et leur rugosité empêchait qu'elles ne deviennent glissantes sous des pieds mouillés. Les parois déployaient une palmeraie si réaliste que Kaïrale dut s'assurer du bout des doigts que l'écorce des troncs était bien l'oeuvre d'un peintre virtuose. Au-dessus des arbres, un ciel bleu azur se muait lentement en une voûte étoilée au fur et à mesure que l'on s'enfonçait plus avant dans la pièce. Le mur du fond s'ouvrait dans l'obscurité sur une ligne d'horizon montagneuse éclairée par une lune qui brillait jusque dans l'eau. L'illusion de sa clarté était renforcée par une véritable source de lumière, un minuscule rayon de soleil provenant d'une ouverture sur les toits.

L'ambiance enchanteresse de la fresque était sublimée par le concert de plusieurs oiseaux aux couleurs de feu qui s'ébattaient dans une splendide volière.

Subjuguée, Kaïrale se dévêtit puis s'avança pour tester la température de l'eau du bout d'un orteil. Non seulement, elle se révéla idéale, mais l'infime remous exhala un parfum subtil qui était déjà, à lui seul, une invitation à se baigner. La jeune femme y répondit avec délice et se déshabilla pour s'y enfoncer toute entière. Elle cala sa tête dans un renfoncement prévu à cet effet, se détendit, se laissa flotter en écartant légèrement les bras. Elle fixa les fresques du plafond sans chercher à en décrypter les motifs, et sa nervosité inexpliquée se dilua lentement dans les senteurs du bain. Des bribes du passé remontèrent à la surface.

Comme une fiancée lors d'un mariage arrangé recevant des perles de la part d'un promis dont elle ignore tout, Kaïrale s'était vue offrir un présent de la part de Niassamé lorsqu'elle l'avait accueillie en son sein. Deux jours après son arrivée dans la capitale, la Sentinelle avait eu le bonheur de retrouver Omat, un garçon de son village, dont la famille de pêcheurs avait hérité d'une entreprise florissante.

Devenu fils de riche armateur, Omat avait proposé à la jeune femme de partager un moment de détente dans sa demeure, un après-midi de grande chaleur.

La salle au bain était somptueuse, et Kaïrale s'était dévêtue en un temps record. Entièrement nue, elle s'apprêtait à pénétrer dans le bassin lorsque son hôte lui fit part de son trouble.

— Kaïrale, nous n'avons plus huit ans !

Le garçon ne parvenait à poser ses yeux sur elle qu'à la dérobée.

— Ah, non, pas toi ! Ton imagination comme tes instincts primaires sont ton problème, pas le mien ! avait-elle protesté. Je suis exactement la même que lorsque nous allions jouer dans le fleuve. J'ai d'ailleurs presque autant de seins qu'à cet âge là, avait-elle déclaré en riant, avant de se jeter en arrière et de tout éclabousser autour d'elle.

Pourtant, Omat n'avait pas osé la rejoindre, tandis que son regard et son silence parlaient pour lui. Il avait enfin rassemblé assez de courage pour ouvrir la bouche, lorsque Kaïrale prit les devants en s'approchant du bord.

— Ne dis rien. S'il te plaît.

— Pourquoi ?

— Parce que nous nous connaissons depuis trop longtemps pour commettre une telle erreur.

Elle était sortie du bassin et Omat, fébrile, lui avait tendu un linge en rétorquant :

— J'ai toujours été le seul à te comprendre.

— Justement, lui avait-elle murmuré, tout à coup ennuyée.

Le garçon avait alors posé avec insistance les mains sur ses épaules, déclenchant une réaction impulsive chez la Sentinelle. Laissant tomber le drap, elle s'était retournée pour le repousser contre le mur. Lui maintenant fermement la poitrine, elle avait pressé un doigt sur un endroit précis de son cou. La pression exercée sur sa gorge obligeait Omat à pencher un peu la tête et Kaïrale l'avait imité afin de plonger ses yeux dans les siens. Appuyant exagérément son ventre contre lui, elle avait pris un ton cinglant pour le prévenir :

— Mon corps est un formidable instrument de travail. Il sert à merveille les mensonges les plus subtils comme les plus éphémères engagements. Cesse une fois pour toutes d'espérer de lui ce que je ne peux te donner.

Elle avait relâché sa prise, mais conservé un index pointé sur la poitrine d'Omat.

— Trouve un coeur qui saura t'offrir ce que tu mérites, et reste donc mon ami, lui avait-elle murmuré, plus calmement.

Elle était retournée vers le bain pour se glisser de nouveau dans l'eau, comme si rien ne s'était produit.

— Ton sort est-il celui de toutes les Sentinelles ? avait demandé Omat, en se massant le cou.

— Je l'ignore. Mais je sais mes exigences si je devais tomber amoureuse. Inutile de souffrir pour rien.

— Et moi, je suis certain qu'il y a, quelque part, une âme capable de balayer toutes tes certitudes, comme de te faire accepter l'idée de vivre avec le doute sans que cela te torture. Que la mienne ne soit pas celle qu'il te faut, je peux bien l'entendre, mais pourquoi ne pourrait-elle exister ?

— Peut-être parce qu'à l'instant précis où je l'ai rencontrée, je l'avais déjà perdue.

— Tiens, tiens ! Tu as donc…

— Non. Je méconnais le sentiment amoureux, sans pour autant nier qu'il suffirait de peu pour qu'il naisse, même contre mon gré.

Omat s'était approché du bord du bassin, et Kaïrale l'avait rejoint en restant dans l'eau.

— T'ai-je déjà dit pourquoi ma mère ne t'a jamais aimée ? avait alors confié le garçon.

— Non.

— Elle juge que tu es beaucoup trop jeune pour arborer un regard aussi grave. Que ce n'est pas normal. Elle n'imagine certainement pas combien elle est dans le vrai.

Il s'était agenouillé et avait déposé un baiser sur le haut du crâne de la jeune fille avant d'ajouter :

— Je ne suis jamais les conseils de ma mère, surtout quand elle a raison. Et puis, j'ai tout mon temps.

Débarrassé de sa serviette, il avait sauté dans l'eau en hurlant comme un enfant.

Si seulement nous avions su à quel point tu en manquais, songea Kaïrale, en soupirant.

Dans un mariage arrangé, la première épouse conserve toujours le meilleur statut mais elle est rarement l'aimée. Ayant abandonné ses illusions et perdu toute son insouciance, la petite fiancée de Niassamé ne jouissait plus des attraits de la capitale depuis longtemps. Elle en était certaine, un jour, elle partirait loin d'ici. Un jour...

La jeune femme ferma les yeux, puis s'éloigna du bord pour venir flotter au milieu du bassin. Bras et jambes savamment écartés afin d'obtenir la meilleure flottaison, elle se concentra sur les contours de son corps, cherchant à se diluer mentalement dans la surface du bain. Après quelques secondes, la frontière entre l'air, l'eau, et sa peau ne s'étant pas dissoute dans son esprit, Kaïrale usa d'une autre stratégie.

Je suis au milieu du lac, près du village. Il n'y a pas le moindre souffle de vent, se répéta-t-elle, jusqu'à ce que sa concentration la transporte sur les lieux de son enfance.

Rien ne bouge à sa surface. Le ciel, d'un bleu uniforme, se confond en lui. C'est un tout et je ne suis qu'une feuille flottant sur cette immensité, une toute petite feuille... une minuscule feuille... morte.

Chapitre 3

Le nouveau Regard Clair était assis par terre dans le couloir, devant ses appartements. Elle faisait danser l'extrémité de l'écharpe prêtée par Gel Ram, lorsqu'elle réalisa qu'il se tenait à ses côtés. Elle sentit combien il était irrité dès sa première phrase.

— Puis-je savoir ce que tu fais là ? commença-t-il.

— Je t'attendais, répondit-elle, en se redressant.

» Elle n'est pas souillée, précisa-t-elle, alors qu'elle réajustait l'écharpe.

— Il serait bon que tu te débarrasses de tes habitudes de soldat. Un couloir n'a rien d'un lieu de méditation.

Je m'y plierais volontiers si cela pouvait te rendre un peu plus aimable, pensa la jeune femme.

— Pressons-nous, la soirée est déjà bien entamée, et je ne voudrais pas arriver après notre souverain.

Il jeta un regard circulaire et, s'étant assuré qu'ils étaient seuls, il reprit en marchant :

— Contrairement à ce qui fut déclaré, il est écrit dans les registres royaux que notre Vénérée Sénéphy ne s'est pas éteinte paisiblement dans son sommeil.

— Je me souviens très bien, qu'à cette époque, certains des nôtres avaient évoqué un pressentiment de douleurs fulgurantes autour d'un sujet du palais. Je n'aurais jamais imaginé qu'il s'agissait de notre reine, confia Kaïrale, troublée.

— En vérité, ce fut d'abord la fièvre durant des semaines, des maux de tête et des crampes musculaires que les médecins ont eu toutes les peines du monde à maîtriser. La reine s'est rapidement affaiblie, les vomissements, les diarrhées et la toux ont achevé de la retirer de toute vie publique.

— Était-ce la fièvre des marais ? s'étonna la jeune femme.

— Tous ces symptômes auraient pu le laisser croire, en effet. Sauf que sa Majesté n'a pas quitté Niassamé les derniers mois précédents sa maladie. Il n'y a donc qu'une seule autre possibilité : elle a été empoisonnée.

La jeune femme se raidit en certifiant :

— Ce ne peut être qu'un effroyable accident. Elle bénéficiait de la vigilance du meilleur de tous les recruteurs de Sentinelles que le pays n'ait jamais eue, et n'aura plus jamais.

— On m'a dit tout le bien que tu pensais de lui. Ton hommage est très touchant, mais il est vain. Oun a effectivement déjoué trois attentats contre la vie de notre reine, mais comme par hasard, il était absent pour celui qui fut mené à son terme.

— C'est qu'on l'aura détourné par un procédé vil qu'il n'aura pu déceler. Oun n'aurait jamais failli à sa tâche.

— À moins qu'il n'ait trahi, lança le Regard Clair.

— Cette hypothèse est absurde ! s'esclaffa Kaïrale, persuadée qu'il plaisantait.

— Si ton ami était aussi bon que tu le prétends, ma supposition relève plus du probable que de l'affabulation.

— Ce n'était pas « mon ami », reprit la jeune femme, que la colère gagnait.

— On m'a pourtant assuré du contraire, certifia Gel Ram, sur un ton sarcastique.

— Des boniments de jaloux.

— En attendant, notre reine a bien été assassinée et il s'est enfui.

— Personne n'a jamais prouvé sa culpabilité. Je n'ai donc aucune raison de te croire, et par la même, d'occulter la grandeur de ce qu'il a accompli tout au long de sa brillante carrière, rétorqua Kaïrale, avec un air de défi que Gel Ram s'amusa à soutenir avec allégresse.

— Qui espères-tu convaincre ? lui lança-t-il, ironique.

Kaïrale baissa les yeux, et Gel Ram y vit une chance :

— Que s'est-il passé avec ce Oun ? tenta-t-il avec douceur.

— Saurais-tu garder un secret même si tu l'estimais sans intérêt ?

— J'ai renoncé à compter le nombre de fois où j'ai dû de me plier à une telle obligation.

— Alors, tu me comprendras mieux que personne, répondit la jeune femme, avec un évident soulagement.

Gel Ram crut bon de le renforcer en ajoutant :

— Il va de soi que j'observe cette même rigueur quand il s'agit d'amitié. Quelles que soient tes révélations sur la nature de vos liens, je serai un véritable tombeau, assura-t-il avec conviction.

— Tu ne me reprocheras donc pas d'en faire autant, murmura lentement Kaïrale.

Le Regard Clair serra les mâchoires sans parvenir à masquer son dépit, et sa mauvaise humeur revint en force. Il ne fit rien pour la contenir, négligeant Kaïrale qui dû courir derrière lui pour le suivre.

L'idée de passer la soirée à ses côtés et dans ces conditions épouvanta la jeune femme. Mais à l'inverse de ce qui avait été prévu, Gel Ram ne fit aucune présentation d'usage et l'abandonna au beau milieu du gratin de la capitale.

En effet, tout ce que Niassamé comptait comme hauts dignitaires politiques et religieux, riches commerçants et membres influents dans les communautés était présent, et surtout, occupé à faire la liste de ceux qui n'avait pas été convié. L'ambiance était toutefois à la bonne humeur, quoi qu'un peu guindée pour une Kaïrale désemparée.

Comme le programme des festivités semblait avoir débuté depuis un bon moment, elle préféra rester en retrait dans le fond de la somptueuse salle de réception bondée et colorée par les coiffes, les parures et les tenues des invités, toutes plus chatoyantes les unes que les autres.

Le brouhaha agaçait un officiel qui, dans l'indifférence générale, achevait d'égrener les dernières lois promulguées, avant d'exposer les objectifs des prochaines en préparation. Sans plus de succès, un second se présenta sur la même petite estrade et entama un discours sur les ambitions d'El Phâ en matière de politique extérieure.

La Sentinelle ne retint de ses propos que l'accord donné aux Mains Rouges, afin qu'un détachement militaire de Drills tente d'élucider l'origine de disparitions inexpliquées dans un coin reculé de leur territoire.

L'assistance éclata de rire lorsqu'un rapporteur précisa, avec dérision, que l'affaire s'avérerait délicate « puisqu'un animal démoniaque dévorait tout être humain sur son passage ».

Seule Kaïrale fut glacée par la boutade, et il n'y eut que Gel Ram, qui avait feint de l'ignorer jusque-là, pour froncer les sourcils et s'interroger sur les traits figés de la jeune femme.

Kaïrale sursauta lorsqu'on lui glissa à l'oreille :

— Mais voilà la plus chanceuse d'entre nous…

Elle ne se retourna pas sur cette voix familière qui lui offrait d'autres perspectives qu'une longue et monotone soirée. D'âge mûr, la dame resplendissait d'élégance dans la sobriété, contrairement à la plupart des invitées.

Kaïrale se borna à lui répondre à voix basse, en se tendant un peu en arrière :

— Ma très chère Tana, je peux t'assurer que, jusqu'à présent, je ne vois toujours pas ce qu'on m'envie.

— L'effrontée ! s'offusqua la femme, rieuse. Toute la ville sait que le roi en personne s'est rendu chez toi. Et tu es là, à une réception des plus prestigieuses aux côtés du très convoité Regard Clair ! Qui d'autre que toi pourrait prétendre à s'entourer de l'inaccessible en une seule journée ?

— Toi et tes amies omettez un détail d'importance, l'intérêt que me porte El Phâ, comme celui de son cher conseiller, n'ont que peu à voir avec un quelconque divertissement. Je cède volontiers ma place à la première qui la sollicite.

Des applaudissements retentirent. Les deux femmes ne se joignirent pas à l'ensemble des convives, préférant continuer leur conversation côte à côte, tandis qu'une multitude de petits groupes se formaient dans une joyeuse cacophonie.

— Et bien ! Je ne t'ai jamais vue d'humeur aussi sombre. Je devrais être la seule de nous deux à regretter ton départ, parce que je ne retrouverai jamais une Sentinelle aussi bienveillante à mon égard, reprit Tana, avec un air mutin.

Elle saisit deux coupes qu'un serveur proposait en passant au milieu des invités, et offrit l'une d'elle à Kaïrale qui lui répondit :

— Aussi grand que soit ton appétit pour les jeunes soldats, il n'a jamais mis en péril nos frontières.

— C'est vrai ma toute belle, mais cela ne me dit toujours pas pourquoi tu te montres si peu euphorique, alors que tout semble te sourire.

— Ce doit être la peur du changement, prétendit Kaïrale, avant de boire une gorgée de vin, et d'en profiter pour épier par dessus sa coupe Gel Ram qui conversait avec deux officiels.

Quand il tourna la tête vers Kaïrale, la Sentinelle fixait à nouveau le pendentif d'or illuminant le généreux décolleté de son amie.

Amusée par leur manège et aussitôt piquée par la curiosité, la Dame ne résista pas à se renseigner sur le champ :

— As-tu quelques vues sur le Regard Clair ?

— Serais-tu devenue folle ? pouffa Kaïrale, en manquant de s'étrangler. Quelles sont les fadaises qui bruissent déjà dans les couloirs du palais pour t'amener à croire une telle énormité ?

— Aucune. Mais cette façon de vous regarder... ou plutôt, la tienne de l'éviter, est on ne peut plus intrigante, argua Tana avec bonheur.

— Ne te méprends pas, j'observe et j'apprends. C'est toujours ainsi que je travaille.

— Que tu travailles... Donc, tu pourrais sans soucis me présenter ? Je sens que je suis déjà amoureuse.

— T'est-il seulement arrivé de l'être une fois ? s'enquit la Sentinelle du bout des lèvres.

— Oh, mais j'ai aimé tous mes maris !

— Tu sais très bien ce que je sous-entendais, marmonna Kaïrale.

— De qui parlons-nous exactement ? demanda la dame en faisant pivoter Kaïrale.

Fixant Gel Ram par-dessus l'épaule de la jeune femme, elle insista encore :

— Ton coeur s'emballe-t-il à ses côtés ? Tout ce qui sort de ta bouche te semble-t-il complètement idiot dès l'instant où tu l'as formulé ? Tes...

— Non. Ces bêtises ne sont plus pour moi depuis longtemps, coupa Kaïrale.

— Et ?

— Je ne saurais te conter plus.

— Fais un effort ! Il doit bien exister un homme qui soit parvenu à bouleverser ce petit cœur, tout de même, dit-elle en pointant son index sur la poitrine de la jeune femme.

— Je... J'avais l'impression de le connaître depuis une éternité et je... je me sentais apaisée auprès de lui. Oui. Sa seule présence me suffisait et je n'avais jamais le sentiment de perdre mon temps. Il faisait de moi quelqu'un... d'estimable.

— Tes souvenirs sont confondants d'érotisme ! se moqua ouvertement Tana. Une Sentinelle aussi prude doit valoir son pesant d'or, insista-t-elle encore, tout en saluant d'un mouvement de tête un hôte qui levait sa coupe à son intention avec insistance.

— Je ne vois pas le rapport, objecta Kaïrale.

— Tu n'étais point amoureuse, ma chère. Et apparemment, pas prête à le devenir.

Les épaules de la jeune femme se relâchèrent et cette réaction intrigua Tana.

— Tu sembles rassurée ?

Kaïrale ne lui consentit qu'un petit clin d'oeil, auquel la dame répondit par un :

— Tu es désespérante !

— Pourquoi ?

— Tu ne me mesures pas ta chance. Tu vis mille existences et tu ne le sais même pas !

— Comment oses-tu jouer les envieuses alors que tu as dévoré plus d'hommes que je n'en côtoierai jamais, fit mine de s'indigner Kaïrale.

— Tu as parfaitement raison, je les ai dévorés, et bon nombre d'entre eux se sont révélés sous ma langue aussi délicieux que toutes ces douceurs, affirma Tana, en saisissant une pâtisserie au passage d'un plat déjà à moitié vide. Mais... la faim revient toujours ma petite, c'est inévitable. Et lorsqu'elle te tient depuis trop de jours, tu peux t'abaisser à ingurgiter n'importe quoi dans le seul but de faire disparaître cette horrible sensation de néant. Tu te repais alors avec appétit, voire un plaisir incomparable, mais au bout du compte, tu ne fais que répéter un éternel et illusoire repas. Alors que toi, ma chère, tu dînes toujours ailleurs, tu te nourris d'essences qui me resteront inabordables.

— Que me chantes-tu là ? Ton cercle privé n'est composé que de fortunes, d'esprits brillants, et tu fréquentes les plus grandes figures de l'Etat. Quant à El Phâ, tu as l'occasion de le croiser dans des circonstances bien plus distrayantes que les miennes, renchérit la Sentinelle.

— Je suis tout à fait d'accord avec toi.

Tana prit le temps de sucer avec application chaque extrémité de ses doigts avant de poursuivre :

» En revanche, tu te méprends sur l'objet de ma jalousie à ton égard. Je n'aspire pas le moins du monde à ces sphères rustres et ennuyeuses dans lesquelles tu évolues. Il est certain que je suis bien née et que je possède plus que tu ne pourrais espérer acquérir durant ta vie entière. Seulement voilà, malgré ce destin, l'éternelle affamée que je demeure a eu la malchance de croiser ta route. Et depuis, j'ai pris conscience d'être totalement démunie d'inspiration dans mes relations. Si je ne manque pas d'ambition, je n'ai plus l'âge de me mentir, et s'il est trop tard pour que je change, mon petit confort comme mon orgueil ne m'empêchent pas de contempler cet unique privilège dont tu jouis avec un incroyable aveuglement.

La dame s'approcha de la jeune femme pour ajouter :

— Kaïrale, il te suffirait de t'ouvrir pour que l'on puisse profiter de tout ce que je perçois chez toi.

— Je n'entends rien à ton discours, bougonna la Sentinelle, en regardant par terre.

— Accepte de faire enfin confiance à tes semblables de temps à autre. Tu dois bien avoir quelques véritables amis, non ? Et si tu souhaites que j'en fasse partie, organise-moi ce petit rendez-vous, veux-tu ?

— Je devrais pouvoir t'être agréable, mais je te préviens, le Regard Clair sera une proie autrement plus difficile que mes anciens collègues de garnison. D'autant que je n'ai rien à te confier sur sa vie privée.

— Oh, mais je sais déjà tout ce que j'ai besoin de savoir, révéla Tana, comme une dangereuse confidence. Veux-tu que je le partage avec toi ?

— Si ce n'est pas uniquement de l'ordre du ragot, je suis preneuse.

— Mes informations se seraient-elles révélées décevantes, ne serait-ce qu'une seule fois ?

— Non, Tana. Pas une seule fois.

— J'aime te l'entendre dire. Alors, notre adorable Abyssin est né de deux Regards Clairs, et a grandi à l'abri des murs royaux où il a bénéficié d'une éducation et d'un enseignement à la hauteur de son intelligence. Il paraît qu'il a démontré très tôt des capacités exceptionnelles en maîtrisant à une vitesse hallucinante les différents dialectes des occupants permanents comme ceux des invités du palais. Il a d'ailleurs commencé en tant que traducteur officiel de la cour, avant d'être formé, puis nommé Regard Clair Royal.

— Sais-tu pourquoi ce surnom d'Abyssin ?

— Ah là, nous entrons dans la légende.

— S'il te plaît, s'impatienta la Sentinelle.

— C'est en rapport à un chat ramené d'un voyage par ses parents.

— Je croyais qu'il les détestait, s'étonna-t-elle.

— Certainement parce que ces petites bêtes lui évoquent beaucoup trop de souvenirs, se moqua Tana, tout en faisant glisser son pendentif de droite à gauche.

— Pourrais-tu te montrer un peu plus explicite et surtout, cesser de jouer avec ton collier, tu me rends nerveuse.

La dame lâcha le bijou, pour plonger de nouveau sa main dans un plateau de gâteaux au miel.

— Lorsqu'il n'était encore qu'un enfant, on raconte qu'il grimpait sur tous les genoux, et savait déjà amuser sa cour à tel point qu'aucun adulte ne lui résistait. Avec l'âge, son charme comme ses talents ne se sont pas démentis. Les jeunes résidentes du palais, comme les moins jeunes d'ailleurs, ayant croisé ses bras, le contaient pareil au félin : doux, mais avec du tempérament et très... facétieux. Elles furent plus nombreuses encore à regretter qu'il ait autant d'appétit pour la nouveauté. C'était un futur Regard Clair très... enjoué à cette époque, termina Tana, en essuyant le coin de sa bouche.

— Es-tu sûre que nous parlons bien de Gel Ram ?

— Sans l'ombre d'un doute ! J'ignore qui ou quoi l'aura autant assagi, peut-être l'exercice de sa fonction ? Quoi qu'il en soit, la réputation de ce jouisseur tout en contrastes se limita en un temps record à un seul adjectif : réfléchi ! Il ne fut plus à l'affût d'un mauvais tour ou de rencontres hors du commun ni même d'expériences inédites avec les belles étrangères de passage au palais. Certaines en furent très chagrinées, précisa Tana, avant de croquer dans un autre gâteau.

— Et il m'est d'avis que tu en connais personnellement quelques-unes dont tu rêverais d'attiser les regrets, n'est-ce pas ?

— Tu m'as toujours comprise à demi-mot Sentinelle, chuchota Tana, lumineuse. Mais... même s'il est devenu plus discret, je suis sûre que le chat n'a jamais cessé de chasser... susurra-t-elle, malicieuse.

Kaïrale continuait d'épier Gel Ram, dès lors qu'il ne croisait pas son regard, tandis que Tana le dévorait de ses yeux enflammés sans la moindre retenue.

— As-tu une idée de son âge ? Parce que s'il pourrait aisément passer la plupart du temps pour un centenaire, il est capable d'insinuations aussi fines qu'un jeune phacochère en rut, reprit Kaïrale.

— Il ne doit guère être moins ou plus âgé que toi. Permets-moi de te signaler que, pour un soldat, tu as toujours manqué férocement d'humour. Es-tu certaine de ne pas avoir un petit penchant pour lui ? Ce ne serait pas la première fois que tu craquerais pour un de tes supérieurs.

— Si tu fais allusion à Oun, je te répète que nous n'avons jamais été amants. Et, de toute façon, peu d'hommes seraient capables de jouer dans sa cour.

— Tu mélanges tout.

— Non. Et que la grande Massou me préserve longtemps de ces corps sans passion dont la peau ne frissonne que par nécessité, quand ce n'est pas par habitude.

— Ma secrète, mais impétueuse gazelle, ne serait-elle rien d'autre qu'une douce romantique ? À moins qu'elle ne soit qu'un petit « cul serré » ? Je n'avais jamais noté que tu t'entourais d'autant d'a priori, gloussa la très distinguée Tana.

— C'est simplement parce que je ne comprends pas ce que tu convoites tant chez Gel Ram. Ce n'est qu'un homme comme un autre, après tout.

— Là encore, je ne suis pas du tout d'accord avec toi, et je suis loin d'être la seule. Outre son indéniable côté charmeur, il faut reconnaître que lorsque le pouvoir et le raffinement côtoient l'intelligence de la raison, c'est très... comment dire... ensorcelant !

— Et bien moi, je préfère les hommes sans condition parce qu'ils gardent à l'esprit la précarité de nos existences. Qu'il le veuille ou non, ton Regard Clair montera dans la barque de nos ancêtres tôt ou tard, comme nous tous.

— Est-il nécessaire d'autant s'emporter ? Et puis, je te rappelle que ce n'est certainement pas à moi qu'il est utile de vanter les mérites des hommes de la rue, ma petite. Aurais-tu oublié à qui tu t'adresses ? Moi, au moins, je ne suis pas sectaire.

— C'est le moins que je puisse te reconnaître, ricana Kaïrale. Bien, alors si tu tentes l'aventure avec Gel Ram, fais-toi suffisamment appliquée pour m'énoncer une liste exhaustive de toutes les… « attitudes » qu'il apprécie, et pourquoi pas, celles qu'il qualifie de raisonnables, acheva-t-elle avec un petit air coquin.

— Et surtout pendant combien de temps ! renchérit Tana, le plus sérieusement du monde.

Cette fois, Kaïrale ne put s'empêcher d'éclater de rire.

— Que c'est bon de t'avoir ici. Je me sens complètement perdue, avoua-t-elle soudain.

— Ce n'est pourtant pas compliqué. Sois souriante, neutre au possible, et tout se passera bien. Allez, lance-toi ! Moi, je cours faire enrager mes petites camarades en leur annonçant que je vais obtenir un tête-à-tête avec le ténébreux Regard Clair Royal. À plus tard, et ne me déçois pas, je compte sur toi, acheva Tana, avant de s'éloigner à petits bonds comme une sauterelle toute émoustillée.

— Souriante…, répéta Kaïrale pour se motiver.

Mais l'annonce de l'arrivée du couple royal ne lui laissa pas le temps de s'y essayer.

La reine Athaa fut la première à faire son entrée. Sublime, elle descendit de sa chaise à porteurs et s'installa sur son trône, magnifiquement indifférente à tous ces yeux brillants de mille feux, admiratifs pour les uns, brûlants de jalousie pour les autres. Leur intensité n'était pas uniquement attisée par la prestance et la beauté de la souveraine car Athaa n'était pas femme à seulement paraître.

Pourtant, Kaïrale n'enviait pas le sort de cette épouse d'exception. Derrière ce port de tête princier et ses nobles attitudes se cachait une immense frustration. Les couloirs du palais bruissaient d'une pléthore de racontars acides, alimentés par d'innombrables éclats dus à son très mauvais caractère. Seul un homme tel qu'El Phâ pouvait prétendre dompter cette princesse à la réputation orageuse.

Alors qu'elle participait à des réunions de travail au palais, Kaïrale avait eu plus d'une fois l'occasion d'entendre Athaa s'époumoner sans que cela parut justifié. Et malgré tout, la soldate ressentait quelque compassion à son égard, certaine d'avoir lu le poids d'une vie de prisonnière dans son regard las. Une reine déversant sa colère sur des geôliers entièrement dévoués à son service ; une reine otage de son destin.

Pour rien au monde, Kaïrale n'aurait voulu dormir aux côtés du roi.

À peine était-elle arrivée à cette conclusion que celui-ci fit son apparition.

Le souverain n'avait rien à envier à sa compagne. Grand et athlétique, son charisme comme ses indéniables qualités physiques subjuguaient toute la gent féminine présente dans la salle. Il est sûr que les obligations de représentation n'avaient jamais été considérées comme un fardeau par El Phâ, qu'il fût encore le petit prince Mounrï, l'adolescent, ou le roi dans toute sa maturité. Sa peau très foncée, quotidiennement massée par des onguents, accentuait les lignes d'une musculature impressionnante mais harmonieuse. Son crâne rasé et sans défaut, son corps aux proportions parfaites et cette expression fière et figée lors de ces apparitions publiques, lui conféraient une allure unique, digne des plus belles et anciennes statues d'ébène du royaume. Le torse nu, il arborait toujours deux larges bracelets d'or sur ses avant-bras, ainsi qu'un énorme croissant de lune en or massif qui magnifiait le haut de sa poitrine.

La reine portait une ample robe blanche tandis que le souverain était drapé d'une sorte de jupe tout aussi immaculée. La blancheur de leurs tenues sur leur peau sombre soulignait leur élégance naturelle. Le couple royal dégageait presque malgré lui une aura, une communion, que les artistes n'avaient aucun mal à retranscrire dans leurs oeuvres. Portraits que l'on retrouvait dans des gravures martelées sur du métal ou sculptées dans les façades, et à chaque fois, la beauté de l'un n'avait d'égale que celle de l'autre.

Kaïrale les contemplait sur leur trône respectif comme l'on rêvasserait à des temps révolus en admirant des effigies de granit, ignorant le ballet des présents tout en or, pierres précieuses, plumes d'autruche, peaux de léopards et de lions, qui n'en finissait plus.

Soudain, El Phâ se leva et le charme se rompit.

Kaïrale se fit plus attentive, alors que cette sensation désagréable dont elle pensait s'être défaite dans son bain revenait à la charge. Elle frissonna.

Venu la rejoindre, Gel Ram remarqua sa tension, alors qu'elle serrait et desserrait les poings, mais il se limita à un : «Allons-y» un peu sec.

Ensemble, ils durent se frayer un chemin à travers les nombreux invités qui s'étaient agglutinés pour mieux voir et être vus de leurs souverains. Les deux Regards Clairs parvinrent enfin à s'installer à la droite du roi qui finissait de remercier un riche et généreux importateur à qui il dédia la soirée.

Flatté, l'homme se courba tandis qu'un officier s'approchait pour remettre une immense feuille de papier à El Phâ.

La salle se tut spontanément, pendant que le roi lisait en silence. Un serviteur lui apporta une tablette de marbre sur laquelle il signa le document que tout un chacun savait être la nomination de Kaïrale. Puis il redonna la déclaration paraphée à son officier qui toussota pour s'éclairci la voix.

— Aujourd'hui, et conformément aux vœux de Notre Vénérée Sénéphy La Juste, Nous, El Phâ, proclamons le soldat Kaïrale, Sentinelle de la Maison Royale, notre nouveau Regard Clair.

Kaïrale ne profitait guère de ce qui aurait pu être son petit moment de gloire car elle était sur le point de s'évanouir. Elle n'entendit même pas le roi prendre la parole pour insister sur la sagesse et la justesse de sa nomination.

Kaïrale ne percevait que quelques bribes de phrases. Parfois des mots çà et là redevenaient audibles, mais sa tête bourdonnait comme un essaim, jusqu'à ce qu'une effrayante litanie mentale ressurgisse :

Ne méprise pas le crocodile du grand fleuve. Ne le méprise jamais !

La chance voulait que les conseillers royaux bénéficient de sièges près du trône, et la jeune femme s'appuya le plus discrètement possible sur le sien pour ne pas s'écrouler au sol. Lentement, elle parvint à reprendre le contrôle.

Profitant d'une pose dans le discours de son époux, la reine se mit alors à bâiller bruyamment, avec grâce, comme toujours.

Le roi n'en prit pas ombrage. Au contraire, il sourit de toutes ses dents et annonça qu'il devait laisser ses invités pour régler des affaires urgentes.

Gel Ram se proposa de raccompagner Athaa qui ne souhaitait pas plus s'éterniser, et qui n'usa d'aucun faux prétexte pour quitter la salle.

El Phâ invita Kaïrale à le suivre, mais contrairement au protocole, qui aurait exigé que son nouveau Regard Clair marche derrière lui, il la fit s'avancer à ses côtés.

Les convives jasèrent aussitôt sur leur passage, et Sa Majesté se délecta des réactions de stupeur de la part d'invités outrés, comme de l'embarras Kaïrale.

Et la jeune femme n'était pas au bout de ses peines. Loin de la salle de réception, le souffle court, elle dut lutter contre une oppression croissante. Kaïrale ne craignait pas l'entretien avec son roi, mais elle s'asphyxiait sous un poids croissant, qu'amplifiait chaque centimètre carré du couloir qu'ils traversaient. Tous les espoirs du pays, et les doléances faites à ses souverains successifs semblaient s'être incrustés dans ces murs.

Kaïrale respira mieux une fois qu'El Phâ la fit entrer dans la Salle des Sages.

— Tout va bien ? demanda-t-il, en la voyant prendre une profonde inspiration.

— Oui, Votre Majesté.

Le nouveau Regard Clair mentait effrontément. Non, elle n'allait pas bien, et si sa respiration était redevenue normale, sa concentration lui échappait totalement. Très vite, elle fut envahit par une sensation de dédoublement. Kaïrale était là sans être là. Elle avait répondu à El Phâ sans l'avoir vraiment décidé, elle se sentait à côté d'elle-même, terrorisée tant elle ignorait jusqu'où cet état la conduirait.

Ce pourrait-il que mon roi soit le crocodile ?

La jeune femme ne contrôlait plus du tout les limites de son Éveil. Une inflexion dans la voix du souverain, un parfum familier derrière lui, des rires dans la pièce voisine, trop d'informations affluaient à son cerveau qui ne pouvait s'empêcher de les analyser les unes après les autres. Kaïrale parvint enfin à bloquer ce flux et à ordonner ses pensées, réussissant ainsi à surmonter sa panique, tandis qu'El Phâ déclarait :

— Te voilà libre de tes allées et venues dans le palais. Aucun lieu ne te sera interdit. Nous savons que tu es avant tout un soldat mais Nous pensons qu'il serait souhaitable que tu te fasses accepter dans le cercle des femmes. Nous sommes certains que tu obtiendrais des informations inestimables, ricana le souverain.

— Oun avait-il ce genre de mission ? osa Kaïrale.

— Parmi les femmes ? s'esclaffa le roi.

— Non, je voulais… bredouilla la jeune femme désemparée.

— Lui seul, ou Notre Vénérée Sénéphy, auraient pu te répondre, reprit El Phâ, amusé de voir son Regard Clair déstabilisée. À notre connaissance, Oun était le recruteur des Sentinelles royales, et rien d'autre.

— Lui-même en avait les talents exceptionnels, éprouva-t-elle le besoin de préciser.

— Nous ne l'avons pas connu comme tel, mais nous n'en doutons pas puisque que la reine lui avait accordé sa confiance et l'avait choisi comme formateur. En ce qui te concerne, ton statut de Second Regard Clair te donnera beaucoup plus de liberté d'action, d'autant que tu seras de toutes nos réunions. Ma Majesté espère que tu te montreras plus performante que ton prédécesseur, acheva-t-il, pince-sans-rire.

Je vous le promets, aurait voulu jurer la jeune femme, mais les mots ne trouvèrent pas le chemin de sa bouche.

— Afin de donner crédit à ta nouvelle fonction, tu accompagneras demain Gel Ram dans un de ses très rares déplacements, poursuivit El Phâ.

— Comment pourrais-je apporter ma protection à sa Majesté si je ne suis pas auprès d'elle ?

— Nous ferons en sorte de rester au palais durant ton absence. Toi, tu vas partir rencontrer un certain Itouma. C'est le représentant de notre précieux voisin, le territoire des Mains Rouges. Il requiert notre aide et c'est une chance inestimable à saisir.

Kaïrale cacha sa vive émotion à entendre un nom qui lui était beaucoup trop familier. Itouma, le sorcier de ses rêves d'enfant !

— La reconnaissance des Mains Rouges pourrait nous être profitable, aussi bien commercialement que politiquement. Viens par ici, ordonna le roi avec impatience.

Nerveuse, Kaïrale se rapprocha à peine :

— Vois sur cette carte, là, un passage clef réunissant ici un endroit naturellement dégagé pour installer un relais, et là, un accès au fleuve qui traverse la forêt en remontant vers le Nord. Nous pourrions peut-être négocier un couloir commercial stratégique pour l'ébène. Il nous faut impérativement obtenir les moyens d'infiltrer des cartographes pour des données plus précises, mais la prudence est de mise. C'est pourquoi, Ma Majesté insiste pour que ce premier contact apparaisse altruiste, et c'est ce qui justifie que Nous envoyons deux de nos plus précieux conseillers.

— Je suis certaine que tout se passera selon vos désirs, balbutia Kaïrale, troublée par la proximité d'El Phâ, alors que lui savourait sans complexe la situation.

Il fixa la jeune femme un long moment, avant de lui dire, en souriant :

— Tu peux disposer.

Kaïrale prit aussitôt congé, résistant autant qu'elle put à l'envie de s'exécuter en courant.

Gel Ram sortit de l'ombre dès le départ de sa nouvelle partenaire, et laissa traîner un regard sombre sur la carte du territoire des Mains Rouges.

El Phâ s'étonna encore plus de son silence :

— Pourquoi fais-tu cette tête mon ami ? Ce n'est pas parce que Nous ne pouvons nous empêcher de loucher sur ses adorables petites fesses que Nous avons perdu la raison.

— Et vous faites bien, Majesté. J'ai pris le temps de soigneusement l'interroger lors de notre première rencontre, et croyez-moi, Kaïrale est et restera d'abord une Sentinelle. Rien ne pourra la transformer en un petit animal docile. Elle est prête à mordre à la moindre occasion, et je suis certain qu'elle serait tout aussi agile à retomber sur ses pattes au moindre piège que vous lui tendriez, si jamais vous ressentiez le besoin de vous débarrasser d'elle.

— Lui refuserais-tu ta confiance ?

— Non. Il ne m'a pas fallu longtemps pour me rendre compte que ce soldat est un bloc sans nuance.

— Alors, Ma Majesté ne voit pas où est le problème.

— La discipline lui fait défaut, et c'est une qualité essentielle dont nous ne pouvons nous passer.

— Mon entretien avec elle te contredit, et il n'est nulle part fait mention d'une telle lacune dans ses états de service, protesta El Phâ, avec un sourire en coin. Pourquoi notre dévolu jeté sur ce soldat te chagrine-t-il autant ? Il y a encore peu de temps, tu n'y voyais aucune objection. Te plairait-elle plus que tu ne voudrais Nous l'avouer ?

— Majesté, je suis très sérieux.

— Ô mais Nous le sommes aussi. Oserais-tu remettre en cause une décision prise il y a longtemps ? Devons-Nous te rappeler que cette recrue est surveillée depuis qu'elle a été détectée par Oun ?

— Il n'en demeure pas moins insensé que vous vous obstiniez à suivre les recommandations d'un traître.

— Oun n'est pas un traître. Contrairement à ce que tu as toujours supposé, Nous restons persuadés que sa disparition ne fait pas de lui l'assassin de Sénéphy. Durant des années, Nous avons constaté combien il l'adorait. Par contre, Nous sommes convaincus qu'il a compris que Nous étions sur le point de révolutionner toutes ses écoles. Son besoin de quitter le pays n'était que l'illustration de sa déception, en plus de son chagrin, et Nous ne pouvions lui en vouloir. Nous concédons que Nous nous montrerions beaucoup moins sereins s'il y avait la moindre chance qu'il ait appris *comment* Nous envisagions de métamorphoser la fonction de ses chers élèves.

— La détourner serait plus juste. Transformer une Sentinelle, qui a fait le serment de protection, en un soldat destiné à tuer, même pour protéger, revient à renier leurs croyances ancestrales. Avec ou sans Oun, le leur faire accepter s'avérera de toute manière un exercice éminemment périlleux.

— Nous savons cela. Il me semblait que nous étions d'accord sur cette nécessité ?

— Nous le sommes, mais je continue à penser que le soldat Kaïrale n'est pas celui qui servira au mieux nos intérêts. Certes, cette femme n'a rien d'une intrigante, mais elle n'en est pas pour autant stupide. Au contraire, elle m'est apparue plutôt maligne et terriblement obstinée. Il ne sera pas facile de la manipuler et encore moins de la duper sur la réalité de nos objectifs.

— Ne t'inquiète pas. L'exercice du pouvoir fera des merveilles. Elle prendra goût à travailler à tes côtés et acceptera sans rechigner tout ce que Ma Majesté lui commandera. Elle nous mange déjà dans la main.

— Je crains que vous ne vous mépreniez sur ce soldat, Majesté. Kaïrale est férue des légendes et superstitions des tribus.

— C'est précisément pour cela que Nous avons pu la nommer Second Regard Clair du roi, répliqua le souverain.

— Mais c'est avant tout une idéaliste. Je vous l'assure, notre marge de manoeuvre est faible et je maintiens que vous commettez une erreur si vous la désignez pour les missions à venir.

— Reconnais tout de même qu'elle a d'adorables fesses.

— J'en conviens. Mais je sais cloisonner mon esprit entre mon travail et ce qui pourrait le desservir, consentit Gel Ram, avec un brin de malice, et bien qu'un peu contrarié du moment choisi par son roi pour se montrer léger.

— Ah, cette fameuse faculté de cloisonner ton esprit ! Cela est très juste, tu t'es toujours révélé un maître en la matière. Ma Majesté t'a-t-elle déjà assuré combien elle t'estimait aussi pour cela, cher ami ?

— Pas assez souvent, à mon goût. Mais je regrette plus encore qu'elle ne me suive pas au sujet de la propriétaire de ce si joli postérieur.

— Soit. Tu vas avoir tout loisir d'évaluer son obéissance sur le terrain. Tu te forges une opinion, et nous en reparlerons ensuite. Si tes doutes sont confirmés à ton retour, nous pourrons peut-être alors envisager une autre stratégie. Mais pour l'heure, l'affaire du Territoire des Mains Rouges est une aubaine inespérée pour établir des relations privilégiées avec ces sauvages, et elle doit se clore par un succès.

— Votre Majesté peut compter sur moi, j'ai mis toutes les chances de notre côté. J'ai supervisé l'organisation de l'expédition et, ce soir encore, j'ai achevé de régler les derniers détails.

— Parfait. Tout repose sur toi maintenant.

Chapitre 4

Kaïrale pestait en dévalant quatre à quatre les interminables marches des huit paliers qui desservaient l'entrée principale du palais. Mais pourquoi avait-elle emprunté cette sortie alors que, dès son arrivée, elle avait repéré deux issues beaucoup plus discrètes qui, l'une comme l'autre, lui auraient considérablement raccourci son parcours pour fuir cette maudite enceinte royale ?

Se défiler n'était pas dans ses habitudes, et pourtant, Kaïrale se pliait à un besoin impérieux de mettre de la distance entre elle et son destin.

Après son entretien avec El Phâ, la jeune femme était retournée auprès de Tana dans un état second. Elle avait attendu péniblement le retour du Regard Clair afin de tenir sa promesse de l'attirer dans les filets de son amie, et elle en avait aussi profité pour s'éclipser.

Et maintenant, sa fuite effrénée prenait des allures d'ultime échappatoire pour se soustraire ne serait-ce que quelques instants encore à l'implacable réalité. Les lourdes entraves, dont Kaïrale se croyait affranchie depuis longtemps, réapparaissaient sans crier gare, et rien de pire ne pouvait clore ce jour maudit : Petite Sagaie devrait bel et bien affronter Itouma.

Kaïrale s'arrêta net au bas de l'immense escalier. Elle releva sa jupe, la noua de chaque côté de ses hanches puis passa l'écharpe de Gel Ram autour de sa taille. Elle défit ses sandales qu'elle conserva dans ses mains, et s'élança ainsi dans une longue course de fond. Les genoux très légèrement fléchis et le buste droit, ses épaules et ses bras accompagnaient à peine le rythme de ses foulées tandis qu'elle fixait les lointaines colonnes au bout de la majestueuse allée.

La jeune femme concentrait toute son attention sur ses chevilles qui se raidissaient déjà. À son grand soulagement, elles semblaient ne pas devoir lui faire défaut ce soir-là, aucun tiraillement ne se fit sentir.

Laisser le corps occuper son esprit dans son entièreté était essentiel pour parvenir au plaisir de la course, et donc, à l'efficacité. Très vite, ses mollets comme ses cuisses s'alourdirent, même s'ils soutenaient aisément la cadence imposée. Sa cage thoracique se dessina mentalement de façon insistante, ce qui amena Kaïrale à conserver son allure tout en se focalisant sur la régularité de sa respiration. Petit à petit, son souffle devint naturel et les jambes s'allégèrent en augmentant proportionnellement leurs foulées. Assez vite, Kaïrale oublia son corps et son champ de vision se limita alors à ce que ses yeux fixaient loin devant. Elle évoluait dans un tunnel d'inconscience, l'esprit absolument vide. Tout son être répondait à cette pulsion qui l'avait poussée à quitter le palais. Autonome, il gérait à la perfection ses efforts musculaires et respiratoires, le tout dans un synchronisme parfait.

Soudain, des images s'imbriquèrent dans le paysage : la salle de réception, sa foule et les regards curieux de certains invités sur le nouveau Regard Clair, Tana et son visage illuminé au retour de Gel Ram, les présentations qui s'en suivirent et puis, plus rien.

Une bonne heure s'était écoulée lorsque le corps de la Sentinelle se rappela globalement à sa conscience.

La jeune femme n'était pas essoufflée, elle se sentait même très bien, apaisée, toutes ses énergies recentrées. Elle aurait certainement pu prolonger sa course si elle n'était pas arrivée à destination, en plein coeur d'un quartier qu'elle chérissait. Ce n'était pas un lieu fréquenté d'ordinaire par les soldats, mais plutôt par les artistes, les musiciens, et plus particulièrement par les Tambours de la nuit, ces hommes qui martelaient avec force le rythme de la vie dans Niassamé, dès le coucher du soleil et jusqu'à l'aurore.

Nul ne s'était retourné sur le passage de Kaïrale, accoutumé à la voir traverser les rues au pas de charge, même si c'était rarement avec ses jupes relevées.

Kaïrale se rechaussa, dénoua les deux noeuds sur ses hanches et secoua le tissu froissé avant de pénétrer dans la Ruche des Poètes Maudits.

Si les ruches étaient nombreuses dans la cité, la Ruche des Poètes Maudits restait l'une des rares à ne pas bénéficier d'une fumerie. À l'origine, les ruches étaient en plein air, là où les hommes d'une tribu se retrouvaient pour user du tabac comme le faisaient les anciens dans leur village. Rapidement, diverses ethnies prirent plaisir à se regrouper pour partager ce moment, jusqu'au jour où la bière accompagna les longues pipes.

Bientôt, une loi exigea que ces réunions se tiennent hors de la cité ou dans des lieux fermés ; les ruches étaient nées.

À peine Kaïrale avait-elle franchi le seuil de l'établissement qu'une main s'agita dans les airs. Le simple sourire de Sahat la combla de joie.

Le fils du propriétaire se leva pour accueillir son amie à sa table où elle remarqua un linge plié posé aux côtés d'une carafe d'eau.

La jeune femme se saisit du tissu qu'elle passa sur ses épaules puis inclina son front contre la poitrine d'un Sahat déconcerté. Les bras ballants, il prit quelques secondes avant de la repousser avec délicatesse. Il pencha un peu la tête pour l'inviter à s'asseoir, ce qu'elle fit en maugréant :

— Puisque tu t'attendais à me voir débarquer ici, je suppose que tu sais aussi pourquoi je frise la démence !

Sahat lui servit de l'eau, pendant qu'elle s'épongeait la nuque et le cou, qu'elle tendait inutilement vers le haut, espérant un peu de fraîcheur apportée par les ouvertures du plafond. Mais bien que les trappes fussent toutes grandes ouvertes, la joyeuse brasserie ressemblait à une étuve, même longtemps après l'heure de la fermeture.

Le débit de boisson racheté par le père de Sahat était un des plus anciens et probablement le moins bien conçu de toute la capitale. Un vieil entrepôt avait été transformé en salle principale et la minuscule cour extérieure, couverte d'un appentis, tenait encore lieu de remise. Seules les fenêtres avaient bénéficié d'une attention toute particulière, comme des alvéoles fabriquées par des abeilles terriblement inspirées. Faites en stuc, elles réduisaient en pleine journée la luminosité du soleil, mais plus que tout, la clientèle appréciait la discrétion qu'elles procuraient.

Les trappes avaient certainement été installées à la hâte sur une partie du toit, tandis que l'autre avait été recouverte d'un étage abritant quelques petites chambres, dont une réservée au propriétaire.

Le système d'aération n'étant absolument pas au point, Kaïrale n'avait pas fini de transpirer - comme de pester. Ce qu'elle fit sans retenue, tout en contant à Sahat sa stupéfaction à la venue d'El Phâ dans sa chambre. Elle parlait en buvant, sans même prendre le temps de respirer.

Sahat l'écoutait, impassible. Il aurait pu passer inaperçu dans sa tenue de Tambour de la nuit s'il n'avait arboré de spectaculaires cicatrices sur son crâne chauve. Malgré les apparences, ces traces témoignaient de sa chance extraordinaire lors de circonstances tout aussi peu communes. En effet, âgé de quelques semaines, Sahat fut croqué comme un fruit mûr par la gueule féroce d'un babouin. Tout le village pria pour sa survie et sa mère maudit plus que jamais sa condition de femme. Le jour où Sahat parut sorti d'affaire, elle fit le trajet jusqu'à la cité pour le déposer chez son bohème de père, et le somma de s'en occuper. L'argument de la dangerosité d'une ruche pour un nourrisson ne tenait plus ! Si le petit miraculé n'eut jamais l'usage de la parole, il apprit à recueillir celle de ses congénères et devint le transcripteur des improvisations de clients éméchés épris de poésie.

À l'instar du patron, ces artistes incompris se livraient à des duels lyriques à l'issue desquels les vainqueurs désignés par l'assistance pouvaient voir leur oeuvre exposée sur un mur.

Le jeune Sahat sut tirer avantage de son handicap, un muet étant toujours apprécié dans les sphères dirigeantes, et il n'eut pas à faire la preuve de sa discrétion pour intégrer l'équipe des Tambours de la nuit, celle qui officiait près du palais, dans la Grande Maison.

Ainsi, il gagna suffisamment sa vie pour chérir sa mère, tout en demeurant auprès de son vieux père.

Au tout début de sa carrière dans la capitale, la Sentinelle Kaïrale avait mené une enquête sur un trafic de bons commerciaux attribués aux Tambours. Sahat faisait alors un suspect idéal parce qu'il était un des rares, sinon le seul, à savoir écrire au sein de son groupe. À l'issue de l'instruction, son innocence fut prouvée et, depuis, son amitié pour la jeune femme n'avait jamais rencontré d'épreuve. Si bien qu'aujourd'hui, Kaïrale ne cherchait du réconfort qu'auprès de lui, comme en cet instant où elle achevait de relater sa première entrevue avec Gel Ram.

— Hier encore, j'étais un petit soldat tranquille, choyé par sa hiérarchie. Et voilà qu'en une seule journée, toute mon existence se transforme en cauchemar. Je frissonne à chaque fois que me revient le souvenir de cette voix, et de ce crocodile dont j'ignore tout. Je n'ai jamais connu une telle expérience auparavant, et je n'ai pas la moindre idée de l'origine d'un message de ce genre.

Afin d'illustrer combien il était plus prudent de se méfier d'un crocodile, Sahat la montra du doigt, puis ferma son poing qu'il recouvrit de sa seconde main qui mimait une mâchoire.

— Très drôle. Excuse-moi de ne pas avoir le coeur à rire, grogna Kaïrale. Depuis que j'essaie d'en comprendre le véritable sens, j'ai des tas d'interprétations qui me viennent à l'esprit, mais celle qui m'effraie le plus, parce qu'elle me paraît plausible, reste qu'une personne faisant partie de mon entourage depuis longtemps s'activera à me faire disparaître un jour ou l'autre, gémit-elle. Et je ne t'ai pas encore tout appris de mon funeste destin, ajouta-t-elle un ton plus bas en se penchant en avant. Gel Ram a pris soin de me confirmer tes soupçons concernant la mort de Sénéphy, et El Phâ compte sur moi pour ne pas subir le même sort. Peux-tu m'expliquer pourquoi choisir quelqu'un comme moi ? Il dispose d'une ribambelle d'espions en tout genre aux couteaux bien affûtés et c'est sur moi que cela tombe ! geignit-elle encore.

Elle frotta son visage dans ses mains avant de poursuivre :

— Et ce n'est pas le pire. Tu ne vas pas en croire ce qui reste de tes oreilles, je vais faire la connaissance d'Itouma ! Oui, tu as bien entendu, le sorcier qui m'a libéré des hyènes pour mieux hanter mes nuits d'enfant ! C'est une Main Rouge et je pars, pas plus tard que demain, en compagnie de toute une délégation pour le rencontrer.

Le muet haussa les sourcils.

— Non, je n'oublie pas que j'ai toujours prétendu rêver d'une telle rencontre pour lui faire la peau, mais je la supposais improbable, reconnu-t-elle à contre coeur. Maintenant qu'elle est sur le point de se réaliser, mon excitation est largement supplantée par la frousse. Si tu pensais devoir te mesurer à dresseurs de hyènes, partirais-tu confiant, toi ?

Sahat posa sa main sur celle de la jeune femme alors qu'elle penchait désespérément sa cruche vide.

Elle la reposa brutalement en confiant :

— Je me sens prise dans un piège dont le filet, comme celui qui le manoeuvre, me demeurent invisibles. Pour la première fois de ma vie, je suis terrorisée, et à un point que tu ne peux imaginer, acheva-t-elle d'une voix tremblante.

Sahat fit un signe à l'intention d'un jeune garçon qui apporta aussitôt une seconde cruche d'eau, puis revint, cette fois avec de la bière et des pailles de roseau. Après avoir remercié le serveur d'un hochement de tête, Sahat souleva le menton de Kaïrale et, au moyen d'une gestuelle très élaborée, lui assura qu'elle n'avait rien à craindre aux côtés d'un Regard Clair Royal.

— J'aimerais en être aussi sûre que toi, lui répondit-elle en dénouant l'écharpe de sa taille. Le conseiller d'El Phâ est une énigme à lui tout seul. Franc et cachottier, arrogant et pédagogue, malin comme un singe et tout aussi dangereux qu'un scorpion du désert. Je suis loin de le considérer comme garant de ma sécurité, vois-tu.

— Tu as tort, signa Sahat. Le Regard Clair a toujours servi au mieux El Phâ, et il le fera jusqu'à son dernier souffle, il est ainsi. Il a donc tout intérêt à veiller à ce qu'il ne t'arrive rien de fâcheux parce que tu peux protéger son roi, et sois tranquille, il en a les moyens.

— Bien. Puisque tu sembles si sûr de toi, je n'ai plus de raison de me méfier de lui, et devrais plutôt en déduire que je perçois seulement combien il a du mal à me supporter.

Le sourire qui vint barrer le visage de Sahat agaça Kaïrale, à tel point qu'elle lui répondit par un signe vif qui amusa encore plus le muet. Exaspérée, la jeune femme se borna à vider la seconde cruche d'eau sans plus dire ou signer quoi que ce fût.

Puis soudain, elle leva la tête pour demander :

— Puisque tu as fini ton service, accepterais-tu ma compagnie jusqu'au petit matin ?

L'acquiescement de Sahat se traduisit par la bière qu'il lui tendit tout en la débarrassant de l'écharpe du Regard Clair.

— Oh là, malheureux ! Ne nous attirons pas ses foudres ! s'exclama-t-elle.

Elle roula le précieux accessoire indispensable à sa nouvelle fonction, puis le posa à l'écart, en ajoutant, presque hilare :

— Si je la lui rapporte tachée ou je ne sais quoi d'autre, je suis certaine qu'il m'arrachera les yeux de ses propres mains.

Sahat ne se souvenait plus de l'avoir vu rire avec autant de coeur depuis une éternité. À moins que ce fût d'abord de la nervosité ?

Chapitre 5

Gel Ram ne fut nullement étonné quand son secrétaire lui annonça, très embarrassé, que le Second Regard Clair demeurait introuvable. Il n'eut pas plus de réaction lorsqu'il constata par lui-même que rien n'avait bougé chez Kaïrale. Apparemment, elle n'avait pas dormi dans son lit.

Convaincu depuis le début qu'elle lui causerait une foule de désagréments, il n'avait cependant pas prévu d'y être confronté aussi vite. Et même si l'idée de la récupérer avec une bonne gueule de bois aurait pu le réjouir, devoir organiser des recherches dans toute la cité ne l'enchantait guère. Probablement avait-elle fêté sa nomination avec ses anciens compagnons, et peut-être cuvait-elle encore son vin dans les bras d'un inconnu ? Quoi qu'il en soit, Gel Ram ne retarderait pas le départ pour le territoire des Mains Rouges afin de la couvrir. Si Kaïrale ne se présentait pas directement au bateau à temps, elle assumerait sa désinvolture, et du même coup, El Phâ serait obligé d'admettre combien son Premier Regard Clair avait toujours raison.

Serein, Gel Ram rassembla ses affaires et donna encore quelques consignes à son personnel. Il fit appeler des porteurs et les prévint qu'il ne souhaitait pas passer par la ville ce matin. Pour descendre jusqu'au fleuve, le Regard Clair préférait emprunter le canal qui desservait le palais, bien que son niveau fût au plus bas. Bientôt, la saison des pluies ferait grossir le Mün, et il inonderait les alentours de l'immense cité qui ne serait plus accessible que par voie d'eau.

Gel Ram gagna le petit quai privé de l'enceinte royale sans se presser, en élaborant mille et une hypothèses plus cocasses les unes que les autres sur les frasques nocturnes, et le devenir du « futur- ex » Second Regard Clair du souverain.

À l'appontement, quatre embarcations étaient déjà préparées, prêtes à partir. Gel Ram s'installa dans l'une d'elle en indiquant à son rameur la destination du grand port, tandis que des serviteurs déposaient ses bagages dans une seconde.

Les canaux utilisés par les petits esquifs de roseaux permettaient d'aller, dans les plus brefs délais, n'importe où dans Niassamé en évitant les foules. D'autant que leur coque noire, du fait de leur calfatage au bitume naturel, arborait un soleil d'or, et les rendaient ainsi prioritaires sur tous les flots d'Arrassanie.

L'astre adoré finissait de se lever sur le pays, et les mouvements réguliers du bateau rendirent le conseiller du roi pensif. Il commença même à s'inquiéter. Et si Kaïrale s'était enfuie ? N'était-ce pas une habitude chez ces Sentinelles ? Oun, lui, n'avait pas hésité longtemps. Peut-être la jeune femme en avait-elle appris plus qu'elle ne devait ? Après avoir passé en revue toutes les hypothèses, Gel Ram en vint à se convaincre qu'il allait au-devant d'un problème d'État. Furieux contre lui-même, contre El Phâ et cette maudite Sentinelle, il s'en serait fallu de peu pour qu'il n'éjecte le rameur, prenne sa place, et se défoule sur les pagaies afin d'arriver au plus vite. Lorsque le grand port fut en vue, la nervosité du Regard Clair était à son comble, et il sauta de son embarcation tout juste amarrée. Il remonta les doubles quais à vive allure, ignorant les saluts dus à son rang, comme les coups d'œils interrogateurs devant l'empressement inhabituel du plus réputé des flegmatiques officiers royaux.

Parvenu sur la place du centre des expéditions, Gel Ram cessa de spéculer car il reconnut immédiatement une frêle silhouette affublée d'une prestigieuse écharpe deux fois trop grande pour elle.

Kaïrale était en train de progresser discrètement dans le dos d'un officier qui s'agitait en donnant des directives.

— Et depuis quand laisse-t-on les meilleurs partis de la cité errer seuls de si bon matin ? claironna-t-elle soudain.

L'homme sursauta puis se retourna vers elle :

— Vile flatteuse ! tempêta-t-il, en l'enserrant avec fougue.

La jeune femme remarqua immédiatement l'évolution des scarifications si particulières de son ami.

Le soldat appartenait au cercle des Drills, qui était lui même composé d'une multitude de clans portant le nom de leur chef. La dernière fois que Kaïrale avait vu Rêemet, les marques sur sa peau partaient de son menton et soulignaient la moitié de ses joues. Aujourd'hui, elles les parcouraient entièrement, et finissaient leur course autour de ses oreilles. Lorsque l'officier serait en fin de carrière, la ligne cicatricielle se poursuivrait sur son front et sur tout l'ovale de son visage. Le dessous de sa lèvre inférieure serait bordé d'un liséré rouge permanent, achevant d'évoquer le masque d'un mâle Drill, chef de groupe de ce singe des forêts.

À l'occasion de cérémonies importantes, les cicatrices symboliques entourant le visage du jeune homme, comme celui de ses compagnons d'armes, seraient savamment peintes en blanc, leur conférant l'apparence d'un magnifique et soyeux collier de fourrure. Elles distingueraient les Drills, formés pour intervenir en forêt et en montagne, de leurs éternels rivaux, les Mambas, plus spécialisés dans les zones rocheuses. Les scarifications de ces derniers restaient les plus impressionnantes, tant leur face grisée rappelait la livrée du serpent et semblait véritablement recouverte d'écailles. Les membres du cercle des Lions, entraînés pour la savane, arboreraient des fronts striés aux couleurs jaunes et orangées, tandis que ceux du cercle des Scorpions ne dévoileraient que leurs yeux, le reste étant protégé sous leurs turbans noirs, nécessaires dans le désert. Il n'y aurait qu'après les défilés, lorsqu'ils se décoifferaient, que se remarqueraient les trois bandes de picots traversant de part et d'autre leur visage, à hauteur des ailes du nez.

Toutes ces troupes émérites étaient sous les ordres d'un groupe restreint de seize membres nommé l'Aourit, le dieu éléphant, celui qui ne connaît aucun prédateur parmi les siens. Le renouvellement de ses élus se faisait par cooptation à la mort de l'un d'entre eux et parmi les plus hauts représentants dans chaque cercle.

Les sentinelles comme Kaïrale étaient aux services des clans selon leurs besoins.

— Et moi qui espérais te faire la surprise, tu me devances encore une fois ! continuait de se plaindre le Drill, en relâchant son étreinte.

— Sois rassuré, tu as parfaitement réussi ton effet ! lui assura la jeune femme. Dis-moi vite, es-tu chargé d'inspecter le convoi, ou fais-tu partie des nôtres ?

— Les deux. Comme tu as pu le remarquer, je suis monté en grade moi aussi, dit le soldat, en pointant du doigt une de ses joues aux fraîches cicatrices encore boursouflées. Mon père m'a annoncé la nouvelle pas plus tard que cette nuit, et me voilà. J'ai un poste définitif de commandement aux frontières du territoire des Mains rouges.

Kaïrale aperçut au même instant Gel Ram qui n'avait pas perdu une miette de la scène, et qui venait à leur rencontre. La jeune femme bredouilla :

— Je suis ravie de te savoir à nos côtés, Rêemet.

— Tu te montres confondante de conviction, se moqua ouvertement l'officier.

— Pardonne-moi, mais les situations inattendues s'accumulent un peu trop à mon goût ces derniers temps. Ce qui est un comble pour une Sentinelle, reconnaissons-le, ironisa-t-elle, avant d'insister, souriante : Je suis très heureuse que tu sois là. Sincèrement.

— Sache que je suis tout disponible pour partager avec toi nos heures de repos avant d'arriver aux Lacs de l'Avant.

Kaïrale ne répondit pas.

— S'il te plaît, insista-t-il alors comme un enfant, sans faire cas du Regard Clair qui se tenait maintenant à deux pas.

— Entendu, tu m'épargneras les insomnies au moins une nuit sur deux, concéda Kaïrale, une main sur l'épaule d'un jeune homme ravi. Laisse-moi te présenter au plus prestigieux des émissaires de cette délégation diplomatique.

» Regard Clair, voici Rêemet, fils de l'illustre Namouan.

— Le Namouan qui siège à l'Aourit ?

— Lui même.

Rêemet salua le conseiller royal puis continua à observer discrètement les préparatifs tout autour d'eux pendant que Kaïrale poursuivait :

— Il est en charge de la coordination des actions des membres de la sécurité et supervisera l'équipage. Que les dieux bénissent celui qui a décidé de sa participation, ajouta-t-elle, avec un certain cérémonial qui intrigua le Regard Clair. Ses yeux pétillèrent d'un intérêt soudain pour le Drill qui, gêné, intervint avec plus de prudence que de politesse :

— Mes hommes réunissent l'ensemble de la cargaison et quelques mules supplémentaires afin que nous puissions transporter le tout pour embarquer, et partir au plus tard en milieu de matinée. J'effectue un dernier inventaire, et nous pourrons nous diriger vers les quais dès que bon vous semblera.

— Très bien, lui répondit Gel Ram, avant de s'adresser à Kaïrale. Notre bateau personnel est déjà amarré, et prêt pour le départ. Nous suivrons les marchandises à bonne distance.

Kaïrale était sur le point de dénoncer ce choix d'une embarcation séparée, lorsqu'elle vit Rêemet secouer négativement la tête avec force. Le regard implorant qu'il ajouta pour l'en dissuader eut raison de son envie de protester. Pourtant, la jeune femme le regretta presque aussitôt.

Alors que Rêemet s'éloignait, Gel Ram ricana :

— On peut dire que vous ne vous embarrassez pas de formalités.

Kaïrale choisit de faire la sourde oreille, mais le Regard Clair, lui, ne l'entendait pas ainsi.

» C'est une habitude chez toutes les Sentinelles ou ceci est strictement entre vous deux ? reprit-il. À moins que ce soit un privilège dû à son sang.

— Où veux-tu en venir, exactement ?

— Je parle de votre petit arrangement au sujet de vos prochaines soirées.

— D'une part, Rêemet n'est pas une Sentinelle, c'est un chef reconnu d'un clan de Drill et il mérite notre respect, bougonna-t-elle. D'autre part, nous avons souvent travaillé ensemble et j'ai une absolue confiance en lui. C'est un ami.

— Cela change tout, lâcha Gel Ram.

Imagine ce que tu veux, pensa Kaïrale, tout autant excédée que lassée des éternelles conjectures de tous ces ignorants.

— Sais-tu que je me sens tout à fait capable de me passer de formalité, moi aussi ? ajouta Gel Ram, léger.

— Je te crois sur parole, minauda alors Kaïrale, en posant une main sur la poitrine du Regard Clair. D'autant que, sans vouloir me vanter, il paraît que je suis très douée. Elle s'approcha très près de ses lèvres pour terminer d'une voix doucereuse : Mais reconnaissons qu'entre nous, ce ne serait pas très convenable.

Pour la première fois, Gel Ram ne soutint pas son regard et laissa filtrer une certaine tension. Kaïrale en fut presque déçue.

Elle se détourna de lui tranquillement, puis remonta la longue file des caisses et des balles en tous genres, rassemblées pour être encore une fois pointées sur les listes des contrôleurs royaux.

Lorsqu'elle s'arrêta devant un petit coffre, un mulet de bât chercha la main de la jeune femme avec son museau. Elle le gratta entre les oreilles, flatta son flan, puis reprit sa marche en prenant soin de s'écarter des autres animaux. Elle s'immobilisa une nouvelle fois pour observer, fascinée comme au premier jour, un Rêemet concentré, évoluant au milieu des soldats et des muletiers. Certains s'échangeaient des politesses tandis que d'autres commençaient à charger leurs bêtes. Pourtant, le menton redressé comme si il humait l'air ambiant, le regard presque vide, Rêemet ressemblait davantage à un pisteur de la savane qu'à un officier Drill laissant traîner une oreille attentive, ou suivant l'avancée des opérations.

Bien qu'absorbé par son inspection, Rêemet ressentit très vite l'attention qu'on lui portait. Il ne mit guère plus de temps à repérer Kaïrale qu'à la rejoindre pour lui apprendre :

— Il a été prévu une seule escale pour charger des céréales, des encens et des parfums. Ici, notre chargement se compose principalement de bijoux, d'or et de sel. Quelques têtes de bétail ont déjà été réquisitionnées à la frontière et ont commencé leur transfert jusqu'à la chefferie Ataros, où nous les récupérerons.

— Ainsi, nous n'avons plus à craindre de devoir nous frotter à la colère de paysans spoliés au nom de la grandeur d'El Phâ.

— Les autorités ont pu disposer de tout le temps nécessaire pour calmer les esprits, mais rien ne prouve que cela fût indispensable, protesta Rêemet.

— Tu es demeuré bien naïf, mon ami.

— N'est-il pas plus problématique, voire dangereux, qu'un Regard Clair tienne de tels propos, même devant cet ami ?

— Tu n'as pas tort. J'avoue avoir grand peine à me soumettre à mon sort, bougonna-t-elle. Et toi, tout ce déploiement ne te rappelle-t-il pas tous ceux auxquels nous avons participé jadis ? Je me souviens encore de la mine déconfite de la femme du chef Yakélé, lorsque je lui ai fait remarquer que son masque pour le visage m'évoquait l'odeur des onguents que ma tribu utilisait sur les mamelles engorgées des chèvres.

— Je me revois en train de m'étouffer pour ne pas éclater de rire, pouffa Rêemet. Nous avons été cruels avec cette femme.

— Tu penses cela aujourd'hui parce que tu n'as pas oublié combien tu en pinçais pour sa fille, rétorqua Kaïrale, mielleuse. Mais il est vrai que nous avons su feindre l'innocence mieux que des nouveaux nés. Ainsi, la veuve de ton pauvre aide de camp a pu tirer un prix intéressant de ses robes et ses onguents, en plus d'en récupérer pour ses chèvres !

— Notre grandeur d'âme avait bon dos, je suis intimement convaincu que cela t'amusait plus que tout.

— Ne regrettes-tu jamais ces temps-là ? demanda soudain Kaïrale, songeuse.

— Ah non ! Pas cette fois ! Ne compte pas m'entraîner dans une de tes...

— Quel rabat-joie tu fais ! coupa la jeune femme.

— Kaïrale, il s'agit d'un convoi d'une importance diplomatique sans précédent. Nous transporterons des présents de la plus haute valeur symbolique, sans parler de l'or d'El Phâ. Comment peux-tu écarter nos obligations envers notre pays avec autant de légèreté ? Aujourd'hui, nous avons de lourdes responsabilités, nous ne pouvons plus nous permettre de jouer les écervelés !

— Je croirais entendre ton père, bougonna la jeune femme. Cela pourrait pourtant être très simple. Il suffirait de signifier à Gel Ram qu'il est plus prudent d'abandonner le convoi dans un village près de la frontière tant que nous n'avons pas établi un premier contact avec les Mains Rouges. Il n'y a que toi et moi pour savoir que, comme à chaque fois que nous l'avons tenté, tout aura été distribué pendant notre absence. Mais d'un autre côté, nous serions vénérés par ces villageois pendant des générations entières, rien que pour les bêtes, acheva-t-elle avec un grand sourire.

— C'est une très mauvaise idée et tu le sais, grogna Rêemet. Je t'en prie, laisse-moi démontrer à mon père combien je suis devenu un officier de grande envergure.

— Mais tu l'es ! Et je t'interdis d'en douter ! Tu n'as rien de commun avec toutes ces panses grasses et ces froussards qui n'ont plus quitté Niassamé depuis une éternité. D'ailleurs, je suis sûre que ces idiots n'ont pas prévu de Siffleurs.

Rêemet consulta sa liste et hocha la tête pour confirmer les craintes de la jeune femme qui reprit :

— Nous devons impérativement négocier leur engagement avant notre départ.

— Je m'en charge, proposa Rêemet, soulagé de la voir revenir à des préoccupations beaucoup plus saines. Mais très vite, l'inquiétude le saisit de nouveau.

— Kaïrale ? commença-t-il avec prudence.

— Oui ?

— Les Siffleurs... je ne crois pas qu'on nous accordera des fonds si j'expose leur fonction comme tu me l'as expliquée.

— Et bien... faisons preuve d'imagination. Inventons une histoire du genre... qu'on les nomme les Siffleurs parce que ce sont des guerriers sanguinaires et que le sifflement de leur lance et le dernier son qu'on entend avant de mourir. Oui, je suis sûre que cela fera son effet, même sur le plus radin des trésoriers d'El Phâ.

— En d'autres termes, tu me demandes de débuter ma carrière en mentant ?

— Qui est la seule personne à t'en avoir parlé ?

— Toi.

— Alors, le soldat Kaïrale t'aura menti. Rêemet, il n'est pas question ici de flouer qui que ce soit. Nous n'avons pas d'autres choix, c'est aussi simple que cela.

— Tu as sans doute raison.

— J'ai raison. Il nous faudra bien compter trois parts d'or pour chacun. L'idéal serait d'être escorté par un minimum de huit Siffleurs, mais essaie d'en obtenir le plus possible.

— Le responsable financier de cette mission m'a pratiquement sauté dessus à mon arrivée. Et à plusieurs reprises, il m'a assuré être prêt à mettre à ma disposition tout ce que je jugerai nécessaire. C'est bien la première fois que je traite avec un contrôleur qui ne soit pas pingre. Crois-tu que cela cache quelque chose ?

— Bah, je préfère en tirer profit dans l'immédiat plutôt que de me poser trop de questions. Peut-être pourrions-nous saisir l'occasion pour ajouter quelques réserves de bières ?

— Ne tirons pas trop sur la corde, veux-tu ? D'autant que je ne doute pas qu'il regrette vite ses promesses. D'ailleurs, je vais de ce pas le trouver et reviendrai t'informer de sa réponse.

— Attends ! N'oublie pas d'insister sur le fait que personne ne peut pénétrer ces régions lointaines sans Siffleurs, et que s'il n'accepte pas de financer leur recrutement, moi, je refuse de quitter cette place. Il devra alors débrouiller avec le courroux d'El Phâ.

— Rien que cela !

— Ne suis-je pas le nouveau Regard Clair du roi ? rétorqua Kaïrale avec exagération, le buste excessivement droit. Allez ! Ouste ! Obéis ! Dépêche-toi !

Rêemet força son salut puis partit sourire aux lèvres à la recherche du trésorier.

— Dis-moi, ton « ami » a un comportement pour le moins étrange, entendit soudain Kaïrale, par-dessus son épaule.

— Fais-tu allusion à sa façon d'évoluer au milieu de marchandises sans rien commander ? C'est parce que Rêemet est un cas unique. Mais ne t'inquiètes pas, nous sommes sous la protection d'un vrai soldat.

— Il aurait donc aussi un don de Sentinelle ?

— Rêemet était déjà une recrue hors pair avant de se découvrir une prédisposition inestimable pour un soldat : être capable de flairer le danger comme personne. Mais contrairement à une Sentinelle, il maîtrise l'art de la guerre et monte à cheval comme peu d'hommes de notre garnison. Je suppose qu'être fils du seul guerrier encore vivant à être décoré de deux défenses oblige à l'excellence en tout domaine. Et de ce côté, on peut dire que ce garçon a rempli de fierté toute sa lignée. En plus de ses talents militaires, Rêemet est très précieux durant une expédition comme la nôtre. Si un homme engagé dans le convoi avait eu de mauvaises intentions, il l'aurait démasqué tout de suite.

Kaïrale fit face au Regard Clair pour terminer :

— Il faut aussi que je te prévienne, parmi les Sentinelles, certaines sont particulièrement douées pour détecter les plus fines voilures de menterie.

— Et si l'on ne fait qu'esquiver la vérité, sans pour autant la travestir ?

La jeune femme eut un petit rictus, avant de relever moqueuse :

— Hum... moi qui croyais que c'était une subtilité typiquement féminine...

» Une Sentinelle ne percevra le mensonge que s'il est nuisible au projet auquel il est affecté, reprit-elle avec sérieux. Si l'un des porteurs s'est présenté célibataire alors qu'il ne l'est pas, sa vigilance aura fait l'impasse. Et heureusement d'ailleurs, dans le cas contraire, des maux de tête infernaux lui pourriraient ses jours en permanence.

Le Regard Clair en convint d'un sourire.

— Mais même le moins doué de mes anciens compagnons aurait compris que tu tentes une diversion, reprit la jeune femme. Et que ta seule et unique préoccupation reste de savoir pourquoi Rêemet et moi tenons tant à passer les prochaines nuits ensemble.

— Je n'en disconviens pas.

— Tu risques d'être déçu, car tu n'auras rien de croustillant à te mettre sous la dent, je te l'assure.

— Laisse-moi donc en juger.

— Soit. Tout élève Sentinelle apprend à se calmer, à se recentrer, après des visions trop pénibles, sur les battements d'un tambour. Ce son nous a apaisé tant de fois que bon nombre d'entre nous ne peut plus se passer de ce rythme pour s'endormir en paix. Loin des Tambours d'Arrassanie, le cœur humain reste le seul moyen de nous préserver des cauchemars. En d'autres termes, Rêemet me prête son cœur pour la nuit, rien d'autre.

Gel Ram sembla satisfait de cette réponse et enchaîna :

— L'as-tu averti de la présence de nos cartographes parmi les hommes ?

— Non.

— Ne va-t-il pas tôt ou tard s'en rendre compte ?

— Comme je te l'ai dit, il est concentré sur son objectif qui est l'intégrité du chargement et son arrivée à destination sans encombre. Son inventaire n'est pas seulement un contrôle, c'est aussi un moyen de fixer son attention. De toute manière, s'il ressent le moindre doute, je serai la première à qui il se confiera, assura Kaïrale.

— Voilà donc la seule et véritable raison pour laquelle tu as accepté de coucher avec lui.

— Pas du tout, contesta la jeune femme en soupirant. Les Sentinelles se gardent bien de tomber dans le genre de piège auquel tu fais allusion.

— Pourquoi ?

— N'es-tu pas censé être uniquement préoccupé par des domaines de la plus haute importance ?

— Oh, mais c'est le cas ici. Et j'ai toujours été avide d'apprendre, c'est vital dans notre fonction. Alors ? J'attends. Pourquoi vous interdisez-vous de batifoler ensemble ?

Kaïrale serra ses mâchoires avant d'accepter de préciser :

— L'instant de l'abandon peut entraîner des perceptions dévastatrices pour des individus à la sensibilité exacerbée. Ce qui est rarement sans conséquence lorsqu'il s'agit d'une amitié. Voilà. Satisfait ? lui demanda la jeune femme, sans toutefois en attendre la moindre réponse puisqu'elle se dirigea aussitôt en direction des bureaux d'enregistrement des marchandises.

Pourtant, le Regard Clair insista, en haussant la voix à son attention :

— Cela se serait-il produit avec Oun ?

Kaïrale s'immobilisa sur une grimace, en fermant les yeux. Elle serra les poings, puis reprit sa route.

— Prie Rêemet de me rejoindre sur le bateau, veux-tu ? J'ai à lui parler, lança-t-il encore à la jeune femme, qui ne prit toujours pas la peine de lui répondre.

Rêemet se dirigeait vers la passerelle devant laquelle la majorité de la cargaison n'attendait plus que d'être chargée. Le jeune officier rayonnait, sa mine enjouée témoignant de sa satisfaction à avoir obtenu de l'or pour les Siffleurs. À n'en pas douter, c'était une merveilleuse journée qui commençait, et la joyeuse effervescence qui régnait sur les quais résonnait en lui. Elle amplifiait ses bouillonnements intérieurs, car il avait conscience d'être sur le point de partir à la conquête de nouveaux horizons. Rêemet ne parvenait pas à descendre de son petit nuage depuis que son père avait débarqué en pleine nuit pour le féliciter en personne. Et si le fils était franchement heureux des perspectives de sa future carrière, c'était un véritable cadeau supplémentaire du destin que de faire ce voyage en compagnie de Kaïrale. Il espérait seulement que la jeune femme ne ferait pas trop d'entorses au règlement militaire durant la traversée, puisque, à l'évidence, elle n'avait pas beaucoup changé depuis leur dernière rencontre.

Kaïrale était la sœur qu'il n'avait jamais eue, intrépide, espiègle, osant ce qu'il n'aurait jamais osé, spontanée comme il s'était toujours interdit de l'être. Il n'oublierait jamais combien, si elle l'avait plus d'une fois entraîné malgré lui dans des coups tordus, elle lui avait plus souvent encore offert cette trop rare et réelle sensation d'exister. Seulement, parfois, Kaïrale pouvait vraiment aller trop loin. Aujourd'hui alors qu'ils étaient des adultes responsables, Rêemet ne la laisserait pas le mettre dans une position inconfortable face à sa hiérarchie. Il ferait preuve de la même fermeté dont il usait avec ses hommes, et saurait prendre ses distances si elle franchissait les limites du raisonnable. Bien qu'il fût sûr et certain de ses résolutions, il fondit de bonheur en la voyant venir vers lui.

— Le Regard Clair t'attend sur le navire, lui apprit-elle, le regard sombre.

— Et moi, j'ai largement de quoi rétribuer nos Siffleurs.

— Tant mieux, dit-elle sans conviction.

— Y'aurait-il un souci ? s'inquiéta soudain Rêemet.

— Non.

— Kaïrale, si tu ne sautes pas dans tous les sens durant les derniers préparatifs de ce genre d'expédition, c'est que tu es préoccupée.

— Je n'aime pas l'idée d'un tête à tête entre le Premier Regard Clair et mon chef de clan préféré. Voilà.

— Ta nouvelle fonction ne te rendrait-elle pas un petit peu trop suspicieuse ?

— Dis-moi, Rêemet, me le rapporterais-tu si Gel Ram te posait des questions sur moi ?

— Et pour quelles raisons le Premier Regard Clair se renseignerait-il auprès de quelqu'un que tu n'as pas daigné fréquenter depuis plus de mille saisons ? demanda Rêemet, sur un ton faussement innocent.

— Je... je suivais une formation délicate et je ne pouvais me confier à personne, pas même à toi, avoua-t-elle, gênée.

— Si tu le dis..., lâcha Rêemet, avant de commencer à s'éloigner.

— Rêemet ! Jamais, je ne te mentirais ! s'offusqua-t-elle.
— C'est bon, je te crois, lui assura-t-il, surpris par sa réaction.
— Alors ? Me préviendrais-tu ? lui demanda-t-elle encore, en le retenant par le bras.
— Je le ferais, promit Rêemet.
— Merci, souffla Kaïrale soulagée, en le lâchant.

Mais elle ne le quitta pas des yeux jusqu'à ce qu'il retrouve le Regard Clair sur le bateau.

Avec un petit sourire narquois, Gel Ram se fit plaisir en accrochant le regard inquiet de Kaïrale, et insista en mettant une main dans le dos de Rêemet pour l'enjoindre à faire quelques pas sur le pont.

Une fois à l'écart des membres de l'équipage, le conseiller du roi écarta les bras, et prit appui sur le plat-bord en regardant les cultures de l'autre côté du fleuve.

Sur les étendues aux parcelles tout en dégradés de verts et de jaunes, des petites tâches noires se mouvaient sur l'horizon.

Gel Ram parla avec solennité :
— Alors même que je représenterai El Phâ, dès lors que nous aurons quitté le port, sache que je n'ai nullement l'intention d'intervenir pendant cette traversée placée sous ta responsabilité. Je tiens d'ailleurs à t'informer que j'ai été de ceux qui ont appuyé ta candidature pour ta nouvelle affectation à la frontière des Lacs de l'Avant.

Rêemet ne cacha pas sa stupeur.

» Il va sans dire que je détesterais être déçu, acheva lentement le Regard Clair en fixant l'officier.

— Cela n'arrivera pas, assura Rêemet.
— Si cette expédition est primordiale pour l'Arrassanie, elle représente également une chance d'asseoir ton autorité. C'est pourquoi, si tu rencontres le moindre souci, le plus petit tracas, n'hésite pas à venir chercher conseil auprès de moi.

Rêemet acquiesça d'un signe de tête, déstabilisé par ce soutien tout aussi inattendu que prestigieux.

— Bien. Abordons maintenant un sujet autrement plus délicat : Kaïrale.

Le soldat baissa soudain les épaules sans masquer son malaise.

— Notre fière amie fait de son mieux pour assumer ses nouvelles fonctions, mais je dois admettre des difficultés à… comment dire… saisir le sens de la plupart de ses réactions. Comme je n'ai guère de temps à perdre, j'aurais besoin des lumières d'un de ses proches pour parvenir à la cerner au plus près, afin de l'aider efficacement au quotidien et d'éviter des impairs. J'ai cru comprendre que vous vous connaissiez depuis suffisamment longtemps pour que tu puisses mesurer l'ampleur de ma tâche, ironisa soudain Gel Ram.

Un brin embarrassé, Rêemet acquiesça par une moue, en levant les yeux au ciel.

— Je sais tout de ses états de service et je ne m'intéresse pas à sa vie privée, mais… quel genre de Sentinelle était-elle ? En dehors de ce que l'on peut lire dans les rapports, bien sûr.

— Je crains de ne pouvoir vous être d'un très grand secours, Regard Clair. Je l'ai perdue de vue dès qu'elle a été prise totalement en mains par Oun. Elle s'est toujours montrée très discrète sur ses activités, et les rares fois où le hasard nous faisait nous croiser, nous n'évoquions jamais son travail.

— Alors, je me contenterai de tes souvenirs concernant la jeune Sentinelle Kaïrale.

Le visage de Rêemet s'éclaira. Pourtant, il attendit un long moment avant de reconnaître :

— Moi aussi, j'ai dû faire quelques efforts, vous savez. Mais, en réalité, la meilleure attitude est de ne pas chercher à la comprendre.

— Me voilà bien avancé, lâcha le Regard Clair. Peux-tu au moins m'en apprendre plus sur celle qu'elle était au temps de votre rencontre ?

— Les Sentinelles promues à Niassamé, mais qui n'ont aucune filiation militaire, sont appelées les « Nues ». Elles ont la possibilité de passer quelque temps dans les différents cercles afin de vérifier si elles n'auraient pas, naturellement, des affinités, des prédispositions, pour l'un d'eux en particulier. Kaïrale était une de ces Nues, mais avait déjà longuement fréquenté les Scorpions. Elle a d'abord choisi les Mambas, avant d'intégrer le groupe des vingt-cinq Drills auquel j'appartenais. Nous la connaissions alors sous le nom du Ratel.

— Le Ratel ?

— Certaines insultes n'ont pas besoin d'être féminisées.

— Entendons-nous bien, nous parlons de cet animal court sur pattes, à la fourrure noire et blanche ? Celui qui dévore les cobras ?

— Oui

— Dois-je y voir une allusion olfactive, un peu facile, à une quelconque arme secrète de défense chez Kaïrale ? se moqua Gel Ram, incrédule.

Rêemet n'apprécia pas les sarcasmes du Regard Clair :

— Bien sûr que non, répondit-il laconiquement, pour ne pas laisser trop transparaître son irritation.

— Alors, je dois avouer ne pas saisir clairement où est l'offense, poursuivit Gel Ram.

— En lui attribuant ce surnom, les Mambas ont fait savoir à tous les autres cercles qu'ils jugeaient qu'elle ne pourrait être incorporé à aucun. Il n'a pas été choisi par hasard, il désignait Kaïrale comme une solitaire beaucoup trop intrépide.

— Pourquoi ?

— On m'a rapporté qu'en premier lieu, ce fut une boutade à cause de l'amour inconsidéré de Kaïrale pour le miel, et sa pratique courante d'utiliser un oiseau appelé l'Indicateur. Cet oiseau conduit, par son chant particulier, à l'emplacement d'un nid d'abeille, espérant sa part, lorsque celui-ci est ouvert. La Sentinelle aurait ainsi régalé plus d'une fois ses compagnons sur les terrains où ils opéraient.

— Mais le ratel n'est pas qu'un amateur de miel, n'est-ce pas ?

— En effet. Bien qu'il ne paie pas de mine, l'animal est un féroce prédateur, audacieux et coriace. Mais sa légendaire témérité fait qu'il ose parfois s'attaquer à nettement plus gros que lui, au risque d'y laisser sa vie...

— Kaïrale aurait-elle fini par ne plus représenter qu'un danger aux yeux de vous tous ?

— Non, ce n'était pas aussi simple. Nos cercles sont l'élite, la crème de l'armée d'El Phâ. Nous devons faire corps avec nos équipes, et pouvoir compter sans faille les uns sur les autres. Aucune individualité n'y aura jamais sa place et, à long terme, Kaïrale n'aurait pu être des nôtres. D'autant que... je n'ai pas d'exemple concret en tête à vous citer, mais elle était une Sentinelle très déconcertante. Pendant les opérations, il lui arrivait d'avoir des réactions déroutantes, ou encore, de tenir des propos incohérents.

— Vois-tu, je te crois sur parole.

— Pourtant, contrairement à la plupart des Sentinelles pour lesquelles, nous autres soldats, n'avons guère de considération, le Ratel, lui, était profondément respecté.

— Qu'est-ce qui la différenciait des autres ?

— Son implication. Les décisions stratégiques prises par l'Aourit sont influencées par les informations, les impressions rendues par les Sentinelles. Mais la majorité d'entre elles demeurent cloîtrées dans leur tour d'ivoire, sans jamais anticiper les aléas liés à la réalité du terrain.

— Et notre Ratel n'était pas du genre à rester terré dans sa Maison, je me trompe ?

— Elle n'y était pour ainsi dire jamais ! Constamment à nos côtés, elle mesurait nos contraintes et nos efforts, et elle savait mieux que quiconque nous avertir des imprévus au cours de nos exercices.

— Mais ?

— Mais Kaïrale ne pouvait aussi s'empêcher de prendre des initiatives qui ne lui étaient pas permises, quand elle ne remettait pas carrément en cause l'opportunité de certaines décisions de nos supérieurs.

Gel Ram ne put se retenir de sourire.

» Vous imaginez aisément que lors d'un conflit, une telle attitude aurait été intolérable et probablement nuisible à l'intégrité du groupe. Aussi, aucun cercle n'aurait accepté la compter parmi ses effectifs, même si ses capacités étaient incontestablement prodigieuses.

— Est-il courant qu'une Sentinelle se permette autant de libertés sans être inquiétée ?

— Les Sentinelles ont toujours été des privilégiées, cependant aucune n'aurait agi ainsi sans bénéficier d'un sentiment d'impunité. Du moins, c'est ce que beaucoup d'entre nous pensions alors.

— Oun ?

— Je le crois. Comme j'ai toujours senti qu'il avait une idée bien précise derrière la tête. Nous étions devenus amis, le Ratel et moi, et j'ai tenté des centaines de fois de la raisonner, sans succès. Au fond, j'ai toujours su que rien ne pourrait la changer, et je suis certain que Oun le pensait aussi. Il l'a sciemment laissée démontrer son incapacité à travailler en société. Ainsi, il lui a été facile d'annihiler toutes ses ambitions personnelles pour mieux servir les siennes.

— Sentirais-je une petite pointe d'animosité ?
— Je... je suis désolé, Regard Clair. Mais quand je constate l'errance dans laquelle il a plongé Kaïrale depuis son départ... lâcha Rêemet, amer.
— Que possédait donc de si particulier le Ratel pour que Oun la veuille rien que pour lui ? osa sans retenue le Regard Clair, avide de curiosité.
— L'usage de son « Autre ».
— Son « Autre » ?
— Les Sentinelles se donnent des grades entre elles, et Kaïrale avait la réputation d'être « une primitive ». Un jour de grande bonté, le Ratel a bien voulu me révéler que certaines d'entre elles conservent des sens que le commun des mortels a perdu depuis longtemps et quelles parviennent parfois à les exacerber. Et je puis vous assurer l'avoir vérifié mainte fois, Kaïrale est de celles qui ont gardé l'éveil permanent de leur « Autre ». Mais plus rare encore, elle est capable de s'en servir à volonté. Tout au moins, elle l'était à cette époque.
Perplexe, Gel Ram leva un sourcil.
» Je comprends votre scepticisme, et j'ai d'abord réagi comme vous. Mais si vous prenez la peine d'observer les animaux dans ses parages, vous aurez une preuve irréfutable de ce que j'avance. Cela sera d'autant plus évident si elle vient à se trouver en présence de chiens. Les plus dociles se montreront soumis, quant aux plus agressifs, ils seront spontanément sur la défensive.
— Cela aurait-il un lien avec ce fameux comportement adopté par les sloughis royaux ?
— Oui. Ces chiens sont nés et ont grandi choyés, dans un environnement affectif total. Au passage de Kaïrale, je suis sûr qu'ils ont été saisis par ce que dégageait son « Autre ».
— Ils se seraient tapis de peur ?
— Je dirais plutôt... par soumission, d'instinct.
— Et pourquoi refuse-t-elle d'évoquer cette explication ?
— Là encore, nous en avons maintes fois parlé, mais elle s'obstine à nier l'évidence et continue à prétendre que « l'Autre » demeure imperceptible. Moi, je suis certain que le sien est si puissant que des êtres peuvent le ressentir, en tout cas, beaucoup d'animaux. Et je suis convaincu qu'Oun le pensait aussi.

— Que peux-tu m'apprendre sur lui ?

— Rien que vous ne sachiez déjà, répondit aussitôt Rêemet, surpris par la question. C'était le recruteur en chef. Il allait d'école en école pour dénicher des talents, et restait plus ou moins longtemps, en fonction des possibilités de ses trouvailles. C'est sans doute une des nombreuses raisons de son attachement si particulier envers Kaïrale, un peu comme… un entraîneur fasciné par une de ses bêtes de concours. Avec elle, il a certainement cherché à repousser le plus loin possible les limites d'une Sentinelle pour au bout du compte disparaître sans lui laisser d'avenir, acheva Rêemet avec une pointe de rancune.

— Existe-t-il une carrière plus enviable que de clore son parcours en conseillant El Phâ ?

— Je suppose que non, se reprit Rêemet.

Le Drill devint nerveux, et le Regard Clair s'en amusa.

— Il n'est pas utile d'embarrasser Kaïrale en lui rapportant cette conversation, ajouta Gel Ram avec douceur, tout en invitant le soldat à quitter le bateau.

Rêemet ne parut pourtant pas rassuré et semblait hésiter à partir.

— Y aurait-il plus à dire ? demanda alors Gel Ram.

— J'ai constaté de nombreuses fois combien « les primitives » étaient redoutées dans les villages, confia le Drill. Taire la caractéristique de Kaïrale nous évitera, indépendamment de sa colère à mon encontre, bon nombre d'ennuis, même au sein des membres de l'équipage.

— J'en prends bonne note. Va, notre amie doit certainement fulminer en faisant le pied de grue sur le quai, ricana Gel Ram.

— Je le crains, fit mine de se plaindre le soldat.

— J'attendrai ton signal pour donner l'ordre du départ au capitaine.

Prête à exploser, Kaïrale fondit sur Rêemet dès qu'il posa un pied sur le quai. Il ne lui laissa pas le temps de s'épancher car il prit un air mystérieux pour lui glisser à l'oreille :

— Tu avais vu juste, Gel Ram n'a pas arrêté de me questionner sur toi.

— J'en étais sûre ! pesta la jeune femme.

— Veux-tu mon avis ?

— Plus que tout, l'implora-t-elle en lui saisissant les mains.

— En fait, je crois qu'il te prend pour une folle.

Kaïrale demeura interdite un moment, et Rêmet éclata de rire.

Elle secoua la tête en marmonnant :

— La vengeance est un plat qui se mange froid, n'est-ce pas ?

— Assurément ! renchérit le Drill, hilare.

— Et maintenant que tu t'es bien amusé à mes dépens, vas-tu enfin consentir à m'apprendre ce qu'il espérait de toi ?

— Une chance de te comprendre, Kaïrale. C'est vraiment tout ce qu'il voulait, et il serait judicieux que tu y mettes du tien.

— Je n'ai pas confiance en lui.

— Écoute-moi, tu as toujours été méfiante, c'est dans ta nature. Mais cette fois, je pense que tu as tort.

Kaïrale parut presque convaincue, alors Rêemet ajouta en souriant :

— Et puis, maintenant que tu es la petite protégée du roi, comment pourrait-il t'arriver malheur ?

— Pffff... Parlons-en de cette nomination, pesta Kaïrale.

— Ne me dis pas qu'elle ne t'emplit pas de fierté ? lâcha Rêemet, abasourdi.

Kaïrale pouffa sans joie. Il n'était pas question de mettre son ami dans la confidence de sa mission d'enquête et de protection d'El Phâ, alors, elle déclara sarcastique :

— Je suis au bord de l'extase, ne le vois-tu pas ?

Au lieu de répliquer sur le même ton, Rêemet arbora un visage grave et posa la question que la jeune femme redoutait depuis qu'ils s'étaient retrouvés :

— Quand as-tu vu Oun pour la dernière fois ?

— Trois jours avant sa... « fuite », lorsqu'il m'a jetée comme un vieux tapis usé, répondit-elle, sans chercher à minimiser la profonde tristesse dans sa voix.

— Jetée ?

— Par le plus grand des hasards, j'ai appris qu'il envisageait de créer une nouvelle école, mais personne n'a pu me renseigner sur sa spécificité. J'étais persuadée qu'Oun ne m'avait pas parlé de son projet parce qu'il m'inscrirait d'office pour la première cession. Quelle idiote je faisais ! Je suis allée le voir avant tout pour savoir si la rumeur était fondée, et je peux t'assurer que je n'ai pas été déçue de sa réponse. Que dis-je, de son absence de réponse. Non seulement, il n'avait pas du tout l'intention de m'y intégrer, mais il a même refusé catégoriquement de me donner ma chance. Après m'avoir confirmé recruter lui-même ses élèves, il m'a asséné avec méchanceté qu'il était hors de question que j'en fasse partie. Je ne l'ai pas reconnu, lâcha Kaïrale, visiblement encore sous le choc et la douleur du moment. Il a été jusqu'à me préciser qu'il n'avait plus de temps à perdre avec moi, et m'a sommé de regagner mes quartiers. Je ne l'avais jamais vu ainsi. J'ai eu beau le supplier pour qu'il m'explique au moins ce qu'il me reprochait, mais rien, un mur. Dès le lendemain, j'ai été avertie par écrit de ma réaffectation à la Maison des Sentinelles, ainsi que de ma mise à disposition pour les régiments en partance, mais uniquement à titre exceptionnel. Une autre décision incompréhensible, pour ne pas dire incohérente.

— Pourquoi ?

— Réfléchis, soldat Rêemet ! Alors qu'il rompt brutalement notre étroite collaboration, il ne m'a pas missionnée à l'autre bout du pays, loin de la capitale. Ne trouves-tu pas cela étrange ? Si tu avais l'envie et les moyens de te débarrasser de quelqu'un, n'en profiterais-tu pas pour l'éloigner le plus possible de toi ? Or, il a décidé tout le contraire. Je pensais qu'il me fixait ici pour mieux discrètement me contacter par la suite, mais, là encore, je m'étais trompée. Me voulait-il sous sa coupe pour mieux me surveiller ? Je l'ignore. Quoi qu'il en soit, les faits sont là, il m'a bien remisée comme un vieux chariot.

Rêemet prit son temps avant d'oser supposer à voix haute :

— Ne t'es-tu jamais dit qu'il agissait conformément à des ordres ?

— Précise ta pensée.

— Peut-être savait-il déjà que notre souverain avait d'autres projets pour toi ?

Devant le manque de réaction de Kaïrale, Rêemet conclu aussitôt :

— Bien sûr que tu y as songé.

Kaïrale le lui confirma en haussant les épaules.

» Donc, à ce jour, tu n'as pas la moindre idée de ce qu'il est devenu ? reprit Rêemet, avec un brin de prudence.

— Pas la moindre, soupira-t-elle.

— Je comprends mieux pourquoi tu te mets toujours en colère dès qu'il est question de lui.

— C'est absurde. Je ne suis pas en colère. Je suis seulement déçue, comme le sont toutes les Sentinelles qu'il a abandonnées, d'ailleurs.

— C'est faux, et tu le sais très bien. Rêemet se rapprocha de la jeune femme : La soldate Kaïrale a parfaitement accepté le fait d'avoir été écartée sans aucune explication et même, le fait que son modèle, son chef aimé, soit parti comme un voleur.

Rêemet lui redressa le menton avant d'ajouter, un ton plus bas :

» Nous savons tous les deux qu'elle lui reproche uniquement de ne pas l'avoir emmenée.

Si Kaïrale était parvenue à formuler la plus petite objection, elle se serait diluée dans la brume des larmes contre lesquelles elle luttait.

Rêemet la prit dans ses bras en lui murmurant :

— Quand vas-tu enfin réaliser qu'il a toujours eu bien plus besoin de toi que tu n'as eu besoin de lui ?

Il venait à peine d'achever sa phrase qu'une fulgurante tension l'étreignit et inonda la jeune femme : Rêemet pressentait un danger et lui transmettait son émotion. Ils se tétanisèrent d'un coup, puis s'enfuirent dans un seul et même réflexe en direction du bateau. Ils couraient encore à toutes jambes vers la passerelle quand une pluie de flèches s'abattit dans leur dos.

— On tire depuis les toits de l'entrepôt Nord, hurla un marin.

Enfin sur le pont et hors d'atteinte des traits, Kaïrale et Rêemet s'accroupirent, se plaquant le plus possible contre le tas de caisses qui leur servait d'abri. Ils eurent besoin de plusieurs minutes pour reprendre leur souffle : tout s'était passé si vite. Enfin, Gel Ram les rejoignit pour s'assurer de leur état :

— Personne n'est blessé ?

Ils se contentèrent de se relever et de regarder tout autour d'eux. Kaïrale et Rêemet échangèrent un long regard, ils étaient en accord : ils ne percevaient plus aucun danger.

— J'étais à l'autre bout du navire, mais j'ai remarqué que les tirs ont immédiatement cessé dès vous êtes parvenus à monter, reprit Gel Ram.

— C'est tout de même l'attaque éclair la plus stupide à laquelle il m'a été donné d'échapper, grommela Kaïrale.

— Que veux-tu dire ? s'étonna le Regard Clair.

— Nous pouvions nous mettre si facilement hors de portée que...

— ... il en faudrait peu pour en déduire qu'on cherchait plus à nous faire peur qu'à nous abattre, acheva de conclure Rêemet.

— Exactement, souligna Kaïrale, avec un petit sourire.

Cette complicité dans des instants aussi graves lui rappelait tellement les jours où tout était simple dans sa vie de soldat.

— Je ne comprends pas comment... commença Rêemet.

— Arrête tout de suite, l'interrompit Kaïrale. Il est très probable que tu sois passé à côté parce qu'ils n'en voulaient pas véritablement à nos vies.

— Non, c'est impossible. J'ai préparé soigneusement ce convoi.

— Un de vous deux pourrait-il se donner la peine de m'expliquer ? grogna alors Gel Ram.

— J'y ai travaillé toute la nuit, et je n'ai rien laissé au hasard, reprit Rêemet effaré, indifférent au masque courroucé du Regard Clair. Kaïrale, il n'y a qu'une seule explication.

— Je sais. Mais tu n'as rien à te reprocher, puisque tu ne pouvais rien pressentir.

— Rêemet ! pesta Gel Ram.

Le Drill se reprit et s'adressa uniquement au Regard Clair :

— Kaïrale est la seule personne à laquelle je ne me suis pas consacrée parce que j'ignorais sa présence parmi nous avant ce matin. Ce qui signifie qu'elle était vraisemblablement la cible de ces tirs.

— Je vais donner des instructions pour qu'une enquête soit menée sur le champ par la police royale, répliqua aussitôt Gel Ram.

— Fais donc cela, acquiesça mollement Kaïrale.

— Sais-tu qui ou pourquoi on voudrait t'intimider ?

— Je n'en ai pas la moindre idée, marmonna Kaïrale, pensive.

— Fais-moi confiance, à notre retour, les coupables auront été identifiés et châtiés comme il se doit. El Phâ ne laissera jamais personne s'attaquer à un de ses Regard Clair, sois-en certaine, ajouta-t-il, en la prenant par les épaules.

Mais Kaïrale ressemblait à une poupée de chiffon entre ses doigts. Brusquement, elle se ressaisit et déclara :

— Il serait peut-être temps de larguer les amarres, non ?

D'abord resté sans voix, Gel Ram s'emporta :

— Vous ne vous en sortirez pas aussi facilement, tous les deux. Vous n'allez pas me cacher très longtemps les dessous de cette affaire. Croyez-moi.

» Les Regards Clairs embarqueront sur ce bateau, faites transférer nos affaires, lança-t-il à un matelot.

Il s'adressa ensuite de nouveau à Kaïrale et Rêemet, mais avec une autorité volontairement plus affichée:

» Je vous veux tous les deux devant moi juste après notre départ pour une explication.

Puis il partit vers la cabine du capitaine qui lui avait été cédée sans qu'il fût nécessaire d'en convenir.

— Ouuuh! Force est de constater que la partie est plutôt mal engagée si nous désirons vraiment épater ton père, lâcha Kaïrale, en regardant Gel Ram s'éloigner.

— Et je suppose que tu te régales, maugréa le Drill, inquiet.

— Pas du tout, mon ami, lui répondit-elle en posant une main sur son épaule. Le Second Regard Clair Royal fera en sorte de calmer le premier, je te le promets.

— Espérons qu'il ne se surestime pas, bougonna-t-il, avant de partir faire un dernier point avec le capitaine, mais en gardant un oeil sur les toits.

Posté à la proue jusqu'au départ, Rêemet s'était empressé de trouver Kaïrale dès que le navire s'était suffisamment éloigné de Niassamé. Il ne voulait pas prendre le risque de voir la jeune femme faire attendre le Regard Clair dans le seul et unique but de l'agacer encore un peu plus.

Légèrement anxieux, le Drill se tenait, en bon soldat, avec les mains dans le dos devant l'entrée de la cabine, tandis qu'à ses côtés, Kaïrale se dandinait de temps à autres comme si elle s'ennuyait déjà.

Face à eux, Gel Ram finissait d'apposer son sceau sur des documents. D'un signe, il invita à entrer le seul qui avait la décence de lui marquer un minimum de respect, et Kaïrale suivit.

Les deux amis s'installèrent l'un à côté de l'autre, sur des coussins moelleux recouverts de soie. Ils attendirent patiemment en évitant de se regarder.

Gel Ram scruta longuement leur visage, avant de se lancer :

— Je suis plutôt un homme qui garde les pieds sur terre, rationnel et pragmatique. Aussi, bien que je sois ignorant des capacités d'une Sentinelle, je sais que si je souhaite menacer quelqu'un, j'ai tout intérêt à ce qu'il comprenne ma menace sans la moindre équivoque. Par exemple, si je n'ai pas une explication sur l'instant, je vous ferai passer par-dessus bord pendant que nous continuerons notre route.

Après un court silence, Kaïrale explosa d'un rire hystérique pendant que Rêemet bataillait contre lui-même pour ne pas succomber à l'envie d'en faire autant. Sans quitter le Regard Clair des yeux, il asséna un gros coup de coude à la jeune femme qui s'arrêta tout net.

— Vous commencez sérieusement à me taper sur les nerfs, cracha Gel Ram, furieux.

— Veux-tu bien nous laisser ? suggéra doucement Kaïrale à Rêemet, qui sortit aussitôt sans demander son reste.

Elle se racla la gorge avant de poursuivre :

» Je t'assure que je n'ai pas l'ombre d'un soupçon sur ce qu'on cherche à me dissuader de faire ou de découvrir. Maintenant, je dois te dire que l'idée de rentrer à la nage m'effraie bien moins que de t'imaginer dans quelques jours loin de ton petit confort quotidien.

— Je ne suis pas d'humeur, Kaïrale, prévint Gel Ram.

— Alors, puisque mes sens ne me servent point, usons des tiens pour résoudre cette énigme. Pourquoi voudrait-on m'empêcher de participer à cette expédition ? Et je ne peux peut-être pas répondre à cette question parce que je ne connais pas le véritable objet de notre voyage, insinua Kaïrale, suspicieuse.

— Mais enfin ? Il est celui que le roi t'a donné, s'emporta Gel Ram, excédé par les sous-entendus. Un soutien de l'Arrassanie au peuple des Mains Rouges, apporté et renforcé par la présence de deux de ses plus hauts dignitaires, dont un possédant une connaissance de leurs croyances. Nous espérons obtenir une nouvelle route pour le commerce de l'ébène si tu parviens à résoudre leur problème de ... « monstre ». Et moi, je suis à tes côtés parce que tu es inexpérimentée en matière de code et de comportements diplomatiques. Atouts indispensables qui, je le crains fort, te resteront irrémédiablement étrangers.

— Alors nous sommes dans une impasse... songea Kaïrale, à voix haute.

— Je le crois aussi... à moins que... à moins que les hommes qui ont tenté de t'intimider ne se soient tout simplement trompés.

— L'erreur serait plus que grossière ! s'esclaffa la jeune femme.

— Non pas trompé sur la personne, mais sur ce qu'elle sait ou non.

— Par Massou, que pourrais-je bien détenir à mon insu ?

— Je ne peux que te conseiller de tout entreprendre afin de le découvrir au plus vite. Il serait imprudent de courir au-devant d'ennuis sans en mesurer la portée.

— Je vais m'employer à y réfléchir durant la traversée. Puis-je m'en aller maintenant ?

— Oui. Mais il faudra que tu m'accordes du temps tout au long de ces prochains jours. Je voudrais profiter de ces heures perdues en traversée pour t'initier à quelques notions d'importance en ce qui concerne la vie au palais. Je n'en disposerai guère après notre retour.

— Je me rendrai disponible, répondit Kaïrale avant de sortir, sans avoir rien écouté de la fin du discours de Gel Ram.

Loin d'être dupe, le Regard Clair secoua la tête, en pensant :
Je savais qu'El Phâ commettait une énorme erreur.

Chapitre 6

Le bateau remontait avec prudence le Mün qui, à cette époque de l'année, ressemblait à une longue langue s'étirant à travers un pays assoiffé. Jamais ses rives n'avaient paru aussi désolées, et les animaux semblaient eux-mêmes déroutés de devoir partager des espaces de plus en plus restreints. La sécheresse les rendait particulièrement nerveux et irascibles, mais par chance, il n'y avait eu aucun incident avec les imprévisibles hippopotames, terreur des pêcheurs comme des navires marchands.

Non, la seule véritable contrariété, perceptible sur tout le fleuve, provenait d'un Regard Clair qui enrageait haut et fort à cause d'un énième rendez-vous manqué. Depuis la veille, Gel Ram n'était pas parvenu à remettre la main sur Kaïrale, et il commençait à perdre patience.

— Mais comment peut-elle disparaître sur un bateau ? fulminait-il, sur le pont.

Décidé à ne plus perdre son temps, il fit quérir Rêemet pour qu'il la lui ramène dans les plus brefs délais.

Le Drill s'exécuta sur le champ car il savait exactement où la trouver. Il descendit en trombe jusqu'aux réserves de céréales et, interrompit brutalement une partie de Bousiers en renversant son plateau de bois d'un violent coup de pied. Les jetons roulèrent au sol, tandis que le matelot comme Kaïrale, ahuris, dévisageaient un chef de clan manifestement de très méchante humeur.

Prudemment, le marin ramassa une à une les pièces du jeu, alors que la jeune femme se levait de mauvaise grâce, en poussant un gros soupir.

Elle passait devant Rêemet, lorsqu'il lui murmura, entre les dents :
— Tu m'avais promis, Kaïrale. Si tu ne le fais pas pour toi, fais-le pour moi.

Puis il l'accompagna jusqu'à l'intérieur de la cabine où l'attendait le Regard Clair, excédé.

Rêemet ne repartit qu'après avoir vérifié que Kaïrale s'était bien assise.

Gel Ram, échauffé d'abord par l'attitude de la jeune femme qui se voulait l'innocence incarnée, ravala malgré tout son exaspération, et commença à présenter les tenants et aboutissants de sa fonction. À sa grande surprise, Kaïrale se montra réceptive et des plus attentives.

Motivé, il n'hésita pas à lui faire un petit historique des derniers duos « El Phâ-Regard Clair » ayant régné sur le pays. Il conta leurs particularités, les inimitiés ou les fusions qui en avaient résulté au fil des années, pourtant jamais exposées au grand jour. Il révéla aussi quelques indiscrétions, mais s'attarda surtout sur son propre rôle au quotidien auprès de son souverain. Il conta à la jeune femme les énormes difficultés qu'il y avait à composer avec le caractère de certains membres de la famille royale, mais se refusa à en donner des exemples concrets.

Les intérêts personnels, omniprésents dans les jeux de pouvoirs, furent encore plus délicats à aborder. D'une part parce qu'ils relevaient souvent de domaines confidentiels, et d'autre part, parce que Kaïrale était loin de présenter les qualités idéales garantissant le secret sur les personnalités concernées. Cependant, l'ex-Sentinelle savait déceler les instants où il était préférable de ne pas poser de question, et là, elle se garda bien de lui demander des noms. Toutefois, Gel Ram cita le plus important fabriquant de papier d'Arrassanie, Ambaka.

L'homme était à la tête d'une entreprise utilisant les excréments d'éléphants pour produire un papier qui, grâce à un procédé familial jalousement conservé, lui conférait une qualité dans le temps inégalée. Ainsi, Ambaka fournissait le précieux support au palais, aux principaux bureaux administratifs du pays, et employait une centaine d'équipes de ramasseurs de bouses rien que dans la région autour de Niassamé.

La santé de l'entreprise dépendait donc en grande partie des décisions des comptables d'El Phâ en matière de commandes, tout comme les finances du royaume étaient impactées par les rabais obtenus.

Kaïrale se souvenait parfaitement avoir croisé le riche Ambaka lors de la soirée de sa présentation officielle, devant les plus précieux sujets de sa Majesté. Une marque d'estime appréciée à sa juste valeur par l'intéressé et qui assurait aux gestionnaires royaux des lendemains abordables et sereins.

Penses-tu sincèrement que j'ignore tout de ce tableau, l'Abyssin ? s'interrogea Kaïrale. *Et toi, sais-tu seulement qu'Ambaka falsifie ses chiffres d'affaires, et magouille à l'exportation sous des noms d'emprunt pour ne pas apparaître trop puissant aux yeux du roi ? Oui. Je suis certaine que tu le sais. Mais sans doute considères-tu que ce genre de détails ne te concernent en rien, tant qu'ils n'interfèrent pas directement avec les projets royaux.*

Gel Ram se méprit en croyant lire une admiration soudaine mais délibérément contenue, dans ces yeux qui scrutaient les siens aussi intensément. Et au bout du compte, les obligations du Regard Clair envers sa nouvelle partenaire lui parurent beaucoup moins pénibles qu'il ne l'avait envisagé.

Certes, ce n'est pas pour autant que l'ancienne soldate ne se montra pas un peu récalcitrante aux principes et consignes qu'elle devrait dorénavant observer pour prétendre à devenir un Regard Clair de premier ordre. Mais, à la fin de la matinée, Gel Ram ressentit une profonde satisfaction, comme un professeur qui serait enfin parvenu à transmettre un peu de sa passion à un élève plus que borné.

Aussi jugea-t-il opportun d'achever ses dernières explications par l'étude d'un cas pratique. Il portait sur la nécessité d'une impartialité, d'un jugement dénué de tout sentiment, lors de situations exceptionnelles. Le soleil était à son zénith, et la chaleur inspira le Regard Clair :

— Prenons une situation militaire pour te faciliter la tâche. Imaginons qu'un des dieux de ces légendes, dont tu es si friande, prenne notre bateau et nous perche en haut d'une montagne pour une durée de soixante jours. Impossible de descendre ni de faire descendre qui que ce soit. Nous devons nous débrouiller pour tenir durant ce délai, avant d'être à nouveau déposé sur ce fleuve. Tu es désignée comme responsable de l'eau et des vivres. Comment géreras-tu l'affaire ?

— Je rationaliserais au possible. Je ne vois rien d'autre à faire.

— Alors, tu condamnerais tout l'équipage dans le seul but de préserver ta conscience ?

— Non... Je... bafouilla Kaïrale.

— Bien sûr que si ! Tu sais pertinemment que nous ne possédons pas assez de réserves, tu devras donc identifier les individus primordiaux pour le groupe, répertorier les plus forts et les plus faibles, évaluer ceux qui ont une réelle chance de survie par rapport à ceux qui n'en n'ont quasiment pas, du fait de leur âge ou de leur état de santé.

— Mais c'est immonde !

— Ne commence pas ! Je n'ai pas dit que je mènerais l'action jusqu'à son terme, mais toi, tu n'es même pas capable de l'envisager. Tu es si aveuglée par tes émotions qu'elles t'empêchent de raisonner.

Kaïrale ne répondit rien, laissant son esprit ressasser la réflexion du premier conseiller d'El Phâ. Peut-être avait-il raison ?

Parfois, seulement, finit-elle par conclure.

— La hargne du Ratel ne saurait faire bon ménage avec la mesure d'un Regard Clair, reprit Gel Ram.

— Malgré tout le respect que je te dois, tu ignores tout de cet animal, rétorqua Kaïrale, cinglante.

— Je ne voulais pas te faire offense, mais tes états de services...

— Il n'y a rien de particulier dans mes états de services, l'interrompit Kaïrale, soudain sur la défensive. Tout ce que tu as appris sur moi, tu ne l'as pas déniché dans des dossiers. Je le sais.

— C'est exact. D'ailleurs, je n'ai jamais eu un rapport aussi mince entre les mains, et j'avoue que cela m'intrigue particulièrement.

— Tu vas bientôt comprendre. Mais à mon tour de jouer, maintenant. Voici l'épure de mon histoire : l'imminence d'une bataille rangée entre une tribu de pasteurs nomades et un détachement de Mambas. La police royale est prête à intervenir pour juguler un conflit de territoire, survenu à la suite du rattachement volontaire d'une communauté à notre cher, grand, et beau pays.

— Je n'aime pas du tout la façon dont tu amorces...

— Je me suis abstenue de tout commentaire lorsque tu jouais au professeur, alors s'il te plaît, fais-en autant, et mets-toi dans la peau d'un soldat obéissant, un petit moment.

» La tribu des Panaés proteste parce qu'elle ne peut plus faire paître son bétail sur des terres prétendument acquises par les Saros, désormais Arrassaniens. Je dois te préciser que les bergers ont toujours adopté un comportement pacifique envers leurs voisins, mais ils n'en demeurent pas moins des guerriers, et là, la guerre est déclarée. Ils n'acceptent pas de ne plus pouvoir accéder à des lieux partagés par leurs ancêtres depuis la nuit des temps et, le plus important, ils revendiquent qu'aucune terre ne s'octroie.

— Plus aucune négociation possible ?

— Terminé. Safou, le chef de la tribu Panaés, refuse de céder. Il est brave et orgueilleux, il ne saurait s'abaisser devant les siens. Il ne renoncera pas aux pâturages ancestraux sans se battre vaillamment pour ce qu'il croit être juste. Quant aux Mambas, ils ont ordre de faire respecter à tout prix le droit de propriété des Saros. Inutile de te dire que les Mambas sont dix fois plus nombreux et autant de fois mieux nourris que les nomades. Tu es nommé responsable du groupe des Mambas, que ferais-tu ?

— Et bien, dans la logique d'un soldat... si aucune discussion n'est plus envisageable, je suppose que je n'hésiterais pas à repousser ces Panaés, puisqu'il semble que tout ait été déjà décidé en haut lieu.

— Je suis à tes côtés et je t'affirme que j'ai la solution pour retarder le combat.

— Par quel miracle ?

— Chez les Panaés, le feu sacré est transporté et maintenu par son chef au camp. Allumé depuis le premier jour où il a pris la direction du groupe, il sera éteint à sa mort, et les pierres du foyer seront dispersées pour être remplacées par celles de son successeur. Si nous parvenions à éteindre le feu de Safou, ses hommes ne pourraient combattre sans avoir désigné un autre chef, selon leurs traditions. Mais l'essentiel serait cette rupture brutale dans l'ordre des choses pour ces hommes et ces femmes. Leur chef serait en vie, mais sans son feu sacré, il n'aurait plus aucun pouvoir car il n'aurait plus le soutien des ancêtres. Cette situation inédite leur permettrait peut-être de prendre conscience que rien ne sera plus comme avant pour eux. Forts de ce savoir, nous nous devons d'essayer.

— Soit, supposons que j'accepte, que ce passera-t-il si ton plan ne fonctionne pas ?

— Au pire, tu perds un homme dans la tentative d'éteindre le feu, et les Panaés seront un peu plus motivés pour se faire massacrer, au mieux, ils seront déstabilisés, et nous vaincrons encore plus facilement.

— Alors, je choisirais cette option.

— Le chef de la section Mambas n'était pas de ton avis, car il n'avait pas du tout l'intention de rater l'occasion d'une jolie attaque gagnée d'avance.

— Et j'imagine que le Ratel a mis son museau où il ne fallait pas.

— Tout chef de groupe à l'obligation de transmettre à ses supérieurs la plus infime recommandation émanant des Sentinelles qui l'accompagnent lorsqu'ils sont en désaccord. Les Saros occupant un territoire à l'est de Niassamé, l'Aourit surveillait lui-même les opérations. Autant te dire que le chef Mambas n'était pas ravi de ma suggestion, mais il a obéi aux règles. Moi pas.

— Ce qui signifie ?

— J'ai envoyé un homme éteindre le feu sacré sans attendre l'assentiment de la hiérarchie.

— Et ?

— Les Panaés se sont enfuis, terrifiés, et l'ordre d'attaquer nous est parvenu trop tard.

— Vous avez dûs être obligatoirement sanctionnés pour un tel manquement aux règles ?!

— Le soldat était persuadé se conformer aux injonctions de l'Aourit.

— D'accord, mais toi ?

— Il semblerait que le Ratel n'ait fait qu'agir conformément à ce que l'on attendait de lui, répondit mystérieusement la jeune femme.

— Serait-ce encore Oun derrière cette immunité ?

— Oui. Ce fut ma dernière collaboration avec les Mambas. Leur chef a été félicité pour avoir évité un bain de sang, et la gratitude des Saros a été à la mesure de leur soulagement. Tout est rentré dans l'ordre pour quelque temps.

— As-tu jamais su pourquoi l'Aourit avait choisi l'assaut ?

— Oh, sans être un éminent Regard Clair, je pense que cette décision relevait de la logique la plus élémentaire : pourquoi reporter à demain ce que l'on peut régler dès aujourd'hui ?

Gel Ram eut un petit mouvement tête, avant de continuer :

— Et en ce qui te concerne ?

— Sans le savoir, j'avais satisfait à un test supplémentaire, et après mon passage chez les Drills, j'ai eu le privilège d'entreprendre une toute autre formation.

— Et bien, je t'écoute, s'empressa le Regard Clair, très intéressé.

— Pour reprendre ton image, le Ratel allait apprendre à fureter, gratter, et parfois mordre, à chaque fois que la police ordinaire ne pouvait intervenir.

— Il existe déjà des escouades secrètes et des sbires pour ce type d'opération.

— Hé ! Ne mélangeons pas les genres, veux-tu ! Le Ratel demeure avant tout une Sentinelle, ce qui veut dire qu'il agit uniquement dans le but de protéger son territoire, en l'occurrence l'Arrassanie, et jamais dans l'intérêt personnel de quiconque, pas même du roi.

— Jamais ?

— Jamais, grogna Kaïrale. De plus, je n'intervenais que dans des situations où… comment formuler la chose sans te heurter ? … où une réponse irrationnelle pouvait amener une conclusion ferme et définitive.

— J'apprécierais quelques éclaircissements, renchérit Gel Ram.

— Je me limiterai à te révéler que j'ai été formée pour des missions de renseignements sensibles, où les rouages traditionnels ne pouvaient se mettre en place. J'usais de mes propres réseaux, à mes risques et périls, et sans recours si j'étais prise la main dans le sac. Je ne puis t'en apprendre plus sur mes actes sans faire de toi un complice, même si longtemps après. Mais je peux te dire que mon principal obstacle a toujours été l'Aourit.

— Tiens donc ?! Et que te reprochait la Haute Assemblée, précisément ?

— Tu es certainement mieux informé que moi sur ce point, s'esclaffa Kaïrale.

— C'est absolument faux, contesta immédiatement Gel Ram, en se montrant sincèrement vexé d'être si souvent sujet à soupçons.

— Admettons. Mes principaux détracteurs arguaient que l'existence des soldats tels que moi remettrait en cause leur autorité, tôt ou tard, et que ma liberté d'action me rendait extrêmement dangereuse.

— Étaient-ils dans le vrai ?

— Voyons Regard Clair, l'Aourit n'a-t-il pas toujours raison ? ricana la jeune femme.

— Êtes-vous nombreux à avoir ainsi été formés ?

Kaïrale eut un sourire énigmatique, avant de répondre :

— J'étais censée être la première, et mes résultats soi-disant essentiels devaient ouvrir la voie à d'autres.

— Tu ne sembles pas beaucoup y croire.

— C'est un milieu où il reste préférable de ne s'en tenir qu'aux faits, prétendit-elle, sarcastique, avant de remarquer : Aurions-nous cessé de naviguer ?

Le bateau avait fini d'être amarré et le capitaine se présenta pour annoncer l'ultime escale avant la fin du voyage.

Il invita les Regards Clairs à fuir la chaleur et à venir prendre des rafraîchissements, leur conseillant de profiter pleinement des commodités offertes par ce dernier grand port.

Pourtant, Kaïrale incita Gel Ram à suivre le capitaine, tandis qu'elle préférait demeurer dans la cabine pour dormir un peu.

— Je vous assure que vous auriez plus intérêt à nous accompagner, Regard Clair, insista le capitaine auprès de la jeune femme.

— Il est inutile de perdre votre temps, mon pauvre ami, lui conseilla alors Gel Ram, exagérément affable. Mais en ce qui me concerne, j'ai hâte de vous suivre, ne serait-ce que pour marcher sans devoir faire demi-tour.

Les deux hommes laissèrent ainsi Kaïrale, qui s'allongea sans plus attendre.

En vérité, elle était de nouveau submergée par une soudaine et saisissante angoisse. Comme à chaque fois, elle ferma les yeux afin de tenter de faire le vide dans son esprit. Mais ce qu'elle redoutait se produisit, et une image s'imposa, dans une lumière aveuglante : une petite falaise percée d'innombrables cavités devant lesquelles voletaient des petits oiseaux rouges à têtes bleues.

Kaïrale mit un moment à reconnaître les nids d'une colonie de guêpiers carmin, et se demanda alors ce que les ancêtres pouvaient espérer lui faire comprendre au travers d'une telle vision. Mais elle réalisa presque aussitôt que l'image mentale n'était pas complète, elle pouvait à présent distinguer un groupe de jeunes crocodiles qui patientaient en contrebas. Ils escomptaient la chute de quelques oisillons malhabiles pour s'entraîner à la capture au vol, tout en observant avec un intérêt certain un varan qui s'approchait du bord de la falaise.

Le reptile commença à descendre afin de visiter les nids. Probablement fragilisée par les pluies, la petite falaise arpentée par le gros lézard s'effritait, puis s'éboulait en partie après son passage, faisant le bonheur des mâchoires aux aguets à la surface de l'eau, toutes avides d'amuse-gueules.

Kaïrale devait-elle s'identifier aux sauriens, ou son destin était-il, au contraire, plus proche de celui d'un de ces pauvres oisillons malchanceux ? Et dans ce cas, devait-elle plus craindre le varan que le crocodile ? Voire ce milan noir qui profita soudain de l'affolement général pour venir prélever sa part de butin ?

Brusquement, un énorme orage éclata sur la rivière comme dans la tête de Kaïrale, et la jeune femme perdit conscience.

Rêemet lui frappait doucement les joues. Il la sermonna lorsqu'elle revint enfin à elle :

— Quand as-tu pris ton dernier repas, tête de mule ? Et tu as l'air complètement déshydratée. Je vais te chercher de quoi reprendre des forces, ajouta-t-il en la forçant à boire un peu d'eau.

Très faible, Kaïrale parvint cependant à lui retenir le bras.

— Je sais, tu n'as pas confiance en lui, renchérit Rêemet, à la façon d'une leçon bien apprise. Je ne lui dirai rien, du moins dans l'immédiat, ne t'inquiète pas. Repose-toi, maintenant. Nous ne partirons pas avant un moment, à cause…

— De l'orage, souffla Kaïrale.

— Oui. Les marins sont persuadés qu'il ne va pas tarder, et ils ne sont pas les seuls, apparemment, acheva Rêemet avec tendresse, en caressant le visage de la jeune femme.

Puis, il courut sur le ponton, et alla commander deux repas à faire porter sur le bateau.

L'oeil espiègle, Gel Ram observait Rêemet payer sa commande et s'approvisionner en carafes. Il avait noté immédiatement une certaine agitation chez le Drill, et sa précipitation à repartir en direction du navire l'amena à se dire avec une pointe de sarcasme :

Je te souhaite un bon appétit, soldat... tout en trinquant avec le capitaine.

Toutefois, il ne s'autorisa aucun commentaire lorsque Rêemet revint au port.

Après avoir hésité des heures durant, le Drill jugea nécessaire d'informer le Premier Regard Clair de l'état de faiblesse du second.

Kaïrale dormit toute l'après-midi, indifférente à l'orage comme à l'effervescence du chargement, puis du départ, qui fut ordonné dès que les éléments se furent calmés et le ciel dégagé.

Mais bientôt, inquiet d'une sieste si longue, Gel Ram interrogea Rêemet sans détour :

— Pourquoi était-elle dans un tel état ?

— Je suppose que, depuis sa nomination, le Ratel s'est mis en condition de vigilance trop souvent. Elle est sur le qui-vive depuis plusieurs jours et cela lui demande énormément d'énergie. Après votre départ avec le capitaine, Kaïrale a été sujette à une vision, et ce fut sans aucun doute l'effort de trop.

— Parce qu'elle peut aussi avoir des visions, éveillée ?

— Ce n'est pas dans ses habitudes, mais cela lui arrive parfois.

— Et que lui a appris cette dernière ?

— Je l'ignore, elle était si faible que je ne lui ai pas posé de question.

— Et je n'ai aucune idée du sens à lui donner pour l'instant, entendirent-il soudain.

Tout sourire, Kaïrale se tenait derrière eux, et paraissait en pleine forme.

— Nous n'allons pas tarder à franchir les limites de nos frontières et je pense que c'est le bon moment pour que nous discutions de certains aspects de l'expédition, notamment de la cargaison, poursuivit-elle.

Gel Ram ne voyait pas où elle voulait en venir, mais nota combien Rêemet les abandonna avec empressement.

— En ce cas, retournons dans la cabine, proposa le Regard Clair, soucieux.

Ils s'installèrent et Kaïrale commença aussitôt :

— Voilà. La communauté des Ataros est une chefferie importante. Elle a toujours été amie de l'Arrassanie, mais elle est trop ancrée dans ses traditions pour s'y intégrer rapidement. D'autant que, pour le moment, hormis l'ouverture de quelques mines de *walouri*, le rattachement au pays ne s'est traduit par rien de très concret.

— Je sais cela, répondit le Regard Clair, en haussant les épaules.

— Je suggère que, lorsque nous aurons atteint les Lacs de l'Avant, nous offrions la majeure partie de ce qui était destiné aux Mains Rouges aux Ataros.

Gel Ram demeura dans un premier temps impassible, puis il demanda simplement :

— Pourquoi ?

— Voyager léger est toujours plus commode en brousse et particulièrement en forêt, pour courir ou s'aplatir au sol, voire grimper aux arbres en cas de danger, ironisa la jeune femme.

— Je ne suis pas ici pour m'amuser, Kaïrale, rétorqua alors Gel Ram, cinglant. Je veux la véritable raison.

— Je ne comprends pas, tenta Kaïrale, réalisant trop tard avoir été un peu trop loin.

— Que manigances-tu ? Tu as tout planifié, j'en suis certain. Tu as réfléchi à ces offrandes pour le moins curieuses, bien avant notre départ, comme tu as prévu ce recrutement de ces Siffleurs dont je me demande encore l'utilité.

— Ils chassent les mauvais esprits.

— Les mauvais esprits, répéta Gel Ram, dubitatif.

— Nous n'aurons aucune chance de trouver un guide ou des porteurs qui accepteront de travailler pour nous sans la protection de Siffleurs.

— Crois-moi, il serait temps que tu cesses de me prendre pour un imbécile, car tu risquerais de le regretter, menaça ouvertement le Regard Clair.

— Je suis sérieuse, et je pense que ces cadeaux seraient une excellente entrée en matière pour l'avenir des relations entre les Ataros et les Drills d'El Phâ.

— Fais-toi plus claire alors.

— Rêemet saura gérer scrupuleusement, et à bon escient, l'or du roi. Mais en premier lieu, il offrira à la population le plus précieux des cadeaux : le bétail et les mules. Il ne saurait exister meilleure façon de se faire accepter. L'aura d'El Phâ n'a pas encore suffisamment d'impact dans ces régions, et je suis convaincue qu'il n'y a pas de plus sûr moyen pour Rêemet d'y semer les graines du respect. D'autant qu'il ne va pas seulement devoir persuader tous les villages de leur intérêt à lui accorder leur amitié, il lui faudra aussi les convaincre que les futures relations avec les Mains Rouges ne pourront être que de bon augure. Et cela ne sera pas simple, crois-moi, leur proximité géographique n'étant pas synonyme de bon voisinage. Les Ataros sont loin d'être aussi dociles que vous le supposez, l'offrande de céréales sera un atout supplémentaire. Et puis... tu pourras toujours prétendre devant le roi que c'était mon idée, cela ne me dérange aucunement, acheva Kaïrale.

— Ton joli petit discours ne justifie en rien que tu aies autant attendu avant de m'exposer tes intentions.

— Parce que Rêemet était contre, parce que c'était une trop belle occasion de démontrer l'idiotie de notre administration, s'emporta la jeune femme. Qui se trimbalerait avec un troupeau en pleine forêt? Dis-moi?

— Sache que tu viens surtout de me prouver combien je ne peux te faire confiance. Tu joues un jeu dangereux. Et ancienne Sentinelle ou non, prends garde à toi, ne me pousse à bout, menaça Gel Ram.

Il quitta la cabine et, pour la première fois, Kaïrale se sentit réellement mal à l'aise vis-à-vis du Regard Clair.

Rêemet rappliqua en trombe et, angoissé, il ne masqua pas sa désapprobation :

— Je viens de croiser le Regard Clair. Ne me dis pas que tu lui as imposé ton projet insensé concernant les cadeaux d'El Phâ?

— Si, déclara fièrement la jeune femme.

— Mais comment a-t-il pu accepter? Quel stratagème as-tu monté Kaïrale? s'énerva Rêemet.

— Ne t'excite pas. Il n'avait tout simplement pas le choix. Il me connaît suffisamment, maintenant, pour craindre que je fasse capoter son expédition.

— Mais enfin, pour qui prendre des risques aussi impensables ? Jusqu'où cela va-t-il te mener ? Je t'aime, et tu le sais, assura-t-il, en lui serrant les bras. Mais je ne saurais aller à l'encontre des ordres de Gel Ram.

— Oh, mais je ne t'en demande pas tant, répondit-elle, en se dégageant sans brusquerie. Vois combien il était préférable pour ta carrière que nos routes se croisent le moins souvent possible, acheva-t-elle, caustique.

— Je n'arrive pas à te comprendre. Le Regard...

— Le Regard Clair n'est qu'un manipulateur ! J'ai parfaitement analysé le sens de ma dernière vision. J'ai vu un varan qui défonçait tout derrière lui en ravageant des nids de guêpiers carmin. Les oiseaux sont les Sentinelles, c'est évident. Un individu est en train de peaufiner dans l'ombre une réforme qui va détruire mon ordre. De jeunes officiers aux dents longues n'attendent que cela, et un personnage observe la chose de loin, en attendant de faire sa razzia une fois que les opérations auront commencé. Et je suis sûre que le Regard Clair est parfaitement au fait de tout ceci.

— Et même si c'était le cas, il n'est certainement en rien responsable de ce genre de décisions. Et, de toute façon, tu ne peux rien y faire depuis ce bateau.

— Je suis d'accord, mais je ressens à son contact que je suis l'objet d'une attente particulière durant ce voyage, et qu'elle a un lien direct avec l'avenir des miens. Mes sens ne cessent de m'alerter, et ils n'ont jamais été aussi aiguisés. Je suis sûre de moi comme jamais.

— Et bien moi, je pense que tu fais erreur. Tu devrais te détendre, laisser le Ratel et ses dons de côté quelque temps, afin de recouvrer un peu de lucidité. Le Regard Clair n'est pas celui que tu décris.

— Comment un chef Drill peut-il être aussi aveugle, pour ne pas dire stupide ? s'emporta soudain Kaïrale.

— Tu dépasses les bornes !

— Si peu. Tu sais mieux que personne qu'il ne suffit pas d'avoir l'air pour être.

— Calme-toi.

— Non, je ne me calmerai pas ! Il me manipule, il *nous* manipule, tous les deux, gronda Kaïrale.

Elle avait de plus en plus de difficulté à se retenir d'hurler, et Rêemet était sur le point d'exploser, lui aussi.

— Je refuse de poursuivre cette conversation tant que tu n'auras pas repris le contrôle de tes nerfs, lâcha-t-il, en se détournant d'elle.

— Tu as raison, cours retrouver ton nouveau mentor, siffla-t-elle alors avec aigreur.

— C'est précisément mon intention, lui rétorqua-t-il. Parce que cette fois, je ne te suivrai pas. J'en ai assez, Kaïrale ! Il serait temps que tu grandisses un peu. Ouvre les yeux et regarde-toi ! Tu n'en fais toujours qu'à ta tête et c'est pour cela que tu es seule. Pourquoi crois-tu qu'aucun cercle, qu'aucun clan n'a jamais réclamé ton intégration ? Et bien je vais te le dire : on ne peut pas compter sur toi ! Alors c'est vrai, tu as raison, Gel Ram ne se comporte pas comme toi, et cela me rassure, vois-tu. Contrairement à toi, lui, il réfléchit à ses actes et à leurs conséquences sur les autres, la quittant sur ces phrases définitives.

— Et bien alors va le retrouver ! vociféra Kaïrale, avant d'attraper tout ce qui lui tombait sous la main et de le jeter dans le dos Rêemet, déjà loin.

Sous le choc, elle se prit le crâne entre les mains, en s'écroulant sur les rares coussins qui avaient échappé à sa frénésie.

La soldate Kaïrale était habituée aux vérités difficiles à dire comme celles à entendre, mais Rêemet, son ami, avait été trop loin. Et que peut-on espérer tirer d'une vérité que l'on ne comprend pas ? Comment Rêemet pouvait-il préférer à son amitié le respect pour un politique rompu à l'exercice du mensonge, du sous-entendu ou du non-dit ? Comment pouvait-il prétendre ne pas pouvoir compter sur elle ? Est-ce qu'ils étaient nombreux à le penser ? Elle qui n'avait jamais agi par intérêt personnel…

Si seulement Oun avait été là. Il aurait su la soutenir, la rassurer. Et si seulement elle parvenait enfin à pleurer, maintenant. Au désespoir d'y parvenir, Kaïrale respira un grand coup, rangea les propos de Rêemet dans un coin de sa tête, et se rendit d'un pas décidé à la proue pour mieux méditer.

Tous les matelots qu'elle croisa baissèrent la tête ou détournèrent leurs regards.

Tu dois avoir la voix qui porte, pensa-t-elle, en se moquant d'elle-même.

Le port était en vue, et Kaïrale s'apprêtait à quitter son observatoire lorsque Gel Ram vint à elle. Il lui fit un signe sans équivoque lui intimant de rester à sa place.

Et si je sautais par dessus bord? se dit-elle.

Gel Ram parla avec une sérénité retrouvée que la jeune femme lui envia :

— Je n'ai pas pour habitude de vivre dans le conflit. Aussi ai-je objectivement analysé tes intentions. À la réflexion, elles me paraissent non seulement louables, mais sans aucun doute profitables au commandement Drill, et donc, au pays. J'ai décidé d'autoriser le don du bétail et des céréales, mais je me réserve le droit d'instaurer des règles strictes quant à l'utilisation de l'or et des bijoux. Par contre, je ne pourrai poursuivre notre collaboration sans en changer radicalement les bases.

Kaïrale baissa les yeux.

— Si nous jouions enfin cartes sur table, tous les deux ? Qu'ai-je fait ou dit pour mériter une telle défiance de ta part ?

La jeune femme n'avait aucune intention de se livrer, mais puisque le Regard Clair se prétendait franc, elle opta pour une question directe.

— Pourquoi suis-je ici ?

— Encore ! Comme je te l'ai déjà affirmé, nous effectuons une opération de pure diplomatie. Nous sommes là dans le seul but de prouver aux Mains Rouges toutes les bonnes intentions d'El Phâ. Aurais-tu oublié que nous sommes ses plus prestigieux représentants ?

— Alors, notre souverain t'aura dupé, toi aussi.

— Impossible.

— Comment peux-tu en être aussi certain ?

— Parce qu'il n'aurait absolument aucun intérêt à le faire. Quoi qu'il décide d'entreprendre, je lui suis entièrement dévoué.

— Parce que moi, je ne le suis pas, peut-être ? Et pourtant, je ressens, à en avoir la nausée, que quelque chose va me tomber sur la tête, avoua la jeune femme.

Son angoisse manifeste sema définitivement le doute chez le confident royal.

— Comme dit le chef Drill, *« le Ratel devrait baisser sa garde. »*, conseilla-t-il alors, aussi bien dans le but de rassurer Kaïrale que de rassurer lui même.

— Je vois combien mon seul ami sait tenir sa langue, grommela-t-elle.

— Rêemet se fait beaucoup de soucis pour toi.

Kaïrale passa une main nerveuse sur son crâne.

— Et si tu me disais enfin tout ce que tu as sur le cœur ? insista le Regard Clair, avec une douceur calculée.

La jeune femme hésita. Mais après tout, la tourmente dans laquelle se désagrégeait son existence depuis deux jours pouvait lui accorder une accalmie, fut-elle de courte de durée.

— Depuis la disparition de Sénéphy, Oun a toujours été suspecté d'avoir fui, mais si la vérité était toute autre ? Si il lui était arrivé malheur, à lui aussi ?

— Qui aurait eu intérêt à le voir disparaître ?

— L'Aourit, bien sûr.

— Tu portes là de très graves accusations.

— J'en ai conscience, et c'est pourquoi je ne me risque pas à les formuler sur la place publique. De toute façon, personne ne m'écouterait.

— Moi, je t'écoute.

— Bien. Alors explique-moi pourquoi aucune recherche n'a été effectuée s'il avait véritablement fui ?

— Elles ont certainement été menées en toute discrétion.

— Non. Pas une seule. J'ai fait mon enquête.

— Cela peut paraître étrange à première vue, en effet. Mais je suis sûr qu'il y a une explication et je m'engage à me renseigner dès notre retour à Niassamé.

— Si je voulais étudier toutes les hypothèses, il reste encore celle de l'enlèvement.

— Dans quel but ?

— Le contraindre à partager son expérience et l'avancée de ses travaux sur l'utilisation des Sentinelles, par exemple.

— Je ne vois là rien d'absurde, et pourtant, j'ai beaucoup de mal à y croire, reconnut Gel Ram. Quoi qu'il en soit, tu n'as pas à te sentir responsable de sa disparition. Tu es ce qu'il a voulu que tu deviennes, et s'il a dû en pâtir…

— Je n'ai pas envie d'entendre ton avis sur la question, l'interrompit sèchement Kaïrale.

Gel Ram eut un regard sombre puis, demanda avec gravité :
— Craindrais-tu pour ta vie, ici, sur ce bateau ?
— Ce n'est pas ce qui me chagrine le plus. Mais j'ai horreur quand je ne parviens pas à sentir d'où viendront les coups, bougonna-t-elle.
— Kaïrale, je te le répète encore une fois, ne perds pas ton temps à me suspecter, et considère moi au contraire comme un allié. Ici, et au palais.

Il serait si tentant de te croire, songea avec sincérité la jeune femme.

— Il est grand temps d'aller préparer nos affaires, acheva Gel Ram, abandonnant une Kaïrale désormais perplexe.

Elle mit un petit moment à se décider à abandonner le calme qui régnait encore à la proue, puis partit rassembler ses effets en tentant de faire le tri dans ses pensées. Au final, elle traversa le pont le cœur un peu plus léger, acceptant enfin l'idée que, si le premier conseiller du roi conservait quelques secrets, il n'avait pas de mauvaises intentions à son égard. Maintenant, Kaïrale devait trouver un moyen de se rabibocher avec Rêemet. Il lui faudrait faire preuve d'un tact infini si elle voulait éviter de devoir reconnaître ses erreurs devant lui.

Mais Rêemet n'était déjà plus sur le bateau, il s'était mis en condition de vigilance comme une Sentinelle, les yeux fermés, un genou et une main au sol, tandis que tous les Drills surveillaient le quai, prêts à saisir leur couteau au moindre mouvement suspect.

Leur chef se redressa, puis leva haut la main pour donner son accord au débarquement des marchandises.

Renforcés par la présence des cinquante soldats supplémentaires déjà sur place, les Drills formèrent un cordon de sécurité au devant du navire. Ce déploiement de force agaça les autres marins sur les quais qui y voyaient de l'arrogance, et se plaignaient des détours nécessaires pour accéder à leur propre embarcation.

Kaïrale rejoignit Rêemet qui lui fournit une explication sans attendre :
— Simple précaution. Le capitaine m'a demandé de rester près du bateau jusqu'à leur prochain départ. L'endroit n'est pas très sûr, à tel point que tout l'équipage préfère reprendre le voyage en sens inverse aussitôt qu'ils auront chargé leur nouvelle cargaison.

En l'écoutant, Kaïrale constatait de ses propres yeux l'agitation des hommes directement liée au développement de l'extraction du *walouri* et dont elle ne soupçonnait pas l'importance dans les parages.

Le *walouri* était interdit à Niassamé depuis très longtemps, en raison de ses qualités hautement inflammables si il était conservé trop longtemps sans précautions. Il était réservé exclusivement aux artistes royaux qui le réduisaient en poudre afin de donner à leurs œuvres des reflets brillants et argentés inégalables. Chacun devait se soumettre à des mesures de sécurités rigoureuses et déclarer le moindre gramme utilisé. Aucun d'entre eux n'aurait badiné avec les contrôleurs du roi ni envisagé de créer un petit marché parallèle. Toutes les filières d'importation étaient sous le contrôle drastique du palais, et son lieu de stockage tenu secret.

— On peut supposer que tu vas te faire plein de nouveaux amis dans le coin, ricana Kaïrale.

— Si c'est une manière de me glisser que, dans un premier temps, je serai bien content d'avoir de quoi amadouer quelques bandits locaux, oui, je le reconnais, tu avais raison. Je pourrais instaurer l'obligation de te rendre grâce une fois par jour au travers de prières ? Cela vous conviendrait-il, Regard Clair ?

— Ma trop grande bonté me perdra certainement, mais… je serais magnanime. Pour cette fois, je ne réclamerai aucune faveur de votre part, cher ami.

— Bien, nous sommes sauvés, lâcha Rêemet, en levant les yeux au ciel.

— Et maintenant, quelles sont les réjouissances ?

— Nous allons déjà faire l'économie d'une longue marche jusqu'au Lac de l'Avant, répondit le chef Drill satisfait, en regardant tout autour de lui. Je dois pouvoir trouver sans peine des guides parmi tous ces hommes, continua-t-il. Je superviserai l'engagement des porteurs, puis m'occuperai de nous octroyer les faveurs des Siffleurs. J'organiserai la surveillance des marchandises qui resteront ici pendant notre absence. Et si tout se déroule comme prévu, nous partirons demain pour le territoire des Mains Rouges.

— Je ne pensais pas voir autant de monde par ici…

— Je suis aussi surpris que toi. Mais j'en suis ravi car cela me conforte dans l'idée que mon affectation est une reconnaissance, une marque de confiance de la part de mes supérieurs.

— Mouais. Je ne me réjouirais pas trop vite, si j'étais toi. Reconnais que cet endroit est le plus malfamé où nous ayons jamais mis les pieds.

— Kaïrale, soupira Rêemet.

— Très bien. Disons que je n'ai rien dit, maugréa la jeune femme, plus pour ne pas inquiéter son ami que par conviction personnelle.

Mais pourquoi l'Arrassanie s'approvisionnait-elle en *walouri* en de si grandes quantités ?

Kaïrale détestait ce mauvais pressentiment qui l'étreignait à nouveau, mais elle avait déjà tant à gérer qu'elle préféra faire l'impasse sur cette énigme.

D'autant que son attention fut soudain attirée par le bâtiment gigantesque qui s'apprêtait à engloutir en son sein, dès l'ouverture des portes, une foule visiblement impatiente.

— Il nous faut trouver de quoi rafraîchir mes hommes, lança Rêemet.

— Je crois que nous trouverons notre bonheur là-bas, si nous patientons un peu, indiqua Kaïrale, en désignant la longue file qui attendait encore pour y entrer.

— Cela nous laisse le temps de mettre à l'abri la cargaison d'El Phâ dans l'entrepôt qui lui est réservé, et ensuite, nous pourrions inviter le Regard Clair à se joindre à nous, suggéra le Drill.

— Est-ce vraiment indispensable ? ronchonna la jeune femme.

— Ce serait un minimum de savoir de vivre, madame, répondit Rêemet avec un petit sourire.

— Et bien dans ce cas, sache que je m'y soumets dans le seul but de servir ta carrière, bougonna Kaïrale.

— Je vois là tout ton sens du sacrifice, se moqua-t-il encore.

Il désigna un soldat pour faire la queue, afin de passer commande pour toute la compagnie, et ordonna à quatre autres de surveiller le stockage des marchandises dans l'entrepôt du roi. L'ensemble des Drills stationnerait autour du bâtiment jusqu'à leur départ. Rêemet organisa ensuite les tours de garde et insista une nouvelle fois sur la réputation sulfureuse de ce port et, par conséquent, son refus absolu de voir un seul de ses hommes se laisser distraire de sa tâche.

Assuré que ses ordres aient été entendus, le chef Drill invita le Regard Clair à se désaltérer en leur compagnie.

La ruche que Kaïrale avait d'abord prit de loin pour un énième entrepôt, portait son nom à merveille. Elle était principalement composée d'une multitude de salles de jeux semi-ouvertes et de tailles variées. Chacune d'elle bénéficiait de son propre système d'aération, de son point de vente de boissons et de nourritures, ainsi que de petits coins pour se soulager. Tout avait été soigneusement pensé pour que les clients restent le plus longtemps possible à l'intérieur de l'établissement, dont une dizaines de chambres qui étaient à louer pour les joueurs de passages. Mais le plus important était le point central de la ruche, le lieu des échanges où les prospecteurs pouvaient vendre du *walouri* pour obtenir de la monnaie arrassanienne. Les énormes registres alignés derrière le comptoir d'encaissement démontraient combien les comptes étaient surveillés par l'administration d'El Phâ.

Loin de sa capitale, cette construction qui pouvait encore être agrandie si nécessaire, était, à n'en pas douter, la plus sophistiquée que la jeune femme ait jamais fréquentée.

Tu serais mort de jalousie, mon bon Sahat, songea-t-elle.

Toutefois, même pour un étranger, il suffisait de quelques instants pour réaliser qu'il venait de pénétrer dans un terrain dangereux.

Le « quitte ou double » des destins y régnait comme une règle évidente. Des hommes courageux s'échinaient à prospecter toute la journée pour, le soir, se voir plumés en moins de temps qu'il n'en faut pour le dire par de plus chanceux, ou de plus malins.

Et parce qu'il n'était pas rare que des bagarres éclatent, elles avaient donné naissance à un métier d'avenir dans la région. En effet, à chaque salle se voyait attitrée un gros costaud pour assurer l'ordre et les bonnes manières. Inévitablement, les comptes se réglaient alors à l'extérieur, avec parfois, quelques cadavres à ramasser au petit matin.

Les Arrassaniens avaient été aimablement servis et avaient obtenu deux chambres à un prix tout à fait raisonnable. Regroupés dans celle de Gel Ram, Kaïrale annonça son projet de retourner dans la ruche sans son écharpe pour plus de discrétion. Le Regard Clair désapprouvait cette décision et ne cacha pas son inquiétude.

— Pourquoi faire preuve d'imprudence ? À elle seule, ta tenue de Regard Clair te protégerait de…

— Oh, mais j'ai avant tout le souci de préserver le prestige de notre noble fonction, le coupa-t-elle. Et au vu de mes intentions pour cette nuit, je t'assure que c'est une sage précaution, insista-t-elle avec ironie.

— N'en auras-tu donc jamais fini avec ce petit jeu idiot ? gronda Gel Ram.

— Dans un premier temps, nous devons nous soumettre au rituel des Siffleurs afin d'espérer leur protection pour demain, intervint Rêemet en tentant de faire diversion.

— Qu'entends-tu par « espérer » ? Ne serions-nous pas certains du rendu d'un service que nous payons par avance, et en or ? s'offusqua le Regard Clair.

— Je t'avais dit de lui taire ce point, siffla Kaïrale entre ses dents.

Voyant Rêemet embarrassé, la jeune femme décida de reprendre le contrôle de la situation, et reprit avec agressivité :

— Le Ratel n'entraînerait jamais des hommes sur un territoire inconnu sans tenter de disposer d'un maximum d'informations. Prendre ce genre de mesures est une nécessité car la situation est très éloignée de ce que nous présumions. Cette fois, que tu le veuilles ou non, nous sommes sur mon terrain.

Gel Ram poussa un énorme soupir de lassitude, mais Kaïrale poursuivit :

— Et si la chance me sourit, peut-être découvrirais-je par des bouches trop imbibées de bière quels genres d'individus sont capables de mettre en relation El Phâ et une Main Rouge ? À moins que tu connaisses la réponse ?

Gel Ram affrontait froidement la colère de Kaïrale d'autant plus facilement qu'il ne comprenait pas du tout où elle voulait en venir.

— Non ? Je m'en doutais, continuait-elle. Que tu ne te sois pas posé la question est normal, tout comme il est logique que moi, je m'interroge. Et avant que tu ne me le demandes, crois-moi, tu ne souhaites pas savoir par quel procédé je compte obtenir ces renseignements. Et ton ignorance reste le plus sûr moyen de te couvrir en cas de dérapage. Autre chose ?

Le Regard Clair en demeura interdit.

Mais quelle mouche l'a piquée ? se demanda-t-il.

Il chercha sur le visage du Drill un semblant d'explication. Mais Rêemet resta silencieux, alors que Kaïrale poursuivait, vindicative :

— Oh, et puisque nous avons convenu d'une totale franchise, permets-moi de te donner un dernier petit conseil : la prochaine fois que tu assisteras dans l'ombre à un de mes entretiens avec El Phâ, exige un onguent plus discret de la part de ton masseur. Je t'ai senti à l'instant même où je suis entrée dans la Salle des Sages. Aussi, si ce soir il doit m'arriver quelque chose de fâcheux, tu pourras toujours rappeler à Sa Majesté combien tu avais parfaitement jugé la somme de mes incompétences.

Piqué au vif, Gel Ram détourna la face, les lèvres pincées, et lorsqu'il trouva enfin quoi répondre, Kaïrale n'était déjà plus là. Seul, Rêemet lui renvoyait son masque de dépit.

— Je la suivrai comme son ombre, ne vous inquiétez pas, assura le Drill.

— Il va falloir que tu lui parles, sinon, je ne réponds pas de... Oh, et puis, après tout, qu'elle fasse ce que bon lui semble, abandonna Gel Ram, avec un geste de la main.

» Par contre, je tiens à vous accompagner pour suivre de près cette histoire d'offrande, acheva-t-il, plus calme.

— Nous avons rendez-vous là-bas, dit Rêemet en désignant du menton un bâtiment. Le dépôt d'or pour les Siffleurs doit s'effectuer sur un rocher à la tombée de la nuit. Kaïrale connaît toutes les règles qu'il nous faudra suivre.

— Comment peut-on se plier à de telles inepties ? bougonna Gel Ram pour lui-même.

La jeune femme jeta un regard furieux à Rêemet quand les deux hommes la rejoignirent, ce qui ne l'intimida pas puisqu'il lui lança sans égard :

— Fais-moi plaisir, n'ouvre pas la bouche avant que je sois revenu.

Kaïrale haussa les épaules et le regarda se diriger vers un petit attroupement. Il revint vers eux accompagné d'un homme qu'il présenta avec un certain soulagement :

— Premier Regard Clair, voici Soumar. Il est de la tribu des Longs, une des premières à avoir rallié l'Arrassanie.

— Avez-vous donc tous abandonné les abords des Lacs de l'Avant ?

s'enquit Kaïrale, avec un geste circulaire de la main pour désigner les hommes qu'il venait de quitter.

— Non, Regard Clair, répondit le guide, très respectueux. Ce sont les Ataros qui ont investi l'endroit lorsque le port a pris de l'importance. Quant à nous, les Longs, nous ne quitterions les Lacs sous aucun prétexte.

— Alors, pourquoi es-tu là ? demanda Kaïrale, très intriguée.

— Pour que les miens ne soient jamais contraints à le faire, répondit Soumar, avec politesse.

— Tu es un homme généreux, lui dit Kaïrale, en le fixant intensément.

— Et Sa Majesté te récompensera grassement, ajouta Gel Ram, en le saluant de la tête.

— Il est aussi béni des dieux, déclara Rêemet, puisqu'il sera notre interprète auprès des Mains Rouges comme auprès des Ataros qui restent encore trop rares à parler notre langue.

— Dois-je comprendre que nos amis Ataros n'ont jamais côtoyé les Mains Rouges ? s'interrogea Gel Ram.

— Je le crains, en effet. Nous savons que les Ataros refusent tout contact, de près ou de loin, avec eux, précisa Kaïrale.

— C'est inquiétant, non ?

— En effet, consentit la jeune femme, sèchement.

— Allons-y, proposa aussitôt Rêemet, en se mettant volontairement entre les deux représentants d'El Phâ.

Soumar prit les devants et les entraîna en direction de la forêt. À l'orée, il alluma la torche qu'il portait jusqu'ici à sa taille, et ils empruntèrent un sentier qui les mena devant un énorme rocher.

Kaïrale marmonna quelques paroles indistinctes, but une gorgée de la gourde tendue par Soumar, avant de la recracher aussitôt et presque entièrement sur la pierre.

Elle scruta le ciel un instant, puis déposa les sacs d'or derrière le rocher.

— Partons, murmura-t-elle.

Atterré Gel Ram, ne bougea pas.

— Il nous faut partir, maintenant, lui chuchota Rêemet.

— Mais enfin, n'importe qui a pu nous suivre et pourrait récupérer ces sacs sans que…

Un long sifflement strident stoppa net le Regard Clair.

— Votre demande a été entendue, annonça Soumar.

Gel Ram évita de croiser les yeux de Kaïrale. Il devança le groupe afin de sortir de la forêt au plus vite pour rejoindre la ruche du port, sa chambre, son lit, et en finir avec cette interminable journée.

Kaïrale ne se montra que le lendemain, en tout début d'après-midi, au moment du départ pour le territoire des Mains Rouges. Il faut dire que la nuit avait été, pour le Ratel, très longue et courte à la fois.

Elle avait d'abord semé Rêemet, jugeant que sa présence nuirait à sa mission. Elle ne disposait que de peu de temps pour analyser les influences, identifier les roublards sur qui son ami pourrait miser, et écarter au plus vite ceux qui n'avaient aucune morale.

Si la ruche permettait de concentrer les recherches de manière efficace, l'endroit ne laissait pas le droit à l'erreur. Pour faire naître une réputation solide à la délégation militaire d'El Phâ, Kaïrale devait jouer serré dans un premier temps. En résumé, ne pas aller plus loin que caresser dans le sens du poil tous ses interlocuteurs au charme si… rustique, et particulièrement enivrés au fil des heures.

Consciente qu'ici, plus qu'ailleurs, Rêemet risquerait de payer cher et longtemps ses largesses, elle ne s'en autorisa aucune. Avec l'aide de Soumar, elle ne fit aucune promesse au nom du chef Drill, s'engageant seulement à lui souffler le nom des hommes qui mériteraient toute son attention. Mais se borner à ce genre d'échange prenait beaucoup de temps. C'est pourquoi il lui fallut la nuit entière pour voir se dessiner de façon assez claire le fonctionnement de la communauté, connaître les familles incontournables, et les nombreuses manigances qui agitaient tout ce petit monde somme toute très ordinaire.

Comme à chaque fois, Rêemet bouda autant qu'il put la jeune femme pour avoir encore pris des risques. Sans en faire cas, elle lui expliqua que durant toute la nuit, elle avait faire courir le bruit qu'au nom du roi d'Arrassanie, le chef Drill effectuerait une distribution de cadeaux dès son retour. Si chacun pensait avoir sa part, chacun surveillerait la cargaison comme si elle était sienne. Et si un fou tentait de s'en emparer, nul doute qu'il aurait toute la ville à ses trousses. C'est ainsi que, depuis ce matin, l'entrepôt d'El Phâ était gardé par presque autant de paires d'yeux qu'il y avait d'habitants.

Une toute aussi curieuse ambiance régnait parmi les membres de l'expédition regroupés au port. Était-elle liée à la barrière de la langue entre les Drills et la quinzaine de porteurs Ataros ?

Gel Ram, piétinant d'impatience en attendant Kaïrale et Rêemet, s'interrogeaient encore sur cette trouble atmosphère, lorsqu'un sifflement retentit avec une force inouïe.

Et là, comme par magie, une légèreté emplit les airs et soulagea les âmes Ataros. Ils souriaient tous désormais et se congratulaient comme s'ils venaient d'obtenir une victoire inespérée et précieuse. L'effet produit par cette unique note sur ces hommes laissa le Regard Clair pantois.

— Nous sommes prêts à partir, lança Soumar.

— Et vos Siffleurs ? Où sont-ils ? Ne me dites pas que nous avons payé une fortune pour un cri de départ ! demanda le Regard Clair à Rêemet.

— Oh, pardon… j'aurais dû vous l'expliquer. Nous ne les verrons à aucun moment, mais ils nous suivront dans la canopée, partout où nous irons. Vous pouvez être sûr qu'ils nous alerteront s'ils détectent le moindre danger.

— Quel genre de danger ?

— Un animal sauvage, un incendie, accidentel ou non, un groupe d'hommes malintentionnés… Rêemet cessa son énumération devant la mine de plus en plus défaite du Regard Clair.

— Charmant…

— Nous allons nous diriger vers le fleuve en empruntant ce chemin, les bords n'en sont pas loin, reprit Rêemet d'un ton rassurant.

— J'ignorais qu'il nous faudrait encore prendre un bateau, se plaignit Gel Ram.

— Des pirogues, mon ami. Des pirogues, lui répéta Kaïrale aux creux de l'oreille, mielleuse.

Irrité, le Regard Clair d'El Phâ se raidit et clama haut et fort :

— En avant !

Chapitre 7

L'EXPÉDITION SE DIVISA EN SIX PIROGUES, et elles s'éloignèrent les unes après les autres des rives du fleuve Jouala qui sillonnait une forêt luxuriante. En file indienne, elles remontèrent le courant, portées par les chants cadencés des Ataros qu'une partie des Drills tenta de reprendre joyeusement.

Mais inévitablement, sous la répétition de l'effort, les coups de rames éteignirent les voix. Alors des oiseaux et quelques singes prirent brillamment le relais, avant que la forêt toute entière n'explose aux oreilles des hommes comme une symphonie savamment orchestrée.

Profitant de ce spectacle inhabituel, Gel Ram laissa ses doigts tremper nonchalamment dans l'eau :

— Retire ta main, lui intima Kaïrale.

— Nous aurais-tu rêvés sur ce fleuve ? demanda-t-il, un peu dédaigneux.

— Il y a des règles de base à observer lorsque tu es confronté à un milieu dont tu ignores tout. Par exemple, si tu avais examiné les berges, tu aurais remarqué que nous n'avons croisé aucun enfant en train de se baigner, alors que nous sommes en fin de journée. Plus curieux encore, sur toute la longueur du fleuve, il n'y a aucune construction humaine qui pourrait révéler la présence d'un village installé non loin des ses rives. Ce sont des indices qui, à eux seuls, justifient une extrême prudence. Ces eaux cachent quelque chose de dangereux, ne risque pas ta main par pur esprit de contradiction.

Triomphante d'avoir répondu posément à l'agressivité de Gel Ram, Kaïrale ne put s'empêcher de se mettre en condition de vigilance.

Elle dut faire abstraction du porteur à ses côtés, qui réfléchissait au meilleur moyen de rembourser une dette de jeu sans y laisser sa peau, pour se concentrer uniquement sur le passager derrière lui. Et comme elle l'avait déjà pressenti au port, la jeune femme n'eut aucune difficulté à évaluer l'intense nervosité du Regard Clair qui demeurait mal à l'aise dans le frêle esquif. Contrairement à son habitude, il ne maîtrisait pas son environnement et, au moindre problème avec l'embarcation, sa brillante intelligence ne lui servirait à rien.

Il n'est pas toujours heureux de jouir d'autant de lucidité, ricana intérieurement Kaïrale, avant de reprendre :

— On raconte que le dieu serpent Naka hante ce fl…

— Kaïrale, je t'en conjure, contente-toi de m'obéir et cesse une fois pour toute de me démontrer ton incommensurable savoir.

Gel Ram s'était si soudainement emporté qu'il avait extirpé violemment de ses pensées son voisin Ataros qui sursauta.

Et à défaut de ressentir le besoin de s'excuser, Gel Ram eut celui de se montrer explicite :

— Je sais que tu es la dépositaire des croyances, mais sais-tu aussi combien tu peux être insupportable à ne jamais connaître la juste mesure ? Ou il faut te tirer les vers du nez, ou tu l'ouvres à n'en plus finir et avec le débit d'un torrent en furie.

La jeune femme savoura sans retenue l'aveu de son pouvoir de nuisance sur le confident royal. Elle préféra toutefois ne pas forcer sa chance, et lui obéit en effet en cessant de l'asticoter.

La nuit n'allait plus tarder lorsque les embarcations accostèrent sur une grève de sable. Trois feux furent allumés à la hâte non loin de la rive, et les repas furent avalés goulûment, presque en silence.

Si la fatigue était palpable parmi les Ataros, leur nervosité croissante était plus évidente encore. Le seul nom du « Territoire des Mains Rouges » véhiculait un bon nombre de fantasmes épouvantables qu'aucun des frontaliers n'avait envie d'évoquer. La plupart avait accepté de s'engager dans l'expédition d'El Phâ par contrainte, par besoin urgent de monnaies sonnantes et trébuchantes, pour acheter des vivres ou pour participer aux activités marchandes explosant aux alentours des mines. Nul ne se serait porté volontaire s'il n'y avait pas été l'objet d'une succession de mauvaises fortunes. Et maintenant, autour du feu, chacun de ces hommes craignait qu'il prenne l'envie à un Arrassanien de poser des questions sur ce peuple des Mains Rouges tant redouté. Personne ne voudrait y répondre, et tous savaient qu'ils risquaient de mettre en péril leur propre sécurité s'ils transmettaient leur peur aux insouciants soldats. Aussi Soumar, comme les porteurs, fit-il mine de s'endormir d'un trait.

Le plus digne représentant de l'Arrassanie tentait désespérément de faire de même, sans y parvenir. Et pour cause, les tensions qui habitaient le Regard Clair étaient autrement plus concrètes et lancinantes : Gel Ram n'était plus que douleurs. Son corps s'y était pourtant habitué depuis des années, mais la rudesse d'un tel voyage les avait réveillées, décuplées.

Allongé sur le côté, en retrait des feux, il gardait l'espoir qu'un peu de repos suffirait à le soulager. Mais au contraire, perclu de tiraillements et d'incessants et fulgurants élancements, son état myalgique ne faisait qu'empirer.

Bien qu'il se soit efforcé de faire bonne figure en toutes circonstances, Kaïrale n'avait pas été dupe. Peut-être plus attentive qu'à l'accoutumée, elle avait décelé les premières dégradations physiques du Regard Clair dès le milieu de l'après-midi.

Abruti par l'épuisement et entièrement tétanisé, Gel Ram n'eut aucune réaction lorsque Kaïrale vint s'agenouiller dans son dos.

Sans prendre la peine de le prévenir, elle cala sa cuisse contre l'épaule du Regard Clair. Avec douceur, elle lui poussa légèrement la tête en avant, et posa une main à peine perceptible sur sa nuque.

La paume ne pesa à Gel Ram qu'au moment où elle parut se fondre, puis se diluer dans sa peau. Bientôt, une onde de chaleur s'infiltra jusqu'aux creux de ses chairs.

La douce sensation s'étendit d'abord dans son cou, puis elle pénétra au plus profond de ses épaules, et se répandit ainsi tout le long de ses bras. Elle vint inonder son torse, envahit son ventre, avant de se diffuser lentement dans ses jambes. D'une infinie délicatesse, elle déliait chaque muscle avec précision, fibre après fibre, et irradiait chacune de ses articulations d'une tiédeur apaisante. Au-delà d'un soulagement immédiat, inestimable, l'action de Kaïrale entraîna le Regard Clair dans une délicieuse torpeur, lui offrant une perception intérieure absolument inédite.

Le corps enfin libéré, relâché comme jamais, l'énergie bienfaisante se concentra de nouveau dans la nuque. Très vite, une lumière pâle s'invita sous les paupières closes du Regard Clair. Des rires étouffés et à peine audibles vinrent se mélanger à un décor doré, mais qui se dessinait encore dans des contours très flous. Enfin, ils se précisèrent en un sourire divin, illuminant les traits d'une jolie femme.

Gel Ram se redressa aussitôt avec une horrible grimace. Si toutes ses courbatures n'étaient plus qu'un lointain souvenir, son cœur, lui, était bel et bien en feu.

— De quel droit oses-tu…? commença-t-il.

— Je suis désolée… balbutia Kaïrale, confuse, encore troublée de s'être laissée submerger par la douleur aiguë, devançant une colère tout aussi vive, profondément enfouie. J'ai éprouvé ta peine malgré moi, parvint-elle à marmonner. Je te prie de me pardonner, je ne m'attendais pas à rouvrir une blessure, acheva-t-elle, sincèrement mortifiée.

Gel Ram ne dit mot, mais parut se calmer. Il lui tourna le dos et se réinstalla pour dormir. Comprenant que la jeune femme ne semblait pas décidée à le quitter, il poussa un soupir avant de lui dire, sans bouger :

— Je n'ai rien à te pardonner puisque tu n'as rien ravivé. Tu as simplement mis le doigt sur une vieille plaie. Tu peux aller te reposer l'esprit tranquille.

Kaïrale apprécia ses paroles tout comme son attitude, mais au lieu d'en profiter pour se lever et rejoindre Rêemet, elle s'abandonna à une surprenante envie de s'allonger derrière lui. Le Regard Clair ne put retenir un léger sursaut à son contact, et chercha à l'éviter. La jeune femme n'en eut cure et insista sans vergogne en revenant se pelotonner tout contre lui à chaque fois qu'il faisait mine de s'écarter d'elle.

— Je n'ai pas besoin d'être materné, grogna-t-il, au bout d'un moment.

— Oh mais je le sais très bien, lui souffla-t-elle, sans plaisanter.

Elle baisa sa nuque et revint se lover dans son dos. Elle ferma les yeux et passa un bras autour de la poitrine d'un Gel Ram sur le qui-vive et perplexe. Doucement, la vieille souffrance finit par s'estomper. Elle céda la place à une fatigue devenue insurmontable, tandis que la source de chaleur inattendue se révélait des plus agréables.

Il serait stupide de ne pas en profiter, convint Gel Ram, avant de sombrer.

Il se réveilla au beau milieu de la nuit et refusa de se sentir déçu lorsqu'il s'aperçut qu'il était seul. Pourtant, il ne résista pas au besoin de se lever malgré l'obscurité pour inspecter le camp. Apparemment, Kaïrale se montrait une personne de parole puisqu'elle dormait auprès de son ami, comme elle le lui avait promis à Niassamé.

Le Regard Clair esquissa un sourire, donna un léger coup de pied dans un morceau de bois et repartit vers sa couche. Il resta un long moment, les mains croisées derrière la tête, à se perdre dans la vision de la canopée qui l'empêchait de distinguer le ciel.

Décidément, la maîtrise de ses sens était trop souvent mise à mal par cette ex petite Sentinelle agaçante, spontanée à outrance, et ô combien sans attrait pour un homme qui n'appréciait guère les corps filiformes et tout en nerfs. Gel Ram préférait les femmes voluptueuses des palais. À son service ou en représentation, leurs rondeurs étaient un hymne à la vie, chaque pore de leur peau soignée et parfumée exhalant les promesses savantes de leurs arts subtils et leurs manières délicates d'en jouir.

Si Kaïrale était douée pour apaiser des muscles endoloris, elle faisait preuve d'un raffinement de paysanne et, la plupart du temps, dégageait autant de sensualité qu'un vieux bâton desséché. Pourtant, Gel Ram dut admettre qu'il adorait débattre avec elle et, au bout du compte, peut-être n'aurait-il pas craché aussi facilement sur cette petite souris, si elle était venue boire dans son bol de lait. Qu'importent les circonstances, l'Abyssin avait de tout temps eu goût pour celles qui ne se montraient pas farouches car, contrairement à sa réputation de chasseur, il était de ceux qui n'insistaient jamais. Qu'elles fussent de haute lignée ou femmes de cuisine, il voyait d'abord en elles une partenaire de divertissement. Le fait que la Sentinelle désignée par El Phâ appartint au beau sexe comptait pour beaucoup dans l'acceptation de cette nouvelle situation. Il gardait pour lui son peu d'estime pour les militaires, aussi bien pour leur esprit étroit que pour ce besoin permanent d'exposer une soi-disant virilité. Au moins, il n'avait pas à supporter un adepte soucieux du culte de son statut de mâle. Le Regard Clair considérait que sa nature d'homme méritait de s'exprimer dans de meilleures circonstances que celles réservées au combat. Quitte à mettre son corps à l'épreuve, autant que ce soit dans les réjouissances et qu'on lui en rende grâce par des soupirs reconnaissants. Ainsi, le sexe n'avait jamais usé d'heures graves, il lui faisait surtout oublier les affaires d'État et demeurait la seule activité physique à laquelle il se consacrait avec assiduité. Seul accroc à cette ligne de conduite ? Elle. Elle, dont son esprit cherchait toujours à rejeter le souvenir, jusqu'à celui de son nom. Elle, qui avait vrillé son âme à jamais en l'embrasant, avant de la laminer avec une égale ferveur en quelques mots assassins. Elle, qu'il aimait autant qu'il la détestait malgré toutes ces années écoulées. Elle, à laquelle il aurait souhaité ne plus penser, sans pour autant se résigner à faire quoi que soit pour l'oublier.

Alors, Gel Ram se remémora la salutaire intervention de Kaïrale. Le seul souvenir de cette chaleur bienfaisante l'apaisa et lui permit de se rendormir.

Mais au matin, croiser les yeux de la Sentinelle l'insupporta.

— Dépare-toi de ce regard de chien battu avec moi, veux-tu. D'ailleurs, si tu te souciais autant de mon bien-être, tu ne te serais pas limitée à mes courbatures, lui lança-t-il pour toute salutation.

La bouche de Kaïrale se figea dans un « O » muet.

Amusé, il poursuivit toutefois avec sérieux :

— Je vais bien parce que j'ai décidé que ce serait le cas. J'ai connu le sentiment amoureux et ce fut une chance, mais c'est terminé. Depuis, j'ai pris le parti qu'en ce qui me concerne, cela soit un choix définitif. Il n'y a pas à en faire toute une histoire, et à l'inverse de ce que tu supposes, aujourd'hui, il ne me manque rien. Ma charge auprès d'El Phâ me comble au plus haut point, et mes nuits sont enjouées aussi souvent que je le désire. Tu vois, je n'ai pas à me plaindre, et toi, encore moins. Maintenant, si tu juges qu'il te faut absolument agir pour mon bien, tu sais ce qu'il te reste à me proposer, conclut-il tout sourire.

— Je crois que j'ai compris, répondit la jeune femme, rassurée, et un peu coquine.

Elle jeta un coup d'oeil circulaire tout en saisissant le bras du Regard Clair, et l'entraîna à l'écart du groupe qui préparait leur départ.

— N'y compte pas, même pas en rêve ! reprit-elle, plus sérieuse.
— J'étais certain qu'en vérité, tu ne te préoccupais nullement de mon bonheur.
— Oh, mais c'est tout le contraire. C'est bien parce que je te considère comme un adorable matou que tu ne m'auras jamais entre tes griffes. Tu es de ceux qui ne louchent que sur les écuelles où ils n'ont pas encore mis leur museau. Et comme nous sommes amenés à nous côtoyer pendant un long moment, il serait dommage pour toi, et très humiliant pour moi, que je ne devienne rien d'autre qu'une source d'ennui.
— Mais tu es déjà une source d'ennuis, rétorqua le Regard Clair.
— Au final, je crois que nous sommes faits pour nous entendre, répliqua la jeune femme en riant, tandis que Rêemet s'épuisait en signes désespérés pour attirer son attention.

Non seulement les porteurs étaient déjà prêts, mais la chance était au rendez-vous de bon matin puisqu'une énorme fourmilière avait été dénichée à deux pas du camp.

Le chef des Drill rejoignit Kaïrale en portant une sorte de grand saladier de feuilles rempli de terre qui en provenait. La jeune femme s'empressa d'expliquer à Gel Ram la nécessité de s'enduire d'acide formique pour éviter au maximum les piqûres de moustiques.

Contrairement à ce qu'elle avait imaginé, le Regard Clair plongea ses mains dans le bol végétal et appliqua le mélange sans rechigner sur son visage et son cou.

Déçue, Kaïrale crut se venger en précisant, sur un ton inquiétant :
— C'est aussi un bon moyen pour soustraire nos odeurs corporelles à tous les prédateurs qui rôdent par ici.

Gel Ram la dévisagea, puis répliqua tout aussi sérieusement :
— Deux précautions valent mieux qu'une, passe devant.

Kaïrale se fendit alors d'un franc sourire, puis rejoignit la tête du groupe et Soumar qui ouvrait la route à coups de machette.

Si les Drills et les Ataros progressaient facilement à travers la forêt, il en était tout autrement pour le Regard Clair et les cartographes missionnés secrètement par El Phâ et embarqués comme porteurs. Et pour cause, les dessinateurs n'étaient pas du tout préparés à évoluer dans un tel environnement. Au-delà du rythme et des heures de marche déjà pénible, il y avait ces énormes racines jonchant le sol et les branches qui cinglaient les visages quand les pauvres maladroits ne parvenaient pas à les éviter ou à épargner les suivants. Les bruits ou plutôt, la multitude des cris étranges, en plus de ceux des Siffleurs qui se signalaient leurs positions entre eux, leurs tapaient sur les nerfs et parfois les terrifiaient. Ils devaient se convaincre à chaque instant de l'importance de leur mission pour ne pas abandonner. Seul leur dévouement pour El Phâ leur permettait de ne pas hurler de frayeur à l'idée de sentir tomber à tout moment sur leurs épaules une énorme araignée velue, quand ce n'était pas un serpent ou un horrible insecte qui se faufilerait là où ils n'en avaient pas du tout envie.

Pourtant, le Second Regard Clair s'était montré très prévenant à leur égard. Elle leur avait dispensé de précieux conseils et recommandations, et surtout, averti des nombreuses mauvaises rencontres possibles dans cet immense piège arboricole et sauvage.

Kaïrale revenait tranquillement en bout de file, et elle souriait sans scrupule à chaque fois qu'elle croisait un soi-disant porteur, poussant le vice jusqu'à poser sur lui un regard bienveillant. Mais comme à chaque fois qu'elle s'abandonnait à son humeur joueuse, la jeune femme se lassa très vite. Alors, elle se plaça à une petite distance de Gel Ram et ne le lâcha plus d'une semelle. Elle veilla sur lui avec l'assiduité d'une mère pour son rejeton, jusqu'à ce que l'expédition atteigne, en fin de journée, le sommet d'une colline surmontée d'une clairière où ne poussaient que quelques arbres espacés. Là, un cercle défriché sur une quarantaine de mètres de circonférence se déployait en son centre.

Huit troncs avaient été épargnés pour servir d'armature à une habitation perchée à presque dix mètres de hauteur, tandis qu'un neuvième portant des entailles rudimentaires et servant d'échelle, permettait d'accéder à une petite plateforme devant l'entrée unique de la Haute Maison des Mains Rouges.

L'endroit était désert et les hommes commencèrent à monter le camp pendant que Kaïrale entreprit de grimper avec prudence.

Surtout, ne pas regarder en bas, se répéta-t-elle jusqu'en haut.

Mais une fois les deux pieds sur la plate-forme, Kaïrale resta bouche bée devant le panorama extraordinaire qui s'étalait devant ses yeux.

L'immense tapis vert des cimes offrait la vision d'un ailleurs absolu, comme si le danger, l'inconnu, et même l'avenir ne pouvaient monter jusque là. Comme si, ici, seul l'instant présent existait, serein.

Ce doit être cela « prendre de la hauteur » se dit Kaïrale, au bord des larmes.

Elle songea combien il serait merveilleux qu'un oiseau passe à sa portée, qu'elle pénètre son esprit, et s'envole avec lui aussi loin que courait l'horizon au-dessus de la forêt.

Elle sortit lentement de son état contemplatif. Elle se retourna et pénétra dans la Haute Maison, vaste case séparée en deux pièces inégales par une demi-cloison.

Au vu de sa surface, la majorité du groupe pouvait aisément profiter de son abri, et certains plus que d'autres seraient heureux de pouvoir dormir loin du sol. La sommaire bâtisse leur apparaîtrait aussi chaleureuse qu'une ruche de Niassamé.

La jeune femme se racheta une bonne conscience en proposant aux membres de l'expédition qui le souhaitaient d'aller s'y reposer.

Reconnaissants, les « porteurs-cartographes » ne cessèrent plus de louer intérieurement ce nouveau Regard Clair si attentionné, tandis que, nerveux, Gel Ram errait parmi les Drills qui avaient décidé de veiller, comme d'habitude, en se contant leurs exploits et en montant la garde autour de la Maison.

Sans la fatigue, le Gel Ram aurait sans doute apprécié l'exotisme de la situation, peut-être même aurait-il put prendre du plaisir à projeter d'autres expéditions si les enjeux de celle-ci n'avaient pas été aussi conséquents. L'absence des Mains Rouges et le manque de réaction à leur installation jusque dans leur domaine réservé augmentait sa nervosité.

Pourvu qu'ils ne nous attaquent pas durant la nuit, songea-t-il soudain.

Impatient et anxieux à l'idée de rencontrer Itouma, Gel Ram se décida enfin à monter se coucher. Il salua Rêemet qui, sans le savoir, partageait ses inquiétudes.

Les hommes s'étaient spontanément regroupés dans une partie de la plus grande pièce, tandis que Kaïrale dormait à l'opposé, près d'un foyer aux braises rougeoyantes.

Le Regard Clair s'allongea non loin d'elle sans faire de bruit. Au bout d'un moment, il pivota sur un côté, et prit appui sur son coude pour soutenir sa tête d'une main. À la lueur du petit feu qui ne tarderait pas à s'éteindre, il dévisagea longuement Kaïrale.

L'occasion était rare, d'autant que la jeune femme semblait bénéficier d'un repos paisible. Sa poitrine se soulevait avec régularité et seul un souffle léger s'échappait de ses lèvres entrouvertes.

— As-tu l'intention de passer toute la nuit à m'observer ? demanda-t-elle, sans même ouvrir un oeil.

— En fait, je me demandais si j'apprécierais d'embrasser un soldat, lâcha-t-il.

— N'espère pas que je t'apporte la réponse, le prévint-elle, mais sur un ton neutre.

— Tu pourrais faire un petit effort pour ne pas laisser le premier conseiller du pays dans l'ignorance, renchérit Gel Ram.

— Même pas en cas de guerre, Regard Clair, répondit Kaïrale, toujours immobile.

— Tu ne peux donc faire preuve d'aucune générosité envers moi, insista Gel Ram, en s'asseyant.

Elle tourna la tête vers lui, dévoilât son regard et dit avec sérieux :

— Ce ne serait pas aussi jubilatoire que tu l'imagines.

— Et pour quelle mystérieuse raison ?

— Tu ne comprendrais pas, laissa-t-elle tomber comme une évidence. Elle reprit sa position initiale mais garda les yeux ouverts pour ajouter : Mais… s'il est vrai que je ne te désire point, à bien y réfléchir, je mentirais si je ne reconnaissais pas partager maintenant ta curiosité. Sans compter que je nourrirais de fort belle manière ma réputation, acheva-t-elle mutine.

Le Regard Clair haussa un sourcil et rétorqua :

— Alors, pourquoi nous priver de l'alimenter ?

— Mon instinct s'y oppose.

— Te plies-tu toujours aveuglément à tes intuitions ?

— Bien qu'il me coûte d'en convenir, rares sont les esprits capables de me tourmenter comme tu le fais.

— Explique-moi donc cela, pria Gel Ram, ravi, avec une avidité contenue.

— Disons que… tu ressembles trop à une larme de Massou.

— Je connais la majorité des légendes dont les vôtres raffolent, mais qu'en est-il exactement de celle-ci ?

— Notre mère la Terre, La Meurtrie, cache depuis toujours ses larmes au plus profond d'elle-même. Seuls quelques hommes savent où les trouver, et plus exceptionnels encore sont ceux capables de leur redonner vie, de leur rendre ces reflets d'où l'on pourrait croire que la lumière provient... ce serait presque un leurre...

— Quel lien avec moi ? coupa le Regard Clair.

Kaïrale ne tint pas compte de son intervention et continua, en fermant de nouveau les yeux :

— Si les larmes de Massou sont inestimables, c'est en partie à cause de leur rareté. Mais ce sont aussi des joyaux extrêmement durs, avec lesquels il est aisé de se blesser si l'on ne reste pas sur ses gardes. Pour moi, tu as tout d'une larme de Massou.

Gel Ram ne sut si la comparaison avec un diamant devait le flatter ou non, et ce trouble inattendu l'exaspéra. Il s'allongea, en fanfaronnant :

— Ce qui expliquerait pourquoi je suis autant convoité.

— Je ne suis qu'un soldat, une fille de berger, pas une femme de palais, poursuivit Kaïrale. Mais, même née sous de l'ivoire, je ne pourrais probablement que faire semblant d'avoir foi en ta parole. J'ignore ce que je serais capable d'éprouver, au sens propre comme au figuré, pour un homme tel que toi, et je m'en fiche. Par contre, je sais que je peux compter sans faille sur mon flair.

— J'envisageais de partager un bon moment avec toi, pas un mariage, se moqua Gel Ram. Je me demande encore comment tu peux faire partie des amies de notre sulfureuse Tana.

— Sais-tu combien je te déteste ? gronda aussitôt Kaïrale.

Elle lui tourna le dos et se recroquevilla sur elle-même en concentrant tous ses efforts pour nier un bref, mais virulent pincement au coeur. Était-ce un signe de jalousie ? À moins qu'elle ne soit bel et bien qu'un « cul serré ». Kaïrale pouvait presque entendre le rire de Tana derrière elle.

Elle fulminait de plus belle, lorsque Gel Ram tenta de se faire pardonner.

— Allez, cesse de faire ta mauvaise tête. Puisque, toi aussi, tu sembles avoir du mal à trouver le sommeil, viens près de moi pour une nuit sans cauchemar.

La jeune femme resta murée dans son silence.

— Je me montrerai le plus sage des sages, assura-t-il encore.

Elle n'esquissa pas le moindre geste. Aussi, le Regard Clair se rapprocha et lui proposa :

— Veux-tu bien mettre de côté ton orgueil, comme je m'y emploie avec courage devant le peu d'intérêt que tu daignes accorder à ma personne ?

Kaïrale lui fit face et scruta son regard avec une moue de petite fille sur la défensive.

— Ne me fais pas l'affront de refuser jusqu'au rythme de mon cœur, comme s'il ne valait pas celui d'un soldat, poursuivit-il.

— Comment un être de raison peut-il se montrer aussi cabot ? lui reprocha-t-elle.

— Merci, c'est agréable ! conclut-il, tandis qu'elle se blottissait contre lui.

Chapitre 8

La lumière du petit jour extirpait de la pénombre la Haute Maison, pendant que des gémissements tiraient lentement le Regard Clair de son sommeil. Il ne mit pourtant que quelques secondes à réagir, dès qu'il fut conscient :
— Réveille-toi, Kaïrale. Réveille-toi, répéta-t-il avec douceur.
Mon coeur est en joie, Petite Sagaie, disait l'homme à la coiffe de plumes noires.
— Et le mien s'unit à sa ferveur, s'entendit balbutier la jeune femme, terrifiée.
Elle se redressa d'un bond.
— Calme-toi, ce n'était qu'un mauvais rêve, lui assura Gel Ram, en lui prenant les mains.
— Non. Itouma est bien ici, bredouilla-t-elle, en se dégageant.
Elle se leva et inspecta tout autour d'elle cherchant quelqu'un qui d'évidence n'était pas là.
— C'est impossible, affirma le Regard Clair. Les hommes se sont relayés pour monter la garde et personne n'a pénétré ici durant la nuit.
Mais Kaïrale ne prêtait aucune attention à ses dires.
— Il s'est annoncé comme il le fait depuis toujours, renchérit-elle nerveuse.
— Comment cela depuis toujours ? Et pourquoi m'avoir caché que tu connaissais notre contact ? se récria Gel Ram, indigné.
— « Kaïrale, je t'en conjure, contente-toi de m'obéir et cesse une fois pour toute de me démontrer ton incommensurable savoir », cracha Kaïrale, en le caricaturant. Tu vois combien je peux être

obéissante. Et puis, tu ne m'aurais pas crue si je t'avais prévenu qu'Itouma est le sorcier aux hyènes de mon enfance.

Probablement, songea Gel Ram atterré.

Non seulement, Kaïrale ne jouait pas, mais elle exsudait un tel ressentiment à son égard qu'il ne sut que répondre.

C'est alors qu'un sifflet retentit dans la forêt, un second, puis un troisième, avant qu'un quatrième ne leur fasse écho.

— Il arrive, abandonna Kaïrale, comme si elle acceptait de se plier à une sentence divine.

Depuis la plateforme, Gel Ram aperçut un plumet foncé entre deux pointes de lance qui disparaissait pour réapparaître çà et là dans la végétation, et qui se dirigeait vers le camp.

En regardant de nouveau Kaïrale, il ne vit plus qu'une petite fille terrorisée. Manifestement, elle avait omis certains détails du contenu de ses rêves.

Où est passé le fameux Ratel ? se dit-il, avant de lui ordonner :

— Ne bouge pas pour le moment, m'entends-tu ?

Il posa des mains rassurantes sur les épaules de Kaïrale qui était secouée d'imperceptibles tremblements.

— Tu n'as rien à craindre. Je te le répète encore une fois, nous sommes ici en représentation. Les Drills interviendront selon tes conseils et le bon vouloir des Mains Rouges pour identifier leur étrange source d'ennuis, et il en sera terminé de notre mission. Tu n'as aucune raison de te mettre dans pareil état.

Mais Kaïrale demeurait insensible aux efforts du Regard Clair, à tel point qu'il commença à craindre, lui aussi, pour son avenir.

— Laisse-moi faire, et ne descend que lorsque je te t'en prierai, acheva-t-il tout de même, avant de gagner la plateforme.

Il entreprit de descendre la longue échelle en surveillant le plumet noir qui se rapprochait et continuait à jouer à cache-cache dans les feuillages. Le premier conseiller d'El Phâ se hâta d'atteindre le sol pour se tenir au milieu des Drills, près de leur chef et de l'interprète Soumar, avant l'arrivée de ses mystérieux invités.

Tous les Ataros qui ne se trouvaient pas déjà dans la Haute Maison prirent le chemin inverse de Gel Ram, aucun ne désirant un face à face, même furtif, avec un Main Rouge dont la réputation n'était pas pour les rassurer.

Il n'était pas question de lâcheté mais de superstition. Ne pas côtoyer un membre de ces clans, c'était l'assurance de ne pas emporter avec soi ne serait-ce qu'un bref souvenir d'eux. Conserver ses yeux, son esprit vierge de tout échange, de tout contact, demeurait une priorité, presque un instinct de survie. Aucun de ces hommes ne voulait avoir quelque chose à raconter sur les Mains Rouges.

Mais la nervosité du camp, comme celle de Gel Ram, n'eut guère le temps de croître car elle fut immédiatement supplantée par la surprise lorsque l'interlocuteur tant redouté par Kaïrale se présenta.

L'homme au plumet noir était encadré par deux guerriers aux physiques athlétiques et aux faciès très peu engageants. Mais Itouma, au contraire, affichait un embonpoint important, et ne se départait pas d'un large sourire qui exhibait une dentition parfaite et d'une blancheur étincelante. Le cauchemar de Kaïrale ressemblait à un gros bébé plein de candeur.

Soulagé, pour ne pas dire amusé, Gel Ram s'avança vers Itouma pour le saluer. Mais à l'instant même où il serra cet avant-bras potelé, le Regard Clair eut un très mauvais pressentiment. Il le chassa illico en se sermonnant :

Cette jeune femme a décidément une trop mauvaise influence sur toi. Reprend-toi.

Mais le mal était fait, et l'intime conviction d'un drame à venir ne le quitta plus.

— Mon nom est Itouma, et je serai ton unique contact sur ces terres, déclara le nouveau venu, dans un Arrassanien parfait.

— Gel Ram, Premier Regard Clair d'El Phâ. Je porte sa parole au-delà de l'Arrassanie. Je viens en ami, en réponse à la demande des Mains Rouges, rétorqua le Regard Clair avec emphase, et plus que jamais sur ses gardes.

Et je sens que rien ne déroulera comme prévu, se dit-il soudain.

Les guerriers se postèrent à l'entrée du camp, donnant l'impression qu'ils étaient prêts à un jet meurtrier au moindre mouvement qu'ils jugeraient suspect. Perspicace, Itouma nota l'inquiétude du Regard Clair :

— Ils n'agiraient pas sans mon ordre, lui assura-t-il, jovial.

Pourtant, l'appréhension de Gel Ram se renforça lorsque le sorcier scruta tous les visages aux alentours. Il cherchait manifestement quelqu'un, et n'avait pas l'intention de s'en cacher.

Tendu, Gel Ram, l'invita à s'asseoir pour fumer, et lui présenta brièvement Rêemet et Soumar. Après quelques bouffées, le représentant d'El Phâ commença :

— En accord avec vos braves et vos lois, bien sûr, nos Drills pourront sans aucun doute apporter une solution à vos tourments. Nous vous écoutons.

Mais Itouma ne semblait pas pressé d'engager la discussion. Il tira longuement sur sa pipe, puis demanda :

— Où est l'exceptionnelle Sentinelle promise par El Phâ ?

Pris au dépourvu, Rêemet et Gel Ram échangèrent un regard, cherchant chez l'autre une éventuelle reconnaissance de cette promesse. Mais avant qu'ils ne puissent ouvrir la bouche, un « Je suis ici ! » retentit dans les hauteurs.

Kaïrale descendit et rejoignit les hommes qui s'étaient tous levés, et le Regard Clair nota comme la curiosité avait remplacé la peur chez la jeune femme. À l'évidence le physique d'Itouma la troublait elle aussi. Mais plus étrange encore, le sorcier semblait l'être tout autant par celui de Kaïrale.

Itouma attendit que la jeune femme soit face à lui pour déclamer avec ardeur « Mon coeur est en joie, Petite Sagaie ».

— Kaïrale est dorénavant un Regard Clair d'El Phâ, intervint aussitôt Gel Ram. Et elle est sous mon entière responsabilité, crut-il bon d'ajouter, en songeant irrité :

Il va bien finir par se décrocher la mâchoire à force de sourire ainsi.

Itouma ne quittait plus Kaïrale des yeux. Sans s'occuper de ses hôtes, il lui proposa de s'installer avec eux, en lui demandant :

— Pourquoi tes rois se nomment-ils tous El Phâ ?

Mais Gel Ram s'interposa de nouveau :

— C'est une coutume liée à une légende remontant à l'origine des fondations du pays, aux temps d'Arrassane Le Glorieux.

— Petite Sagaie voudra-t-elle me faire l'honneur de me la conter ?

La jeune femme s'était installée à distance égale des deux hommes, et elle posa une main sur le poignet du premier conseiller du roi.

Puis, elle fixa Itouma pour lui répondre avec une précieuse politesse, toute empruntée à Gel Ram :

— C'est bien le minimum pour le Regard Clair, spécialiste du genre, que je suis devenue.

» Bien qu'Arrassane Le Glorieux fût un vieux roi usé par les guerres, il jouissait d'une autorité sans égale parce qu'il était le père fondateur de l'Union Première. Celle qui avait vu toutes les tribus des Lac Anciens, jusqu'à la vallée du Mün, fraterniser pour la paix, et dans l'intérêt de tous.

» Au crépuscule de sa vie, le souverain ressentit l'envie de revoir le désert, comme lorsqu'il le parcourait enfant, avec sa tribu.

» Son périple l'emplit de joie, et lui procura la sérénité recherchée. Mais, sur le chemin du retour, leur caravane fut épiée par un étrange personnage qui apparaissait régulièrement sur la ligne d'horizon.

» Arrassane interrogea son entourage, mais il semblait être le seul à l'apercevoir. Le souverain finit par se persuader que son grand âge servait la folie car comment un homme solitaire, et à pied, pourrait-il survivre dans le désert ? Et comment parviendrait-il à suivre la caravane ? Dans quel but ? Ce ne pouvait être qu'une hallucination.

» Mais quand l'homme apparut une nouvelle fois au roi, il ignora les avertissements des siens et lança son dromadaire à toute allure en direction de l'inconnu, comme au temps des grandes batailles. Arrivé en haut de la dune où l'homme paraissait l'attendre, le roi descendit de sa monture et découvrit un petit être malingre, sans arme, vêtu d'une simple tunique beaucoup trop longue pour lui. Il dessinait dans le sable avec un bâton.

» Le roi se présenta et posa mille questions auxquelles l'homme ne répondit pas. Arrassane lui tendit alors sa gourde et l'homme cessa de dessiner pour boire puis, en remerciement, désigna au souverain son dessin qu'il effaça avant que le roi ne put en comprendre le sens. Il entreprit aussitôt un second tracé qui dévoila très vite la représentation d'une magnifique oasis. Les détails étaient non seulement prodigieux mais ils semblèrent s'animer pendant un cours instant, apportant même une sensation de fraîcheur caressante au visage du souverain. Sous le charme, le roi invita le dessinateur à partager sa tente et ils ne se quittèrent plus.

» L'homme ne parla jamais autrement que pour énoncer son nom, et seulement si on l'en priait : El Phâ. Il ne cessait de dessiner, jour après jour, nuit après nuit. Il élabora ainsi les esquisses de la future Niassamé, son palais, ses plans d'eau, des machines et des installations plus extraordinaires les unes que les autres.

» Mais la magie n'opérait que sous les yeux du roi, lui seul voyait et entendait l'eau couler sur le papier, les oiseaux s'envoler sur les fresques, ou le vent faire danser les acacias dans les croquis des jardins.

» Rapidement, l'affection débordante du roi pour El Phâ, le fou, engendra la jalousie parmi ses proches, comme parmi les tribus de l'Union Première.

» Conscient de l'animosité croissante à l'égard de son protégé, Arrassane crut bon d'organiser des réunions en sa présence, afin que tous puissent profiter de son inspiration et de ses dessins. Le roi espérait secrètement qu'un autre que lui remarquerait les tracés en mouvement, mais personne ne se montra capable d'accéder à l'incroyable vision qui l'enchantait.

» À l'occasion d'une assemblée où de grandes tractations destinées à consolider les liens entre les tribus étaient discutées, un chef proposa qu'El Phâ épouse sa fille. Arrassane fut immédiatement enthousiaste, enchanté par l'idée de donner noble épouse à son ami, et accepta. Mais le principal intéressé, lui, ne décrocha pas même le nez de ses dessins pour secouer négativement la tête. Il refusa obstinément, devant tous.

» Le chef outragé se leva et lui trancha la gorge sans que personne n'ait eu le temps de réagir. Mais en vérité, en de telles circonstances et hormis le roi, qui serait intervenu ?

» Arrassane, fou de douleur et de culpabilité, s'apprêtait à rendre la pareille au meurtrier, lorsqu'il découvrit les ébauches représentant une terrible bataille qui se déroulait sur plusieurs pages dispersées aux côtés d'El Phâ, agonisant.

» Alors, contre toute attente et malgré l'incompréhension absolue de l'assemblée, le roi rejeta le criminel au sol sans attenter à sa vie. Il prit El Phâ dans ses bras et se redressa fièrement, puis il annonça solennellement qu'il renonçait au trône, et qu'il désignait El Phâ comme son successeur.

» Bien sûr, personne n'était dupe. Par ce stratagème, Arrassane octroyait à son ami un enterrement royal. Mais nul n'avait soupesé la grandeur réelle des objectifs du roi. Arrassane proclama régner désormais au nom d'El Phâ. Il installa le mourant sur son trône, et obligea son assassin à venir ramper aux pieds de sa victime, tout en déclarant : « Honore ton roi, El Phâ, le Visionnaire. Honore celui que tu as tué de ton orgueil, comme je le ferai tous les jours qu'il me reste à vivre. Courbons-nous sous le poids de notre ignominie. ».

» Depuis, tous les rois et reines règnent au nom d'El Phâ, avec l'aide des Regards Clairs, et ils tentent de se montrer aussi éclairés que l'était l'homme qui dessinait dans le désert, acheva Kaïrale.

— Nous avons tous la mort d'un fou à nous faire pardonner, lâcha Itouma, avec gravité. Tu es une merveilleuse conteuse Petite Sagaie, ajouta-t-il avec douceur.

Gel Ram détesta être d'accord avec Itouma, encore surpris d'avoir apprécié de redécouvrir cette histoire. L'épopée d'El Phâ le Visionnaire, racontée à tous les enfants, n'avait jamais laissé qu'une trace terne et poussiéreuse dans sa mémoire. Pourtant, là, au travers de la voix de Kaïrale, elle lui apparaissait bien plus vivante qu'une vieille légende.

— J'ai hâte d'apprendre l'origine des Regards Clairs, renchérit joyeusement Itouma.

À ces mots, le très raisonné conseiller royal n'avait plus qu'une seule envie : coudre la bouche de cet horripilant émissaire pour effacer son insupportable sourire. Il tenta de le faire disparaître sans passer par la couture :

— Depuis quand les Mains Rouges sont-elles en relation avec des Sentinelles d'Arrassanie ?

Sa question parut se suspendre dans l'air, comme si elle faisait allusion à un complot dangereux connu d'eux seuls.

Le coeur de Kaïrale s'était arrêté de battre.

Itouma tourna la tête lentement vers Gel Ram, puis soudain, il éclata de rire. Soumar se retint de réagir en voyant le rictus d'agacement de la part de Gel Ram, tandis que Rêemet serrait les poings.

La Main Rouge ne s'arrêta que pour interroger à son tour le Regard Clair :

— Comment un être aussi intelligent a-t-il pu trahir le désert ?

L'étonnement, puis la gêne, dans les yeux de Gel Ram, décupla son hilarité.

Je n'ai jamais fait que suivre les seules voies possibles, répondit intérieurement Gel Ram.

— Petite Sagaie entrera dans la légende des siens parce qu'elle va porter secours au peuple des Mains Rouges, continua Itouma.

— Je dois vous porter secours ? s'étonna la jeune femme, avec une pointe d'angoisse.

— Okumgo, l'esprit de la forêt, est en colère. Alors que j'étais encore enfant, des femmes, des vieillards et certains de mes camarades se sont fait dévorer par une bête féroce et très rusée. Les rares survivants à ses agressions ont parlé d'une créature monstrueuse aux dents de sabre, et ce ne pouvait être que l'Okumgo. Les battues de nos braves n'ont rien donné, nous n'avons trouvé aucune trace des déplacements du monstre, aucune tanière. Par chance, les attaques ont cessé, bien que nous n'en ayons jamais su les raisons. Aujourd'hui, les anciens disent ressentir de nouveau sa colère, et nous ne voulons pas encore pleurer nos morts sans comprendre. Seule une Sentinelle telle que Petite Sagaie peut nous ramener définitivement la paix.

— Comment ? demanda-t-elle.

— Au moyen de l'arbre sacré. Petite Sagaie pénétrera dans le grand baobab et son esprit communiera avec lui. Alors, elle rencontrera l'Okumgo et lui parlera en notre faveur.

Le sorcier s'adressa à Gel Ram et poursuivit :

— Si Petite Sagaie apaise l'Okumgo, alors nous laisserons les vôtres pénétrer notre territoire pour acheminer votre ébène.

La jeune femme jeta un regard effrayé au Regard Clair. Son angoisse se teinta de tant de déception que Gel Ram se défendit :

— Je t'assure que j'ignorais que tu devais prendre part à quoi que ce soit. D'ailleurs, je ne sais même pas ce dont il s'agit.

— Moi si, lâcha-t-elle, amère.

— Pourquoi Kaïrale ? Pourquoi le sorcier Itouma ne peut-il intervenir lui-même auprès de l'Okumgo ? s'enquit Gel Ram.

— Si j'avais les capacités de le faire, vous ne seriez pas ici. Je ne suis pas ce que vous entendez par « sorcier ». Chez les Mains Rouges, le savoir se partage, chacun se spécialisant dans ce pour quoi il se révèle le plus doué.

— Telle la science des rêves ? osa Kaïrale.

— Oui, mais nous sommes plusieurs à la maîtriser, et à des degrés divers, convint Itouma, avec hésitation. Il reprit aussitôt, plus à l'aise : Pour ma part, j'ai toujours eu des prédispositions pour imiter à la perfection les cris des animaux, le vent, ou la branche qui se rompt sous un pied. C'est pour cette raison que je suis devenu le lien entre les Mains Rouges et les vôtres, apprendre votre langue me fut facile. Bien que je connaisse aussi Petite Sagaie aux travers de nos rêves depuis longtemps et...

— Où se situe l'arbre sacré ? le coupa-t-elle, nerveuse, refusant tout net d'évoquer plus avant leur relation.

— Il n'est pas très loin, répondit-il, un brin déçu de ne pouvoir aller plus loin. Si nous partions maintenant, nous pourrions commencer la cérémonie dès le début de l'après-midi, continua-t-il, en forçant son sourire.

— Combien de temps doit-elle durer ? demanda Rêemet.

— Le temps n'existe pas dans le grand baobab, seule la puissance des esprits agit et conditionne l'avenir. Je vous conseille de ne pas vous aventurer au-delà de ce camp durant notre absence car vous n'êtes pas les bienvenus pour le moment, prévint la Main Rouge en toisant le soldat.

Mais le chef Drill ne baissa pas les yeux, et Gel Ram intervint.

— Kaïrale ne quittera pas le groupe.

— La transe dans l'arbre sacré ne peut se dérouler en la présence d'étrangers, argua Itouma.

— Alors, elle n'aura pas lieu, trancha le Regard Clair.

— Votre souverain n'apprécierait pas...

— Ou Rêemet et moi vous accompagnons, ou nous repartons tous immédiatement pour Niassamé, déclara Gel Ram, sèchement.

Itouma troqua alors son sourire pour une moue qui ne laissait aucun doute sur son embarras. Pourtant, il ne réfléchit qu'un court instant.

— J'accepte. Mais à la condition que vous vous teniez à distance du grand baobab, maugréa-t-il, en se levant.

Gel Ram l'imita, Rêemet fit de même, puis proposa sa main à Kaïrale en lui conseillant :

— Tu devrais refuser. Tu le ressens comme moi, n'est-ce pas ?

Gel Ram s'approcha d'eux, pendant qu'Itouma retrouvait ses hommes et leurs lances menaçantes.

— Il a raison, tu n'es pas obligée d'accepter. Tu n'es plus une Sentinelle, dorénavant. Nul ne saurait t'en tenir rigueur si tu renonçais maintenant.

— Et si je pouvais vraiment leur éviter d'autres agressions ? dit-elle à Rêemet, avant de s'adresser à Gel Ram :

— Te souviens-tu de mon récit sur le sort des Panaés lorsque nous étions sur le bateau qui nous amenait chez les Ataros ? L'Aourit avait convenu de leur destruction sans attendre l'issue du conflit.

— Je ne vois pas le lien avec ce qui nous intéresse ici, répondit Gel Ram.

— Il semble qu'une fois encore, nos supérieurs aient déjà décidé de tout pour nous.

— Je suis navré, Kaïrale. Vraiment, abandonna le Regard Clair.

Nerveux, Rêemet ordonna à ses hommes de ne pas sortir du camp jusqu'au coucher du soleil. Mais au cas où ils ne seraient pas de retour avant le milieu de la nuit, les soldats devraient suivre leurs traces et se préparer à agir en conséquence.

Le chef Drill retrouva le petit groupe encadré par les lances, puis ils s'enfoncèrent dans la forêt.

Sciemment ou non, Itouma avait exagéré la distance qui séparait le camp du gigantesque baobab, car le milieu de la matinée était à peine entamé lorsqu'ils arrivèrent devant l'arbre sacré.

Il n'y eut que les Mains Rouges pour ne pas être ébahis par la circonférence de son tronc, au centre duquel s'ouvrait une cavité qui aurait pu loger une famille entière.

Itouma invita Kaïrale à pénétrer avec lui dans le baobab, tandis que les deux guerriers se postèrent devant l'entrée.

Très vite, le représentant des Mains Rouges réapparut seul, sans son sourire, mais avec un magnifique bâton sculpté. Il s'appliqua à faire de grandes enjambées régulières, droit devant lui, et s'arrêta à la trentième. Là, il commença à dessiner un immense cercle sur le sol à l'aide du bâton.

Gel Ram et Rêemet s'approchèrent et découvrirent en son milieu un grand trait épais et vertical, auquel Itouma ajouta deux plus petits et parallèles, du côté gauche.

Le Regard Clair s'apprêtait à ouvrir la bouche pour demander quelle était leur signification, quand des cris étranges retentirent dans les parages, mais sans qu'il fût possible de déterminer avec précision leur origine.

Par réflexe, Gel Ram et Rêemet se retournèrent pour tenter de cerner leur provenance, alors qu'Itouma, indifférent, cueillait un bouquet d'herbes hautes avec lequel il entreprit de balayer une sorte d'allée qui partait du cercle et se prolongeait jusqu'au bord des fourrés.

Les cris s'étaient transformés en une vocalise uniforme, tonitruante, répétitive et saccadée. Ils se rapprochaient, et Gel Ram s'énerva :

— Allez-vous nous dire ce que nous entendons ?

Itouma ne prit même pas la peine de le regarder pour répondre :

— Nous allons implorer les esprits pour qu'ils acceptent de plaider en notre faveur auprès de l'Okumgo. Allez vous tenir à l'écart, ils vont parler, maintenant.

Les vociférations étaient de plus en plus proches, et il était inutile de comprendre le dialecte pour en ressentir l'invocation, aussi puissante que troublante.

Gel Ram et Rêemet sursautèrent lorsque des créatures inattendues surgirent dans l'allée dessinée par Itouma.

De taille humaine, elles portaient de larges feuilles qui les recouvraient de la tête aux pieds et s'agitaient frénétiquement en vocalisant avec une puissance prodigieuse. Les grands masques s'activèrent ainsi un moment autour des trois hommes, de façon désordonnée pour un profane, avant de se mettre en cercle et de fouler le dessin d'Itouma.

La force qui se dégageait de leurs exhortations médusait les deux novices d'Arrassanie qui reculèrent pour observer d'assez loin ce spectacle étrange.

Dans le grand baobab, Kaïrale se concentrait, les yeux clos, essayant de caler sa respiration sur le rythme des chants. Plus Sentinelle que jamais, son esprit s'ouvrit sans trop d'efforts et occupa tout l'espace du ventre de l'arbre.

Sa conscience s'éleva d'un cran afin de faire abstraction de toute forme de vie dans son champ de sensibilité, puis prit tout son temps pour s'infiltrer jusque dans les moindres interstices de la cavité. Enfin, elle pénétra à l'intérieur du bois, sur toute sa hauteur, jusqu'à finir par le traverser complètement, avant de se baigner avec délectation dans la lumière, au dessus d'une forêt de plus en plus clairsemée.

Voyageant sans contrainte, Kaïrale dut recentrer son esprit lorsqu'il vibra intensément au contact d'une rivière au débit tumultueux. Attirée par son énergie, elle fut saisie par sa puissance, tant et si bien qu'elle pouvait presque la ressentir physiquement couler dans ses veines. La jeune femme mobilisa toutes ses capacités pour se soustraire à cette attraction, et parvint à se tenir à distance du cours d'eau qui traversait une immense prairie.

Kaïrale sondait son environnement végétal immédiat, lorsqu'elle se heurta à deux énergies virulentes. L'une d'elle était clairement animale, tandis que la seconde mit plus de temps à se préciser comme humaine.

Redoublant de concentration, l'esprit de la Sentinelle capta leur confrontation, se rapprochant d'un arbre dans lequel un petit garçon hurlait de terreur.

Retranché dans les hauteurs, l'enfant avait un oeil en sang et s'épouvantait en constatant qu'un grand fauve grimpait à sa suite.

Kaïrale saisit sans peine l'affolement du petit bonhomme, mais n'eut aucune difficulté à bloquer ses émotions pour poursuivre son observation avec un certain détachement. Elle ne devait pas se faire happer par la terreur de l'enfant. Très vite, et malgré sa prudence, Kaïrale fut en revanche attirée, électrisée par les sens aiguisés du félin. Son esprit devait réfréner son envie de s'approcher plus près du prédateur au risque de se perdre en lui. N'importe quelle Sentinelle aurait été fascinée par un fauve, et le Ratel, plus que quiconque, savait devoir se méfier d'elle-même. Mais il était déjà trop tard, Kaïrale flirtait avec l'esprit de l'animal. Elle humait l'air de la savane depuis l'arbre où l'odeur de l'enfant l'entêtait. Elle ressentait ses efforts musculaires pour se maintenir toutes griffes dehors sur le tronc, son souffle et cette pulsion irréversible qui la submergea. La jeune femme dut batailler ferme pour s'obliger à l'examiner plutôt qu'à s'y abandonner. Un dégoût la secoua violemment lorsqu'elle comprit qu'elle avait côtoyé l'instinct carnassier. Elle mit alors toutes ses forces à récupérer la distance nécessaire face aux événements et surtout, à nier qu'elle avait eu envie de chair humaine.

Elle parvint à se libérer de l'esprit du fauve, mais elle dut encore lutter pour retrouver le recul qui lui permettrait de percevoir à nouveau les deux énergies sans se remettre en danger.

Le fauve continuait à grimper, alors que sa pauvre proie tremblante ne pouvait pas monter plus haut. Il se rapprochait dangereusement du gamin hurlant de toutes ses forces, lorsqu'une branche céda sous son poids. L'animal chuta lourdement et se brisa net la colonne vertébrale en heurtant le sol. Il passa de vie à trépas presque immédiatement.

Kaïrale s'approcha et découvrit un lion mâle imposant, d'au moins sept ou huit ans.

Il mesurait près de trois mètres de long et présentait d'étranges particularités. En plus d'une crinière quasi absente, une de ses canines était anormalement usée, alors que l'autre s'entrecroisait avec la canine inférieure. De fait, il lui avait sans doute toujours été impossible de les utiliser correctement, en particulier pour donner le coup de grâce à ses proies.

L'enfant n'était pas pour autant sorti d'affaire car un groupe de lionnes s'agglutinait au pied de l'arbre pour se disputer la dépouille de leur congénère.

Kaïrale n'eut d'autre choix que de s'éloigner de la troupe, et une fois à distance, elle s'étonna de ne plus distinguer le petit garçon parmi les branches. Peut-être avait-il réussi à fuir, finalement ?

Déstabilisé par son expérience précédente, l'esprit de Kaïrale se raccrocha à cette hypothèse afin de mieux se recentrer pour poursuivre son périple.

L'Okumgo n'était toujours pas en vue.

Attentive, mais sur ses gardes, la Sentinelle fouilla les alentours en remontant la rivière. Elle fut brutalement tétanisée par un magma de vies qui ne cessait de croître aux franges de sa conscience.

Était-ce une émanation du dangereux Okumgo ?

Par précaution, l'esprit de Kaïrale renforça son filtre pour rester concentré et se dirigea sans précipitation vers ce qui semblait être le point culminant de ses sensations. Il s'immobilisa pour contempler, émerveillé, une incroyable population de gnous.

Plus d'une dizaine de milliers de ces mammifères s'étaient massés en un endroit précis, au bord de la berge, et paraissaient attendre un signe pour traverser la rivière. Les coassements incessants qu'échangeaient les bêtes renforçaient l'impression d'une extrême tension. Anxieux, les petits ne lâchaient pas d'un sabot leur mère, et plus le temps passait, plus l'imminence d'un événement déclencheur devenait palpable au sein de la troupe, comme parmi les gazelles et les zèbres qui se mêlaient à cette migration.

L'esprit de Kaïrale ne parvenait pas à identifier l'animal qui donnerait le signal du départ, et il n'était pas le seul.

Certains crocodiles dormaient, alors que d'autres s'efforçaient de se faire discrets, comme des cuisiniers ou des serveurs fébriles durant les derniers préparatifs d'un banquet.

Les hippopotames, eux, protestaient vigoureusement en grognant à tout va et en se regroupant, comme pour faire barrage à cette affluence soudaine qui troublait leur quiétude.

Le cours d'eau, lui-même, n'était pas en reste. En crue, de périlleux rapides bouillonnaient en aval du lieu où les gnous s'étaient agglutinés.

La Sentinelle prit conscience qu'après avoir échappé aux redoutables courants, aux crocodiles et à la mauvaise humeur des hippopotames, les plus chanceux herbivores n'en seraient pas quittes pour autant.

Tout au long de leur voyage, ils courraient le risque permanent de figurer aux menus des guépards, des hyènes et des nombreux lions qui peuplaient la prairie, de l'autre côté de la rive.

L'esprit de Kaïrale s'interrogea sur les mystères de la conscience humaine et sa capacité à appréhender cet ordre naturel et ses implacables issues. Etait-ce une chance ? Ou une malédiction ?

En pleine réflexion, elle fut déconcentrée par la vue d'une gazelle totalement insouciante, déambulant au bord de l'eau au milieu des crocodiles immobiles.

Tout à coup, elle se jeta sans crier gare dans la rivière et entreprit de la traverser. Elle était le fameux déclic tant attendu sur la rive, et elle engendra un véritable branle-bas de combat.

La tête du troupeau s'élança derrière elle, bondissant dans tous les sens, surprenant un court instant les crocodiles et les hippopotames.

Mais très vite, chacun prit sa place comme dans un ballet à la chorégraphie parfaitement rodée.

Face à la déferlante, une grande partie des énormes pachydermes disparut sous la surface. Les plus courroucés parsemèrent les flots de leurs déjections, s'assurant ainsi qu'aucun des perturbateurs n'ignorent leur colère, sur la terre comme dans l'eau. Les nageurs, déjà en peine, se voyaient obligés de contourner les bouses qui surgissaient devant eux.

La pression dans le troupeau s'intensifia lorsque les nouveaux venus se mirent à pousser les premières bêtes vers le milieu du lit de la rivière. Déjà, certains emportés par les courants se noyaient quand d'autres se brisaient les pattes sur les rochers immergés. La panique se lisait dans les yeux des petits découvrant cette épreuve, comme chez les plus aguerris.

Mais l'impératif migratoire était plus fort que tout, et l'esprit de Kaïrale dut fournir sa part d'effort pour ne pas succomber à son emprise.

Il tenta de contrôler au mieux l'impact émotionnel de cet objectif commun surpuissant, ce but ultime et instinctif qu'aucune communauté humaine ne connaîtra jamais sans qu'il lui fût destructeur.

Mais là encore, Kaïrale échoua et fut de nouveau happée par son appétit, sa passion, elle plongea malgré elle au coeur de la harde, au milieu des cris et de la cohue.

Il lui fallait s'extraire de ce formidable mouvement de masse au plus vite ; alors, dans un sursaut d'énergie, elle chercha la gazelle. Celle qui avait tout déclenché devait probablement être prête à atteindre la rive opposée. Enfin, la voilà ! Kaïrale se joignit à elle, comme un naufragé en difficulté se raccrocherait à une branche, mais au même moment, un crocodile saisit l'animal à la gorge et l'entraîna par le fond.

Kaïrale se débattit autant qu'elle le put, le plus longtemps possible, cherchant à respirer sous le fer d'un étau. Pourtant, il lui aurait suffi de se penser résolument loin de cet enfer pour tout arrêter. À bout de force, elle finit par lâcher prise et suffoqua pendant d'interminables secondes.

L'esprit de la Sentinelle sombra lentement dans un néant terrifiant.

Chapitre 9

Bien qu'en transe, tous les masques perçurent des mouvements dans les broussailles. Ils cessèrent de chanter et de danser presqu'aussitôt en protestant de la présence d'invités qui assistaient au sacré sans y être conviés.

Itouma demanda le calme d'un geste et se dirigea d'un pas décidé vers le ou les importuns, lorsque Kaïrale déboucha des fourrés en titubant.

Gel Ram se retourna vers le grand baobab, les lances avaient disparu, alors que les hommes masqués murmuraient entre eux et s'écartaient sur le passage de Kaïrale comme devant une pestiférée.

Rêemet et Gel Ram se pressèrent vers elle, pendant que tous les danseurs de la forêt fuyaient tout bonnement la cérémonie.

La jeune femme, le visage hagard et les yeux mi-clos, s'immobilisa brusquement, puis s'effondra, inconsciente, aux pieds d'Itouma qui ne cherchait plus à cacher son désarroi.

— Petite Sagaie ? Petite Sagaie ? Pourquoi ne me réponds-tu pas ?

Rêemet montra le dessin au sol à Gel Ram.

Au milieu des innombrables traces de pas des danseurs, un petit bâton était maintenant dessiné de chaque côté de l'axe principal.

— Elle ne parvient pas à revenir, supposa le Drill, les yeux rivés sur le tracé.

— Que lui arrive-t-il exactement ? cracha Gel Ram, paniqué. Je t'ai posé une question, dut-il insister auprès du soldat tétanisé.

N'obtenant toujours pas de réponse, Gel Ram hurla :

— Rêemet ! Ton amie a sombré dans je ne sais quoi et n'en reviendra jamais si nous n'agissons pas maintenant. As-tu, oui ou non, la moindre idée de comment nous pourrions la sortir de là ?

Itouma s'interposa entre les deux hommes.

— Ne reste pas ici. Un esprit comme le tien ne peut que nous gêner. Rêemet et moi nous relaierons pour maintenir un lien avec elle.

— Par quel procédé ? siffla le Regard Clair, avec mépris.

La Main Rouge l'ignora superbement en s'adressant à Rêemet :

— Choisis une chanson, un air, invente une histoire, ce que tu veux, du moment qu'il provoque en toi une émotion telle que Petite Sagaie la percevra. La pudeur n'est pas un obstacle à l'échange, tu peux le faire mentalement. Il suffit que ton ressenti soit aussi sincère qu'intense pour qu'il lui parvienne. Nous n'arrêterons pas tant qu'elle n'aura pas retrouvé conscience, je te le promets.

— C'est une plaisanterie ?! Son état mérite plus que des chants ! vociféra Gel Ram.

— Petite Sagaie semble s'être égarée dans sa condition de vigilance. Elle s'accroche sans nul doute avec force à notre tension et nos craintes, mais nos émotions ne vont pas tarder à se diluer dans son malaise général. Nous devons au plus vite tenter de l'attirer à nous par un sentiment autre, et beaucoup plus puissant que l'affolement dans lequel elle doit déjà baigner. Kaïrale livre un combat contre l'Okumgo et je te le répète, tu ne peux nous être d'aucune utilité.

— Combien de temps avons-nous ? demanda Rêemet, agenouillé auprès de Kaïrale.

— Je l'ignore, maugréa Itouma, en jaugeant Gel Ram qui ne bougeait pas d'un pouce. Tout comme je ne sais pas pourquoi elle a perdu la maîtrise de ses capacités, reconnut-il, irrité.

Rêemet prit la jeune femme dans ses bras, et se dirigea vers le baobab sacré. Il entonna avec maladresse une litanie volée à une gamine, et que les deux amis se rabâchaient souvent en souvenir de ce qu'ils considéraient comme le « bon vieux temps » :

— Ô pa lia, no lo hé, no lo hé. Ô pa lia, no lo hé, no lo hé, chantait doucement le Drill.

Sans cesser de fredonner, il s'assit en tailleur dans l'arbre, en serrant Kaïrale contre lui.

Progressivement, Kaïrale accompagna la mélodie, bouche fermée.

— Elle a capté ton émoi, c'est bon signe, assura aussitôt Itouma, resté devant l'ouverture.

Gel Ram se tenait à ses côtés, complètement dépassé par la tournure des événements.

— J'espère pour toi qu'elle va nous revenir. Tu as risqué la vie d'un Regard Clair Royal et je doute qu'El Phâ se montre clément lorsqu'il apprendra la nouvelle, lâcha-t-il, menaçant.

Itouma se redressa, et Gel Ram se maudit en devinant sur l'instant ce que la Main Rouge prit un malin plaisir à lui confirmer :

— El Phâ m'a accordé toute liberté en ce qui concerne Petite Sagaie. Je m'étonne qu'il n'ait pas daigné te mettre dans la confidence, termina-t-il, mielleux.

— Allez vous disputer ailleurs, grommela Rêemet, avant de reprendre son chant.

Résignée à vivre ses derniers instants, Kaïrale fut brusquement entourée par une force qui la souleva d'un coup. Aveuglée par une lumière trop vive, elle mit un temps infini à réaliser qu'une énergie extérieure l'avait ramenée sur la berge. Elle dut s'accorder une longue pause pour se remettre d'avoir frôlé l'irréversible.

L'enveloppe rassurante lui était si délicieuse qu'elle se refusait à réfléchir à son état. Sa conscience se recentrait au maximum pour se repaître de cette intervention inespérée, avec calme, et elle se régénéra.

Kaïrale retrouva ainsi ses facultés et, presque par réflexe s'imposa une distance idéale pour observer froidement l'agitation des flots.

Les marées de troupeaux et leurs victimes s'enchaînaient, tandis que d'autres se profilaient à l'horizon.

Kaïrale assista à quelques scènes extraordinaires, comme celle d'un zèbre qui échappa in extremis à la gueule d'un crocodile grâce à un violent coup de sabot, pendant qu'un autre saurien, épuisé de lutter contre le courant, fut obligé de relâcher la pression de sa mâchoire sur la patte d'un jeune gnou qui parvint à se dégager, et regagna la rive sans trop de dégâts.

Et puis soudain, il y eut comme une accalmie entre deux tempêtes, et la rivière retrouva son calme pour un moment.

Kaïrale dénombra une centaine de dépouilles, pattes en l'air, bloquées par des rochers, et s'arrêta sur deux retardataires affolés, qui dérapèrent à plusieurs reprises sur la rive boueuse, totalement défoncée.

Au bout du compte, le tribut des hardes à cette rivière apparut infime face au nombre immense qui était parvenu à la traverser.

Gel Ram me féliciterait certainement pour cette analyse qui ne manque pas du cynisme dont il voudrait si souvent me voir faire preuve, pensa Kaïrale, avant de se concentrer sur la prairie où les tensions retombaient.

Après la peur et le pari sur la chance, venait le temps des douleurs. Les animaux, blessés ou non, reprenaient leur souffle, à l'exception des mères qui appelaient désespérément leurs progénitures. Les petits survivants, réfugiés au centre des troupeaux, gambadaient joyeusement, comme s'ils exorcisaient une terreur qui les paralyserait à jamais s'ils ne bondissaient pas encore et encore, jusqu'à l'épuisement.

L'Okumgo choisit cet instant de répit pour apparaître sur cette berge tant convoitée par les gnous. Alors que toute trace de vie s'évaporait dans la prairie, une magnifique panthère aux allures préhistoriques imposait sa présence, unique, massive.

La bête dévoilait des canines monumentales, entre lesquelles pendait pour l'heure une hyène à la nuque brisée. Elle s'en débarrassa d'un mouvement de tête en la jetant loin devant elle comme s'il ne s'agissait que d'une vulgaire balle de chiffon. Un infime nuage de poussière s'éleva autour du cadavre, mais il n'y eu aucun bruit.

Kaïrale s'attarda un instant sur la dépouille puis revint se concentrer sur le félin. Elle nota que ses pattes étaient beaucoup plus courtes que celles des rares panthères qu'elle avait eu l'occasion d'admirer, tandis qu'une longue queue épaisse achevait une ligne racée, soulignant la toute-puissance de l'animal.

Seule sa livrée ne relevait pas de l'inouï. Son pelage était d'un roux tacheté très banal, comme le trait noir courant sur son échine, ou encore son large poitrail blanc. Hormis sa taille, cette fourrure aurait pu constituer un trophée de chasse somme toute assez commun. Mais Kaïrale savait intuitivement qu'il n'existait pas un seul chasseur au monde capable de prétendre à une telle prise.

Au-delà de toutes ces caractéristiques physiques, la conscience humaine était subjuguée par la prestance émanant de ce fauve.

S'il dégageait une force colossale, Kaïrale était plus sensible encore à son aura, d'une sagesse tranquille, et d'une intensité phénoménale.

Pour Petite Sagaie, à cet instant, il ne faisait aucun doute qu'en rencontrant sa Majesté l'Okumgo, elle effleurait ce que devait être l'essence de celui qui ne craint rien.

Peut-être faut-il avoir déjà tout perdu ? songea-t-elle.

Était-ce cette soudaine intime conviction qui expliqua que Kaïrale ne ressentit aucune peur ? Bizarrement, elle se sentit envahie par une sorte de soulagement, une sensation qui s'intensifia, pour finir par ressembler à une forme de délivrance. L'esprit de Petite Sagaie n'avait jamais connu pareille plénitude.

Si converser avec l'Okumgo lui apparut vain, voire futile, traverser le fleuve pour saluer le dieu des Mains Rouges était pour elle une obligation.

La rivière se tarit en quelques secondes et ses berges s'asséchèrent jusqu'à ce que tout ne soit plus que sable.

L'Okumgo disparut derrière une dune tandis qu'au loin se dessinait la progression lente d'une file de silhouettes sombres et brouillées.

Kaïrale dut faire preuve d'une extrême concentration pour y discerner un troupeau d'éléphants. Ils disparaissaient sur la ligne d'horizon, lorsqu'elle perçut une présence derrière elle, qu'elle reconnut immédiatement comme un des mastodontes, et qui attendait qu'elle veuille bien grimper sur son dos.

Malgré sa joie, l'esprit de jeune femme se sentit retenue par la source bienveillante qui l'avait ramenée à la vie. Elle la pria de continuer à l'entourer afin de l'aider à rejoindre le troupeau. La communion mentale opéra et, paisible, Kaïrale se vit sur le pachyderme qui s'enfonça dans le désert.

Elle réalisa presque aussitôt qu'elle n'avait pas à lutter pour ne pas se fondre dans l'esprit de l'éléphant. La force bienfaitrice générait une barrière, barrière d'autant plus salutaire qu'elle entraînait une économie d'énergie considérable. Une ressource qui devenait de plus en plus vitale au corps physique de Kaïrale car son organisme s'épuisait dangereusement au fur et à mesure que le temps s'écoulait dans la transe.

L'obscurité envahit l'intérieur du baobab alors que le sorcier se dessinait en contre jour devant son ouverture, suivi de près par le Regard Clair au visage anxieux.

— Je vais prendre soin de Petite Sagaie, proposa-t-il.

À peine avait-il achevé sa phrase que Rêemet sentit Kaïrale se raidir dans ses bras.

Ne crains rien, je ne t'abandonnerai pas, lui promit-il en pensée.

Kaïrale parut s'apaiser aussitôt.

Itouma s'abaissait pour pénétrer dans l'arbre, quand le Drill le menaça sans se détourner de la jeune femme :

— Vous ne l'approcherez pas tant qu'elle n'aura pas repris pleinement conscience.

Gel Ram comme Itouma ne masquèrent pas leur surprise, et la Main Rouge allait répliquer, quand Rêemet ajouta :

— Il semblerait que l'Okumgo n'en ait pas fini avec elle.

La phrase résonna étrangement dans le gros ventre du baobab.

— Il serait idiot de gâcher tous nos efforts maintenant, glissa Gel Ram à Itouma, qui retrouva alors son curieux sourire, avant d'accepter de s'éloigner.

— Je veillerai à ce que ton dévouement soit justement récompensé, déclara Gel Ram à Rêemet. Comment va-t-elle ? osa-t-il enfin, au bout d'un long moment.

— J'aimerais pouvoir vous répondre, souffla le soldat, en passant une main sur le crâne de Kaïrale. Mais je ne sais rien du sort des... « offrandes ».

— Je ne comprends pas ce que tu sous-entends.

— Que mon très cher Ratel risque de ne jamais revenir de cette transe. Plus longtemps elle durera, moins nous aurons de chance de la récupérer saine d'esprit.

— À ce point ? lâcha, Gel Ram, consterné.

— Oui. J'ai dans l'idée que ce maudit Itouma a donné Kaïrale en pâture à son dieu. Je suis ignorant de ce genre de rituel, mais je me souviens qu'elle m'avait parlé de ses efforts, de cette obligation constante de recentrer son esprit pour ne pas se perdre au contact d'autres qui seraient incompatibles avec le sien.

— Je ne saisis pas bien ce que tu essaies de m'expliquer, Rêemet.

— Si Kaïrale doit voir à travers les yeux d'un être non humain, elle devra s'efforcer de structurer tous ses ressentis en pensées cohérentes, et le plus souvent possible, afin de ne pas s'égarer dans le schéma mental animal. Parfois, ses efforts sont si intenses qu'elle les formule à voix haute. C'est pourquoi je sais qu'en ce moment, elle n'est pas encore tirée d'affaire parce qu'elle est aux prises avec des éléphants.

— Des éléphants... répéta Gel Ram, incrédule. Écoute, tu es à bout de nerfs et ce n'est pas ce que préconisait la Main Rouge. Je te propose de prendre le relais, jusqu'à ce que tu te sentes de nouveau prêt.

— Vous ne la laisserez pas entre les mains de... .

— Non, sois tranquille. Je n'ai pas plus que toi confiance en cet homme. Mais je suis persuadé qu'il ne nous a pas menti sur la nécessité d'entretenir un contact émotionnel favorable avec Kaïrale. Et, à en croire ses murmures, tu y as parfaitement réussi jusqu'ici. Va te détendre afin de pouvoir poursuivre ton action dans les meilleures conditions.

Rêemet regarda Kaïrale à moitié convaincu mais finit par céder sa place.

Il sortit de l'arbre avec difficulté tant ses jambes s'étaient ankylosées.

Au moment où le Drill avait déposé Kaïrale sur le sol, la jeune femme s'était tue et Gel Ram avait craint un bref instant son silence. Mais dès qu'il toucha les longs doigts inertes de Kaïrale, il n'eut plus d'hésitation et lui serra pleinement les mains.

Je t'ai beaucoup trop sous-estimée car tu n'as rien d'une source d'ennuis, tu es un véritable cataclysme, songea-t-il, en s'asseyant sans la lâcher.

Puis, il récita à voix basse :

Aux heures du grand soleil où las j'agonise,
Le ventre du sycomore m'a offert son assise.
Porté contre l'écorce, une ombre de fraîcheur,
Le froissé du feuillage m'écrase en douceur.
Nos unions clandestines déjouaient les pouvoirs,
Construisaient d'autres mondes aux couleurs des mirages.
Sous le voile discret de tes allégories,

Tes doigts m'ont dessiné des déserts infinis.
Je vivais de tes yeux déclamant sur ma peau
Des poèmes anciens aux accents désuets.
Négligeant savamment la seule évidence,
J'ai fait semblant de croire que c'était une chance.
À convoiter en force les secrets de tes routes,
J'ai laissé la candeur envahir nos espaces.
Narcissiques désirs qui repoussent les miroirs,
Évinçant la mesure d'un esthète trompeur.
Aux arômes désappris sur un temps suspendu,
De son éternité, avidement, j'ai cru.
La figue, dans ma bouche, a perdu sa saveur,
À l'instant où ta vie fut pour ton seul sauveur.
Tu as quitté ma rive pour le temple, hier,
D'un autre amour, ivre, le refuge, les prières.
Encensée et pensive, tu m'as rayé de toi comme dans un trépas.
Les colonnes du palais ne filtrent plus nos rires,
Et le bassin de lait n'étouffe plus nos soupirs.
Les épices sont fades et les parfums m'entêtent,
Aux fonds, dans les jardins, m'assassinent nos fêtes.
Le miel ne sucre plus que ce qui lui est dû,
Pesante dévotion, me dévorant, déchu.
Je dois apprendre à boire jusqu'à ce mauvais vin,
Me nourrir de ces corps dont je n'aurai pas faim.
La barque de ton dieu, au loin, doucement s'éloigne,
Et la brise se lève pour rafraîchir le soir.
Là-bas sur l'autre rive, il mène son combat,
Là-bas sur l'autre rive, penses-tu encore à moi ?
J'abandonne le ventre de notre sycomore,
J'y reviendrai demain pour voir poindre l'aurore.
M'incliner devant l'astre, celui de ta lumière,
Magnifique désastre sur mon âme tout entière.

Gel Ram remarqua une larme qui s'échappait des yeux clos de la jeune femme.

Je garde...
Je garde...

> *Je garde la douleur, elle demeure mon bien,*
> *Quand elle résonne en moi, c'est encore de toi.*
> *Puisque je t'ai perdue, pour le seul, l'éternel,*
> *Je ferai de l'absence mon « nous » perpétuel.*

Gel Ram reprit son poème en boucle, les yeux mis clos, et perdit toute notion de temps. Il ne les rouvrit que lorsqu'il sentit une présence, Rêemet, qui venait déjà le relayer.

Un peu à contre coeur, le Regard Clair lui confia de nouveau Kaïrale, et partit rejoindre Itouma assis près de son tracé magique. Deux petits traits étaient de nouveau tracés à gauche de l'axe principal.

Sûre d'elle, la Main Rouge prédit immédiatement :
— Petite Sagaie ne va pas tarder à reprendre conscience.
Malgré lui, le coeur de Gel Ram s'emballa :
— Je me charge d'aller le vérifier. Attendez-moi ici.
Je l'ai ramenée, se dit-il, heureux, en retournant à grandes enjambées vers l'arbre sacré.

Dans l'immense baobab, Kaïrale ouvrait enfin les yeux.
— J'ai accompagné des éléphants dans le désert, Rêemet, c'était merveilleux.
— Tu en as de la chance, lui répondit-il tendrement.
— Même dans les pires moments, je n'ai pas connu cette solitude qui m'envahit si souvent lorsque je suis sur le terrain des opérations... poursuivait Kaïrale.
— C'est parce que tu n'avais pas à l'être, l'arrêta Rêemet. Le Regard Clair et moi ne t'avons pas quittée un seul instant, pas un seul.
— Je n'aurai jamais tenté l'expérience si tu n'avais pas été près de moi.
— Je voudrais bien te croire, mais je sais pertinemment qu'il n'en est rien.
— J'ai accompli ce qu'El Phâ attendait de moi, et le monstre que les Mains Rouges craignaient ne terrorisera plus personne désormais.
— C'était une pure folie, une Sentinelle ne doit jamais côtoyer les démons, et toi, plus que quiconque. Et si tu avais intégré une partie de son âme ?

— J'avoue que je l'ai souhaité un instant face à L'Okumgo. Mais je peux t'affirmer que je n'ai pas été confrontée à un phénomène malfaisant ou haineux, ni même à de la peur. Non, ce que les Mains Rouges prenaient pour une vengeance divine était un animal ordinaire, je me souviens d'ailleurs qu'il endurait une terrible souffrance à la face. Tout n'était qu'instinct de survie chez cette bête affamée, très affamée.

— Ce qui veut dire que tu as été suffisamment imprudente pour ressentir...

— Il est trop tard maintenant pour avoir des regrets, l'interrompit Kaïrale. Ces transes sont risquées, et seule l'expérience peut permettre d'en maîtriser certains aléas. Il est impossible de tout prévoir, et moi, je ne suis pas encore assez douée pour en maîtriser les limites en de telles occasions.

Gel Ram entendit la voix de la jeune femme en s'approchant de l'ouverture.

Il dut d'abord rejeter une furtive et déconcertante petite déception de ne pas avoir assisté à son réveil, avant de se sentir profondément soulagé.

— Et comment vas-tu t'arranger avec... disait Rêemet.

— Tout ira bien, assura Kaïrale. Ce n'est pas la première fois que je suis confrontée à des ressentis détestables et ce ne sera pas la dernière.

— Excuse-moi, mais je n'ai pas oublié lorsque...

— La situation n'a rien de comparable, le coupa-t-elle encore. Et je dois parler à Itouma maintenant, dit-elle en s'étirant, avant de sortir de l'arbre.

— Prends tout ton temps, lui conseilla alors Gel Ram.

— Je vais bien, prétendit-elle, avec un pauvre petit sourire.

— Alors pourquoi Rêemet se montre-t-il si soucieux ?

— Parce que c'est cœur tendre, se moqua-t-elle.

— Je veux une réponse, s'emporta le Regard Clair, à nouveau frustré. Et je te somme de me la donner tout de suite !

Le visage et la posture de Kaïrale se modifièrent subtilement, avant qu'elle ne déclare d'une curieuse voix sourde, mais calme :

— Plus que les chiens, j'ai toujours eu une profonde aversion pour les mouches, à tel point que je suis capable d'entendre grouiller leurs larves à des lieux à la ronde. Donne-moi une bataille, une armée aussi valeureuse soit-elle, et par une infime blessure, je te la décimerai jusqu'à son dernier soldat. Donne-moi un village, trente villages, une cité entière à détruire et crois-moi sur parole, l'horreur portera un nom, et ce nom sera le mien.

Abasourdi par l'attitude comme par les propos incompréhensibles de la jeune femme, Gel Ram allait lui demander de s'expliquer lorsqu'une mouche vint se poser sur un coin de ses lèvres. Il chassa l'insecte d'un geste vif avec une grimace de dégoût, tout en notant l'étrange regard de Kaïrale.

— Conforte-toi dans tes certitudes, toi qui ne possèdes que cela, ajouta-t-elle tranquillement, avant de le contourner pour rejoindre le sorcier assis par terre, devant le dessin de la transe.

Rêemet se rapprocha de Gel Ram, et se souvint, en la suivant des yeux :

Voilà peut-être pourquoi je n'ai pas trop insisté lorsqu'elle a commencé à m'éviter.

— Laissons-lui le temps de reprendre tous ses esprits, si je puis dire... conseilla-t-il au Regard Clair.

— Son « Autre » viendrait-il de s'adresser à moi ?

— J'en suis certain. Avez-vous noté ses infimes mouvements de tête de gauche à droite, comme un tic nerveux ?

— Maintenant que tu m'en fais la remarque, oui, comme cette voix dérangeante.

— Parfois, son « Autre » en éveil parvient à se camoufler derrière la voix de Kaïrale lorsqu'elle est dans son état... normal. Mais je crois qu'il n'arrive jamais à contrôler ses mouvements involontaires. Je pense qu'il serait souhaitable d'essayer de ne pas la contrarier pendant quelques jours.

— Craignais-tu la résurgence de son « Autre » à la suite de cette transe ?

— Précisément.

— Et à quoi dois-je m'attendre, exactement ?

— Et bien..., pour ce que j'ai pu constater par moi-même, son « Autre » est réapparu contre son gré et par intermittence durant un bon nombre de semaines après une mission qui l'avait beaucoup affecté.

— Quel genre de mission ?

— Plusieurs villages se plaignaient d'attaques répétées et Kaïrale fut envoyée sur place pour décider de la nécessité de faire venir un détachement de soldats. Il semblerait que ce fut inutile puisqu'elle est parvenue à faire en sorte que la bande de pillards installe son camp dans un désert vert.

— J'ignore ce qu'est un désert vert, maugréa le Regard Clair.

— Une région désertée sans raison apparente. Un endroit maudit où les esprits...

— Où il y aura eu une épidémie par exemple, coupa aussitôt Gel Ram.

— Voilà. Elle aurait demandé aux villageois de ne défendre que leur vie, leur promettant en retour qu'ils pourraient danser de joie sur des cadavres au bout de trente jours.

— Pourquoi parle-tu au conditionnel ?

— Vous savez...

— Non, justement, je ne sais pas, pesta Gel Ram, excédé.

— Les Sentinelles ont un curieux esprit de rivalité. Même s'il est pacifique, elles aiment étaler leurs performances..., bredouilla Rêemet.

— Et alors, s'impatienta le Regard Clair, au bord de l'explosion.

— Le fait que Kaïrale agisse de façon totalement contraire à ses semblables alimente son mythe. Il est difficile de faire le tri entre la rumeur et ce qui est véridique. Quoi qu'il en soit, après son intervention et moins d'une trentaine de jours plus tard, les voleurs n'écumaient plus aucun village. On suppose que pas un seul n'a survécu, même si, bien entendu, personne n'a osé aller vérifier. Les charognards qui se sont agglutinés pendant un certain temps dans cette direction ont laissés les autorités très confiantes sur la réussite de l'opération.

— Quelle maladie infestait ce coin ?

— Je n'en ai pas la moindre idée et je me suis bien gardé de me renseigner auprès de l'intéressée. En plus d'être peu loquace sur son travail, Kaïrale s'est toujours montrée avare de confidences sur ses états d'âmes. Mais je peux vous certifier qu'à cette époque, elle était profondément perturbée par cette expédition. Je pense que l'intensité de son trouble est en lien direct avec cette difficulté qu'elle rencontre à se retrouver elle-même.

— Autrement dit, en considérant son attitude, nous pouvons supposer qu'elle est très éprouvée par ce qu'elle a vécu durant cette cérémonie.

— J'en parierais ma solde.

— Maudit sorcier, gronda le Regard Clair.

Depuis le baobab, il nota un changement d'attitude de la part du dit sorcier alors que la jeune femme s'approchait de lui.

Itouma se leva et, dès les premières paroles de Kaïrale, il se tint les épaules tombantes et parut avoir des difficultés à la regarder.

Le Regard Clair aurait payé cher pour entendre les propos qui mettaient autant mal à l'aise la Main Rouge. À défaut d'en connaître la teneur, Gel Ram se réjouit de leurs effets sur lui.

— N'es-tu pas trop déçu de me voir saine et sauve ? avait lancé Kaïrale à Itouma.

— Je suis surtout surpris que tu aies mis autant de temps pour te montrer telle que tu as toujours été, rétorqua-t-il, crispé. As-tu rencontré l'Okumgo ?

— Oui. Mais auparavant, j'ai vu un petit garçon trouver refuge dans un arbre afin de fuir un fauve.

— Toa, s'émut Itouma.

— Je ne peux te le confirmer.

— Toa a été sa dernière victime. Il a été puni pour l'avoir provoqué.

— Non, il s'agissait d'un lion. Un de ces lions de vos forêts. Énorme, certes, mais ce n'était qu'un lion. J'en ignore les raisons, mais il souffrait de la mâchoire, à tel point qu'il n'était pas capable de chasser autre chose que des proies lentes et tendres comme de l'humain. Il n'y avait aucune sentence d'un dieu dans votre tragédie.

— Alors, le garçon n'était pas Toa. Rien du corps de mon ami n'a jamais été retrouvé.

— Parce que le lion n'a pas dévoré l'enfant, il s'est brisé les reins avant. Des congénères, tout autant affamés qu'il l'était, se sont aussitôt emparés de sa dépouille. Ce qui explique, d'une part, qu'il n'y a plus eu de victime parmi les vôtres, et d'autre part, pourquoi vous n'avez jamais retrouvé sa trace. Mais je ne comprends pas pourquoi ton ami n'est pas retourné auprès de vous.

— Parce que s'il pensait avoir échappé à l'Okumgo, nous aurions tous craint des représailles.

— Je ne te suis pas.

— Toa était fort, courageux, pour ne pas dire intrépide, tandis que j'étais un enfant plus... patient. Nous étions toujours en compétition, pour tout, mais dans la joie. Et puis... vint le temps du carnage. Nous fûmes tellement bouleversés par la mort cruelle des membres de notre communauté que, tous les jours, nous jurions vengeance. Toa s'est mis à invoquer l'Okumgo pour le combattre. Je le priais de ne pas aller trop loin, que c'était de la folie et qu'il allait finir par attirer encore plus de malheur sur nous. Jusqu'au jour où... son arrogance m'a insupportée, au point que j'ai enjoint les dieux à exaucer ses vœux. Ce n'était que des vœux d'enfant, mais... lors d'un de ses défis à l'esprit que nous jugions malfaisant, des rugissements ont retenti derrière nous. Nous avons couru le plus vite possible... J'entends encore les hurlements de Toa. Je crois que c'est la seule fois de toute ma vie où j'ai été plus rapide que lui.

— Alors Toa n'était pas qu'une victime, parce qu'il avait osé défier l'Okumgo ?

— Exactement. Lorsque je suis rentré au village, je me suis tu, et Toa n'est jamais revenu parmi nous. Enfin, jusqu'à il y a peu.

— Il est réapparu ?

— Régulièrement, en rêve. Borgne, mais encore plus fort et plus brave qu'auparavant.

Toa... Kaïrale fouillait dans sa mémoire.

Borgne... rêve... Est-ce possible... Toa ?! Toa, l'Oeil de rêve ! Une partie de l'esprit Kaïrale avait envie de pleurer au seul souvenir des lèvres de l'adolescent, tandis qu'une autre ricanait intérieurement :

Et dire que tous les soldats prenaient son surnom pour une marque d'ironie. Oun, tu étais décidément le meilleur, et vous les avez bien tous baladés !

— Est-ce que tu manges pour deux depuis la disparition de ton ami ? se moqua-t-elle soudain pour mieux se ressaisir.

— Tu as toujours su choisir avec un soin méticuleux tes moments pour gâcher mon existence ! gronda alors Itouma. Tu n'as pas loupé une seule occasion, une seule nuit, pour venir me rappeler ma lâcheté.

Chaque fois qu'un bonheur éclairait un de mes jours je le payais par un cauchemar, finit-il par murmurer.

— Ne sois pas idiot, tu n'étais qu'un gamin. Et c'est plutôt faire preuve de bon sens que d'avoir la frousse d'un fauve, non ? Je n'ai absolument rien à voir avec ta culpabilité. Dis-moi plutôt, hormis son œil perdu, Toa portait-il des cicatrices spécifiques sur son visage ?

— Oui, plusieurs rangées, formées d'innombrables petites scarifications liées à un de nos rituels particuliers Elles le traversaient en passant par le milieu de son nez. Cela a-t-il une signification particulière ?

Kaïrale ne répondit pas.

— Ai-je vraiment été le sujet récurrent de tous tes mauvais rêves ? reprit-elle, sceptique, après plusieurs tics nerveux.

— Oh, que oui ! Un fauve terrifiant se tenait toujours à tes côtés, et vous vous régaliez de mes remords, assura la Main Rouge. Mais je me demande si le plus dérangeant n'est pas de t'avoir rêvée, alors que j'étais enfant, exactement comme tu es, là, devant moi.

Kaïrale fit mine d'ignorer ce trouble, qui faisait écho à la surprise qui l'avait elle-même saisie lors de leur rencontre, et enchaîna aussitôt :

— Et bien, tu peux te mettre à la diète dès aujourd'hui car Toa est peut-être bien borgne, mais il a survécu. Nous avons été élèves Sentinelles ensemble.

— Vraiment ? lâcha le sorcier, stupéfait.

— Je suis sûre qu'il est celui qu'Oun, notre recruteur en chef, appelait l'Oeil de Rêve.

— Oh, tu ne peux imaginer la joie que tu mets dans mon coeur, mon amie, s'exclama Itouma, des larmes plein les yeux.

— Je préférerais que tu ne me considères pas comme telle. Tu as une propension certaine à risquer la vie de tes amis un peu trop facilement, déclara Kaïrale, toujours avec cette voix étrange.

Le bonheur de la Main Rouge retomba comme un soufflé raté. Afin de garder une contenance, Itouma enchaîna :

— Lors d'une de nos rencontres en rêve, Toa m'a prié d'exiger de toi l'expérience du baobab sacré. J'ignore tout de ses motivations, mais j'étais si heureux à chaque fois que je le retrouvais que j'aurais accepté n'importe quoi.

— Y compris continuer à mentir aux tiens sur la disparition de Toa ?

— Je n'ai pas eu à le faire, je croyais parler avec son esprit. Et de toute façon, je ne peux rien lui refuser.

— Pas même de sacrifier une vie ?

— Tu me hantes depuis tant d'années que l'idée de me débarrasser définitivement de toi me réjouissait, rétorqua Itouma, un brin sur la défensive. Mais... lorsque tu es descendue de la Haute Maison, j'ai crains de m'être mépris sur toi.

— Sais-tu que, à quelques mots près, je porte les mêmes griefs à ton encontre ?

— Aurais-tu rêvé de moi ?

— Depuis que je suis toute petite.

— Mais enfin, c'est impossible !

— Et pourtant, c'est le cas. Toi et les hyènes m'avez obsédée pendant toute mon enfance. Du moins, je le croyais jusqu'à maintenant.

— Un lion pour moi, des hyènes pour toi... le choix de ces ennemis ancestraux ne peut être une coïncidence... nota Itouma, abasourdi.

— Nous sommes d'accord. Mais si je suis libérée de toi, nous pouvons supposer que tu l'es également de moi. Maintenant, j'ai besoin de savoir si l'Oeil de Rêve est réellement capable de manipuler les rêves avec autant de dextérité.

— Qui d'autre ? Toa possédait de nombreux dons, je doute qu'il y soit étranger.

Reste à découvrir dans quel but... s'interrogea la jeune femme, de nouveau secouée par des mouvements de tête nerveux.

Oun, mon maître, mon ami, serais-tu allé jusqu'à travestir mes souvenirs ? se demanda Kaïrale, avec une infinie tristesse.

— Tu pourras rapporter à ton roi l'engagement du peuple des Mains Rouges à accepter un couloir pour l'acheminement de votre ébène, dit Itouma.

— Tsss... Si Toa t'a appris notre langue, il a omis de t'enseigner toute la subtilité de nos usages. Dans un premier temps, je te conseille de n'autoriser qu'un officier de liaison pour établir les conditions de votre accord. Et tu aurais tout intérêt à exiger que ce soit Rêemet, il est sûr et loyal.

— Je suivrai tes recommandations, Petite Sagaie, répondit Itouma, avec son sourire des premières heures.

— Petite Sagaie est morte au fond d'une rivière, rétorqua Kaïrale de sa voix sourde. Grâce à l'Okumgo, le Ratel a enfin pu prendre toute la place qui lui revient.

— Ce nom te sied à merveille, constata joyeusement la Main Rouge.

— Je le pense aussi.

— Je propose que nous fêtions notre futur accord avec ton pays autour d'un bon ragoût. Accepteras-tu de me conter ta rencontre avec mon dieu ?

— Non, car aussi puissant soit-il, il n'est pas parvenu à me délester de ma colère.

Itouma baissa la tête.

— Allons rejoindre mes compagnons, poursuivit Kaïrale.

Elle continua de parler en marchant, alors qu'Itouma ne savait plus sur quel pied danser.

— Comment vas-tu justifier auprès des tiens notre intrusion sur vos terres ? l'interrogea-t-elle encore.

— J'ai rapporté aux anciens les apparitions de Toa dès mes premiers rêves. Ils étaient certains que nous devions lui obéir parce que c'était aussi obéir à l'Okumgo. Et ils avaient raison.

Avec une extrême prudence, Itouma ajouta :

— Nous avions convenu que nous prendrions soin de toi si...

— Je devenais un légume perdu dans ses délires ? J'aurais détesté te devoir quoi que ce soit, vois-tu ?

— Pourquoi te montres-tu aussi agressive ? Nous avons tous les deux été manoeuvrés, protesta mollement Itouma.

—Peut-être ai-je quelques difficultés à éprouver de l'estime pour celui qui a accepté de jouer avec ma vie ?

— Je ne pratique pas le culte du baobab sacré, donc j'ignorais ce que tu allais subir. Mais je te savais tout à fait capable de passer cette épreuve.

— Bien entendu, ricana Kaïrale.

— Tout cela ne sera bientôt plus qu'un mauvais souvenir pour le Regard Clair que tu es devenu, renchérit la Main Rouge, en souriant.

— Il n'y a aucune raison pour qu'il en soit autrement, lui confirma Kaïrale, avec beaucoup d'assurance.

— Je vais de ce pas rassurer les miens, et envoyer des hommes pour vous faire honneur avant le coucher du soleil. L'Okumgo nous a-t-il laissé un message ?

— Non. Il m'est simplement apparu près de votre rivière, paisible et magnifique, une hyène dans la gueule, après que des milliers de gnous aient traversé le court d'eau.

— Des milliers de gnous, dis-tu ? Il n'y a jamais eu aucun point de passage d'une quelconque migration par ici, que ce soit de gnous ou d'autres animaux, d'ailleurs.

— Il m'a pourtant semblé être simplement sorti de ta forêt et avoir progressé droit devant, dans la brousse ?

— Nous ne nous aventurons jamais jusque là-bas, et Toa n'aurait pu y parvenir lors de notre fuite. C'est beaucoup trop loin de nos villages.

— Alors, pourquoi ton dieu a-t-il choisi de se montrer en de telles circonstances ?

— Je crois que tu ne dois pas considérer votre rencontre comme un simple cadeau.

— Où veux-tu en venir ?

— Le Ratel est emporté dans un mouvement qui le dépasse et sur des terres qui lui sont étrangères mais l'Okumgo sera dorénavant là pour lui. C'est un véritable lien qui vous unit désormais.

— Si tu le dis…, marmonna Kaïrale.

Elle se gratta nerveusement le front, avant de demander :

— Dis-moi, toi qui imite avec aisance tout ce que tu entends, as-tu acquis quelques notions du langage des Siffleurs ?

— Je ne suis parvenu à reproduire qu'un seul de leurs sons, répondit Itouma, avant de siffler une séquence très courte.

— Ce qui signifie ?

— Je pense qu'il annonce la pluie.

— La pluie… répéta Kaïrale, pensive. Bien. Apprends-moi.

La Main Rouge et le Ratel rejoignirent ainsi Rêemet et Gel Ram, en sifflant, l'un après l'autre.

Déconcertés, Le Drill et le Regard Clair se regardèrent sans échanger un mot.

— Voilà, j'ai rempli ma mission. Je souhaiterais rentrer au camp pour me reposer, leur dit simplement la jeune femme.

— Bien sûr, s'empressa de répondre Rêemet, tout en proposant de la soutenir.

— Je suis fatiguée mais je peux encore marcher sans aide, lui assura Kaïrale, attendrie.

— Itouma quitte Le Ratel le coeur en joie, honoré et soulagé. J'espère qu'il en sera de même pour lui très bientôt, lâcha la Main Rouge.

— J'aurais aimé faire écho à tes souhaits, mais ce serait mentir. Par Massou, il est clair que je ne suis qu'au début d'un chemin parsemé d'embûches plus imprévisibles les unes que les autres.

— Tu es pleine de ressources et de vaillance, l'Okumgo ne saurait se tromper. Garde confiance en toi, et sache que tu seras toujours ici chez toi.

Itouma serra chaleureusement les deux mains de Kaïrale, puis il s'adressa à Rêemet :

— Je t'attendrai à la Haute Maison dans dix jours, en compagnie des anciens, pour entendre les demandes de ton roi.

Le Drill répondit par un salut militaire.

— Et j'aurais grand plaisir à revoir le Premier Regard Clair, lança-t-il souriant à Gel Ram avec une déférence inattendue.

Le Regard Clair lui serra l'avant-bras poliment, mais sans lui renvoyer la moindre marque de sympathie.

Chapitre 10

Plongée dans un silence pesant et toujours encadrée par les deux lances, la petite délégation arrassanienne s'enfonça à nouveau dans la forêt.

Kaïrale suivait au plus près les pas du guerrier Main Rouge qui la devançait. Craignait-elle de s'égarer ? Non, elle cherchait surtout à conjurer cet envahissant sentiment d'errance. Plus elle s'éloignait du grand baobab sacré, plus son cœur se morcelait, à l'instar de son passé qui se consumait comme un vieux papier jeté au feu.

Le Regard Clair marchait à ses côtés, préoccupé par son air perdu. Il ressentit très vite un profond malaise, mélange d'appréhension et de ressentiment à l'encontre d'El Phâ. La crispante Sentinelle avait raison depuis le début, et pourtant Gel Ram restait convaincu que le souverain n'avait pas agi par méfiance à son égard. Le Premier Regard Clair exécrait les jeux de cache-cache et les entourloupes, mais cette fois, il ne pouvait s'agir que d'un problème grave, et son retour à Niassamé ne serait certainement pas aussi simple et réparateur qu'il l'avait prévu.

Pendant que Gel Ram se torturait pour conserver sa confiance en son roi, Rêemet s'inquiétait de plus en plus pour son amie. Il l'encouragea à parler, même brièvement, de son aventure mentale, mais elle refusa.

Ainsi, tout bavards qu'ils fussent dans leurs conjectures intérieures, tous restèrent silencieux jusqu'à leur arrivée au camp.

Le chef Drill retrouva Soumar et ses hommes pour préparer leur départ dès le lendemain, tandis que Gel Ram et Kaïrale grimpaient dans la Haute Maison.

La jeune femme alla s'allonger sans dire un mot pendant que le Regard Clair questionnait à voix basse les cartographes sur l'avancée de leurs travaux. Puis il s'approcha de Kaïrale sans faire de bruit, en espérant qu'elle avait trouvé le sommeil.

Non seulement elle ne se reposait pas, mais recroquevillée sur elle-même, il l'entendait renifler par à-coup.

Le Regard Clair se mordit la lèvre tant il regrettait son indiscrétion. Bon sang, pourquoi n'avait-il pas tout bêtement attendu qu'elle redescende ? Gel Ram n'était à l'aise ni avec les pleurnicheuses ni avec les fortes têtes aux larmes silencieuses, pour la simple et bonne raison qu'aucune d'entre elles n'aspirait jamais au même réconfort. Il l'avait constaté plusieurs fois à ses dépens, aucune nature ne garantissait le bon choix. Si l'une désirait une preuve de compassion, l'autre ne supportait que la solitude. Alors, bien malin celui qui saurait dire ce qu'une femme comme Kaïrale préférerait. Le Regard Clair s'empêtra dans une hésitation qui le cloua sur place, muet.

Cependant, avant qu'il ne puisse décider de la conduite à tenir, Kaïrale prit les devants et lui confia, les yeux encore pleins de larmes :

— Je devrais me sentir soulagée de ne plus être liée à Itouma, mais c'est tout le contraire.

— Comment pourrait-il être le sorcier de ton enfance alors qu'il n'affiche guère plus d'années que nous ?

— C'est bien lui, et j'ai été aussi intrusive et dévastatrice dans ses nuits qu'il l'a été dans les miennes.

— Voilà une énigme qui dépasse mes compétences, reconnut le Regard Clair.

— Ma vie, jusqu'à mon passé, se désagrègent au fil des jours depuis que je suis à tes côtés. Faudra-t-il donc que je renonce aussi à ma mémoire ? ajouta-t-elle.

Gel Ram soupira et serra Kaïrale contre lui. Elle lui parut si frêle, si fragile, qu'il s'avança un peu trop vite :

— Nous trouverons bien une explication.

Mais la conviction manqua à son discours lorsqu'il poursuivit :

— El Phâ n'exigerait pas de toi un tel sacrifice. Il n'y a aucune raison. Gêné, il enchaîna : Qu'as-tu gardé des souvenirs de ton village ?

— Quelques bribes d'une enfance heureuse et de parents aimants, mais je ne suis plus certaine de leur véracité...
— Qu'importe leur exactitude.
— Pardon ?
— Je ne suis pas homme de science, mais je sais que ces souvenirs nous permettent de regarder vers l'avant. Il n'y a pas si longtemps encore, tu étais une Sentinelle sûre d'elle et fière de son travail. Je ne vois pas pourquoi tu devrais tout remettre en question maintenant. Et puis, ce n'est pas parce que tu supposes que l'on a manipulé tes rêves qu'il en est de même pour ta mémoire. Oun aurait-il pu agir sur ton inconscient d'une manière ou d'une autre ?

Kaïrale dut fuir l'étreinte de Gel Ram pour parvenir à lui répondre :
— Non. Enfin..., je ne le crois pas.

Je refuse surtout de l'envisager, eut-elle besoin de formuler intérieurement. *Comment puis-je être là, à me confier au plus fidèle allié d'El Phâ ?* se sermonna-t-elle. *Je ne peux lui parler de Toa.*

Désemparée, la jeune femme fouillait désespérément sa mémoire afin de trouver un indice, un fait qui ressemblerait à une rupture, une fracture brutale dans ses jours, ou un changement qu'elle aurait pris pour anodin, et qu'elle aurait refoulé. Toute à sa réflexion, elle fut saisie de tics nerveux, avant de ressentir une de ses violentes nausées.

— De l'encens, quelqu'un utilise de l'encens, lâcha-t-elle de cette voix sourde qui intriguait tant le Regard Clair.

Il renifla plusieurs fois.
— Je ne sens rien, conclut-il.

Kaïrale allait se lever pour le vérifier par elle-même, lorsqu'une image surgit devant elle : La très jeune Sentinelle se réveillait d'une transe, au milieu de ses camarades, et vomissait triples boyaux au pied du grand Oun qui déclamait à l'intention des autres élèves: « Tous les novices réagissent ainsi lorsqu'ils atteignent les Grandes Huttes par l'esprit pour la première fois. Si c'est très désagréable, c'est avant tout une preuve de réussite. ».

Kaïrale respirait fort, et si vite, que le Regard Clair s'affola :
— Kaïrale ? Tu ne te sens pas bien ?
— Pourquoi Rêemet a-t-il été promu aussi soudainement que je l'ai été ? articula-t-elle lentement.

— Ah, non ! Tu ne vas pas recommencer avec tes suspicions sur tout et n'importe quoi ? s'emporta Gel Ram.

— Depuis que je suis venue à Niassamé, plusieurs de mes amis ont disparu dans des circonstances plus que troublantes.

— Il est arrivé la même chose à certains des miens, et je ne crie pas au complot pour autant. Ce sont les hasards de la vie, et l'on n'y peut rien. Devant le mutisme soudain de la jeune femme, il ajouta : Raconte-moi ce qui te hante, tu commences à en perdre ta lucidité.

Mais comme elle ne se décidait pas, il tenta une autre approche :

— Écoute-moi, Kaïrale. Je sais que tu n'y tiens pas beaucoup mais il faudra bien que tu me parles de ce que tu as vécu dans le grand baobab à un moment ou à un autre. Pourquoi ne pas le faire maintenant ? proposa-t-il après un court instant.

Kaïrale soupira puis raconta en détails son voyage à travers la brousse jusqu'à l'enfant échappant au lion.

— Ces « images » était-elles une de ces « visions » que tu as d'ordinaire ?

— Non. Je n'ai pas à les interpréter. Elles relatent des faits qui se sont déroulés il y a des années.

— Et ce lion était le « monstre » évoqué par les Mains Rouges, n'est-ce pas ?

— Oui. Ils le prenaient pour la colère de l'Okumgo.

— Mais si ce lion est mort depuis aussi longtemps que tu le dis, pourquoi sommes nous ici ?

Kaïrale haussa les épaules :

— Tu poseras la question à Sa Majesté, abandonna-t-elle, avant de reprendre son récit jusqu'à son calvaire avec la gazelle.

— Sommes-nous toujours dans le passé ?

— Non, évidemment. C'était une prémonition, bougonna la jeune femme.

— Pourquoi tes visions sont-elles toujours… animalières ?

— Alors, toi aussi, tu peux poser des questions idiotes ? s'exclama Kaïrale, avec une telle franchise qu'elle vexa Gel Ram. Parce que mon travail est basé principalement sur l'instinct bien sûr, poursuivit-elle sans faire cas de sa mine renfrognée. Nos codes civilisés ne changent en rien notre nature profonde, nous régulons en permanence nos pulsions, mais elles demeurent bel et bien là. Ainsi, nos conflits personnels, comme tous les autres, pourront toujours se résumer à des luttes de territoires, de dominants sur dominés, sans oublier cette incroyable obsession d'assurer une descendance.

— La multitude des interprétations possible me laisse toutefois sceptique.

— Mes visions ou mes sensations peuvent parfois être très précises, mais de toute façon, elles possèdent toujours un caractère crucial et imminent.

— Dois-je comprendre que cette expérience n'avait rien à voir avec le folklore des Mains Rouges ?

— Exactement. Je dois encore comprendre certains détails... commença la jeune femme, avant de fixer Gel Ram, puis de reconnaître avec lassitude :

— En fait, non, je n'ai que quelques pistes pour le moment.

— Pourrais-je cependant en avoir la primeur ? osa-t-il doucement.

Kaïrale, en acquiesçant, accepta de reprendre son analyse avec l'évocation de sa première vision sur le bateau, le varan dévastant les nids d'oiseaux, sans oublier la présence du milan noir et des jeunes crocodiles. Elle ignora l'air circonspect de Gel Ram et poursuivit en lui donnant son interprétation de la mise en garde : l'annonce d'un bouleversement prochain parmi les Sentinelles et la certitude que certains officiers salivaient à l'avance d'un tel complot.

Le Regard Clair eut toutes les peines du monde à masquer son émoi. D'abord surpris par cette perception du futur des Sentinelles, qui prenait sens à partir d'un tableau aussi inattendu, il dut s'avouer, embarrassé, qu'il connaissait plus d'un de ces gradés qui se réjouiraient en effet de la situation.

Sans être au fait des manigances politiques de la cour, Kaïrale en savait au moins autant que le Regard Clair.

Dérouté et fébrile, il écouta d'une oreille attentive la jeune femme raconter sa rencontre avec l'Okumgo. Malgré un apparent détachement, il redouta assez vite de se laisser aller lui-même à des confidences intempestives. Il lui fallait se reprendre sur le champ, et, pour éviter la tentation, piquer Kaïrale au vif lui parut le procédé le plus approprié.

— Voudrais-tu me persuader que tu as tiré des conclusions divinatoires à partir d'une vision de *gnous* ?

— Je n'ai rien à te prouver, lui cracha aussitôt Kaïrale.

— Au contraire, et tu me trouveras rarement dans d'aussi bonnes dispositions pour me convaincre. Tu aurais tort de ne pas saisir cette chance, ricana-t-il encore.

— Très bien... maugréa-t-elle. Dans les premiers temps, je n'étais pas partie intégrante du troupeau et je pense que ce détail a son importance, commença-t-elle. J'en ai déduit que j'assisterai à une sorte de... révolution pour les miens, mais sans y prendre part. Par contre, je pourrais le payer très cher si je tentais de m'y opposer.

— Fais-tu référence à ta noyade ?

La gravité de cette évocation aida Gel Ram à maîtriser ses émotions.

— Ce n'était pas une noyade, j'ai été happée par un prédateur... protesta Kaïrale.

— Si tu préfères... et qui te sauverait in extremis dans ce cas ? demanda-t-il d'une voix hésitante.

— Aucune idée, c'est un mystère total. Je ne connais personne tenant un rôle aussi prépondérant parmi mes proches.

— Pourquoi dis-tu cela ?

— Parce qu'il s'agirait d'une personnalité possédant une énorme influence, si je la compare à la force qu'il a fallu déployer pour m'extraire de mon agonie mentale, alors que la majorité du troupeau poursuivait sa route. Si la harde représente bien les soldats d'une manière générale, quelqu'un a décidé de me sauver, moi, au milieu de la masse, alors que je suis censée être finie, cause perdue, pour mes semblables.

Kaïrale omit délibérément de parler de l'avertissement concernant le crocodile du grand fleuve entendu près des Grandes Huttes et lors de sa cérémonie d'investiture. Pourtant, un frisson la traversa. Elle eut un mouvement de tête, avant de reprendre :

— Bientôt, les nouvelles règles du jeu seront trompeuses. Comme les jeunes gnous arrivés au-delà de la rivière et se croyant en sécurité sur de verdoyants pâturages, les soldats ignoreront qu'un danger rôde autour d'eux...

— Pourrais-tu être plus précise ?

— Malheureusement, non. Il s'agit probablement d'enjeux qui me dépassent.

Plutôt que de détourner les yeux, Gel Ram s'obligea à afficher son ordinaire scepticisme. Dès qu'il se fut assuré que Kaïrale en avait pris conscience, il continua :

— Et en ce qui concerne cet Okumgo ?

— Je préfère t'épargner mes élucubrations, répondit la jeune femme avec un rire nerveux et un regard perçant.

Loin d'être dupe, Gel Ram savait qu'il n'obtiendrait plus rien d'elle.

— Soit. Tu es épuisée au-delà du raisonnable, repose-toi. Veux-tu que je reste pour que tu puisses t'endormir plus facilement ?

— Non. Je vis déjà dans un cauchemar perpétuel, alors... dit-elle en haussant les épaules.

Elle se coucha sans plus s'occuper de Gel Ram qui, au final, ne se sentait pas plus serein qu'avant de grimper à l'échelle de la Haute Maison.

Il redescendit en songeant que son prochain entretien avec El Phâ serait sans aucun doute l'un des plus délicats qu'il ait jamais eu à préparer. Pragmatique jusqu'au bout des ongles, le Regard Clair n'avait pas côtoyé la culpabilité depuis une éternité, mais là, sur le territoire des Mains Rouges, elle lui laissait beaucoup plus qu'un simple goût amer dans la bouche.

La lumière déclinait dans la forêt lorsque Kaïrale fut réveillée par un brouhaha joyeux. Trois Mains Rouges étaient venues apporter de grands paniers de feuilles qu'ils déposèrent aux pieds de la Haute Maison. Ils repartirent comme ils étaient venus, sans échanger la moindre parole, et les hommes s'empressèrent d'ouvrir les corbeilles pendant qu'un fumet appétissant embaumait le camp.

Leur appétit décupla en découvrant des fruits dans le premier panier et de la bouillie dans le second, mais tous marquèrent un temps d'arrêt devant les morceaux de viande bouillis dans le troisième.

Personne ne posa la question qui brûlait toutes les lèvres car, au fond, nul n'avait vraiment envie de connaître l'origine de ce qui ressemblait fort à de petits doigts coupés. La faim était reine et tout le monde lui fit allégeance dans l'ordre et dans la bonne humeur.

Kaïrale descendit de la Haute Maison, et fit un grand plat de quelques larges feuilles. Elle y déposa sa ration de fruits, de bouillie et de viande, puis fit tout le tour des hommes en tendant son récipient improvisé, sans dire un mot. Chacun donna spontanément un peu de sa part. Rêemet était assis et s'apprêtait à se lever mais Kaïrale l'en empêcha en posant une main sur son épaule et lui dit :

— Non. Il est préférable que tu restes au milieu de tes hommes. Et les Ataros doivent avoir toute confiance en toi.

Sans en demander la raison, Gel Ram offrit lui aussi une part de sa ration, mais Kaïrale lui prit aussitôt la main pour l'inviter à se joindre à elle. Rêemet eut alors un étrange regard puis leur tourna le dos. Gel Ram remarqua alors que tous les hommes adoptaient à un à un ce comportement à leur égard. En quelques instants, l'expédition toute entière tournait le dos aux Regards Clairs.

— Et si tu m'expliquais ? grogna Gel Ram, agacé et légèrement inquiet.

— Oh, pour eux, mon esprit est perdu depuis longtemps. Quant à un rationaliste comme toi, il n'a rien à craindre, répondit la jeune femme.

Elle referma sa corbeille en liant les feuilles par le dessus et la tendit à Gel Ram. Puis elle s'empara d'une torche et les entraîna hors du camp en sifflant un unique et même refrain sans plus s'arrêter.

— J'aimerais savoir où nous allons, pesta le Regard Clair.

— Chuuut ! Le ton de ta voix pourrait les effrayer.

— De qui parles-tu ?

— D'eux, chuchota Kaïrale, en pointant de son index une forme dans un arbre.

La jeune femme prit le panier des mains de Gel Ram et le déposa au sol. Elle continuait de siffler, tandis que des bruissements de plus en plus nombreux se faisaient entendre dans la canopée.

Kaïrale fit reculer Gel Ram de quelques pas. Ils s'assirent et patientèrent à distance de leur offrande.

Au bout d'un long moment, le Premier Regard Clair commença à trouver que l'interminable sifflement de la jeune femme lui vrillait les nerfs : il était sur le point de se lever lorsqu'une silhouette se décida à descendre de son perchoir.

La jeune femme se tut, souriante comme une gamine le jour de son anniversaire, alors que le Regard Clair, figé, n'en croyait pas ses yeux.

Un minuscule individu, imberbe, doré de la tête aux pieds, s'apprêtait à atteindre le sol. Il était entièrement nu, à l'exception d'un étui pénien maintenu par un lien autour de sa taille. Il s'approcha lentement du panier. Il était si petit, si menu, qu'il ressemblait à un enfant de lumière. Il siffla à l'intention de ses compagnons puis jeta brièvement un regard en direction de Kaïrale et de Gel Ram, avant de disparaître en un éclair pour rejoindre les siens dans les hauteurs.

— Éloignons-nous, murmura Kaïrale, en se levant.

Gel Ram nota une larme sur sa joue.

— Ils sont magnifiques, n'est-ce pas? poursuivit-elle, une fois qu'elle jugea qu'ils étaient assez loin.

— Il ne fait aucun doute que le roi m'enviera cet instant, lui répondit-il, enjoué.

— Certainement pas! Tu ne les as jamais vus!

— Je ne comprends pas, lâcha Gel Ram, interloqué.

— Pour les Ataros, les Mains Rouges, et toutes les peuplades de la région, nous venons de côtoyer des êtres extraordinaires, des êtres ni vivants ni morts. Nous avons franchi un interdit et nous ne devons pas nous en vanter. Mais plus encore, si une personne dans notre position assurait à Niassamé, ou ailleurs, qu'il est parvenu à attirer des petits hommes couverts d'or simplement avec de la nourriture, ou en annonçant la pluie...

— Cette rencontre était donc une première pour toi aussi?

— Évidemment, que croyais-tu? Une telle chance ne se présente jamais deux fois.

Kaïrale s'arrêta pour faire face à Gel Ram. Elle tenta de s'expliquer sans parvenir à maîtriser son inquiétude :

— Écoute-moi bien. Les Siffleurs sont, et doivent absolument perdurer comme un mythe, une légende - et si possible absurde - hors de leurs terres. C'est leur seule chance de continuer à vivre en paix.

— Calme-toi, lui intima Gel Ram. Je ne mesurais pas le... je te promets de me taire. Je te le promets! insista-t-il, devant l'effroi persistant dans les yeux de Kaïrale.

— Pourquoi m'avoir emmené avec toi? ressentit-il le besoin de demander, après quelques pas.

Je n'en sais fichtre rien, s'avoua la jeune femme, prise au dépourvu. *Si je devais connaître un instant aussi rare... aussi... exceptionnel, il fallait que je le partage avec toi, voilà tout. Mais j'ignore pourquoi.*

— Tu voulais savoir où était passé ton or, non? choisit-elle de répondre.

Puis, elle ne desserra plus les dents.

Perplexe, le Regard Clair se plia cependant à son besoin de silence, s'efforçant de se remémorer dans le moindre détail la scène surréaliste où il avait vu apparaître le petit être tout couvert d'or.

Le lendemain, la traversée de la forêt des Mains Rouges parut plus facile et beaucoup moins longue à l'ensemble de l'expédition. Au deuxième jour, la matinée sur le fleuve Jouala se déroula dans une telle allégresse que l'entrée au port Ataros se fit encore sous les chants.
Seule Kaïrale semblait ne pas être à la fête. Absente, elle paraissait en permanence hors du temps.
Rêemet ne voyait pas cet état d'un très bon œil, surtout lorsqu'il découvrit qu'un bateau en partance pour Niassamé attendait les Regards Clairs, déjà prêt à quitter le quai. L'idée de laisser son amie rembarquer dans son état et sans qu'il puisse l'aider avant de devoir la quitter l'épouvanta.
Marchant à ses côtés depuis le départ de la Maison Haute, Gel Ram ressentait l'inquiétude grandissante du Drill.
Il s'apprêtait à le rassurer, quand la jeune femme s'approcha d'eux et prit les devants :
— Je crois que nous ne bénéficierons pas d'une nuit supplémentaire pour nous faire nos adieux, alors j'irai droit au but. Tu n'imagines pas à quel point je suis triste de me séparer de toi encore une fois. Mais je m'engage à ne plus te laisser sans nouvelle, et à en prendre de toi aussi souvent qu'il me sera possible.
Rêemet lui sourit, un peu rasséréné, tandis qu'elle poursuivait :
— Je veux que, de ton côté, tu me promettes de me solliciter au moindre souci, au moindre doute sur la conduite à tenir envers les Mains Rouges, les Ataros, ou qui que ce soit dont les mœurs te sembleraient étranges. Me le promets-tu ?
— Je te le promets.
— Bien. Dans l'immédiat, face à Itouma, tu devras toujours te souvenir que pour lui, l'être suprême est le végétal. Parce qu'il est celui qui ne fuit jamais, qui s'adapte partout et naîtra de presque rien. Ensuite vient l'animal, celui qui sème, disperse et entretient le végétal. Au bout de la chaîne animale, l'homme, conscience jouissive du monde. Tu comprends ?
— Oui, Kaïrale. Sois tranquille.

Mais nerveuse, la jeune femme ne s'arrêta pas là.

— Tu dois constamment garder en mémoire qu'Itouma, comme n'importe quelle Main Rouge, ne se mettra jamais en colère devant toi. Sois certain qu'il pourrait t'égorger le sourire aux lèvres, non pas par sadisme, mais parce qu'une Main Rouge doit combattre, affronter la mort en joie. Il lui est interdit de mourir avec de la colère au cœur, sous peine de ne pas retrouver le chemin des anciens, de demeurer prisonnier des ténèbres à jamais, voire de devenir le serviteur de ce que, nous, nous appelons un Ong'Sati.

— Ces Sentinelles qui prétendaient s'allier avec des morts pour augmenter leurs capacités ? Mais tu m'as toujours assuré que ce n'étaient qu'affabulations ?

— Qu'importe la vérité ! Respecte avant tout leurs croyances. Tu conserveras ainsi toutes les chances de réussite dans la poursuite de tes négociations et de vos relations qui s'avéreront délicates, de toute façon. Ne te fie jamais à leur humeur, Rêemet, jamais. Mais si d'aventure Itouma ou l'un d'eux prétendaient te considérer comme son frère, alors, tu auras gagné une amitié sans égale, et là, tu pourras dormir sur tes deux oreilles à ses côtés.

— Je suivrai à la lettre chacune de tes recommandations, sois sans crainte. Cesse de t'en faire pour moi parce que, plus que tout, je voudrais que tu prennes enfin soin de toi.

La jeune femme lui répondit en l'enserrant avec force. Il lui rendit son étreinte, avant de l'embrasser sur le crâne.

Kaïrale demeura prostrée à la proue du navire, tout le jour comme durant les nuits fraîches, frigorifiée sous une peau de chèvre.

Le bateau chargé de *walouri* fit une escale au premier port d'Arrassanie en début de soirée, et ne repartit qu'au petit jour pour Niassamé.

Kaïrale ne trouva le sommeil qu'après le magnifique lever de soleil mordoré, puis erra, lymphatique, tout le reste de la journée, perdue dans ses pensées.

La nuit tombait sur le fleuve lorsque ses sens se mirent en alerte. Bientôt, ils vibrèrent sur une cadence familière, le rythme des tambours de Niassamé. Le cœur de la capitale raisonnait imperceptiblement au loin, puis, de plus en plus fort, jusqu'à enivrer la jeune femme malgré elle. Pourtant, ce plaisir viscéral fut de courte durée car pour la première fois, cette pulsion de vie lui devint de plus en plus insupportable.

Le Ratel fut alors envahie par une effroyable conviction : Niassamé scellerait son sort au son des tambours.

Kaïrale s'effondra, les mains sur ses oreilles. Elle en avait assez de toutes ces visions, de ces sensations qui ne faisaient que pourrir son existence sans jamais l'aider ou lui apporter la paix. Elle maudit de tout son être Gel Ram, El Phâ, et tous ceux qui l'avaient conduite à devenir un Regard Clair. Elle aurait donné n'importe quoi pour être une petite serveuse dans une ruche, la femme d'un homme dans un village avec une ribambelle de marmots au nez coulant, ou au pire, une Sentinelle ordinaire et anonyme, servant au mieux son pays sans faire de bruit.

Le navire était maintenant ancré au Grand Port de Niassamé et le *walouri* commençait à être déchargé. Deux marins s'occupaient des affaires de Gel Ram tandis qu'il cherchait le nouveau Regard Clair d'El Phâ sur le pont mais, bien entendu, elle demeura introuvable.

J'aurais dû m'y attendre, pensa-t-il sur un las.

Chapitre 11

Kaïrale, à bout de souffle, arrivait devant chez Sahat. Bien que sa minuscule maison soit coincée entre deux imposantes bâtisses, la façade en était savamment sculptée. Elle possédait même une jolie fenêtre en stuc raffinée et colorée comme celles de la Ruche des Poètes Maudits.

L'intérieur se résumait à une seule pièce, mais le Tambour n'avait jamais eu le cœur de se séparer de la maison de son père. En général, il y venait pour écrire, de temps à autre y dormir, quand ce n'était pas pour passer du bon temps en galante compagnie.

Et pour ne pas réduire à néant ses soirées de conquêtes, un petit rideau rouge alertait son amie de toujours sur une présence agréable à laquelle il ne souhaitait pas renoncer.

Parfois, Kaïrale n'hésitait pas à faire fi de cette volonté en pénétrant dans la maison. Elle hurlait et gesticulait comme si elle était ivre, et sommait son « frère » de lui accorder toute son attention, plutôt que de profiter des avances d'une cruche sans cervelle.

Alors, Sahat la repoussait dehors avec brutalité, et ainsi, l'urgent et indispensable service qu'espérait Kaïrale était transmis sur le pas de la porte, par signes, en toute discrétion. Ensuite, la sœur improvisée vociférait assez fort encore une ou deux fois dans la rue pour finir de rendre crédible leur mise en scène.

Mais ce soir, tous les repères de Kaïrale s'étaient noyés au fond du fleuve Jouala. Elle ne pensait ni à la fenêtre ni à son rideau ni à quoi que ce soit d'autre, seul le réconfort de Sahat importait. Elle ouvrit la porte et le salua en lui confiant :

— Oh, mon ami. Je voudrais m'endormir dans tes bras et ne pas me réveiller avant quelques années. Oui, ce serait bien… quelques années…

Impassible, et heureusement solitaire, Sahat prit une pile de papier et tendit de quoi écrire à la jeune femme.

— Je t'en supplie, protesta-t-elle. Je sais que tu veux m'aider, mais je n'ai vraiment pas le cœur à jouer, et encore moins à réfléchir. J'ai le cerveau en bouillie.

Mais le muet insista en agitant sous son nez le petit paquet de feuillets vierges.

— Et on dit que je suis têtue, soupira-t-elle.

La jeune femme n'eut pas besoin de se concentrer pour retrouver le fil des souvenirs de ses derniers jours.

La mystérieuse volée de flèches dont Rêemet et elle furent victimes sur les quais, avant leur départ, s'imposa d'abord à sa mémoire. Elle griffonna sur un premier feuillet : « Intimidation ». Puis, sur un second, elle résuma par une petite phrase clé sa vision du bateau : « Dévastation des nids d'une colonie d'oiseaux ». Mais après avoir relu, elle rectifia en « Perte de repères pour les Sentinelles «.

Elle mit beaucoup plus de temps pour oser remplir le troisième. Enfin, elle nota d'une main tremblante : « Toa ».

Sahat attendait tranquillement le moment où Kaïrale lui annoncerait qu'elle en avait terminé. Et, comme à l'accoutumée, il ne poserait aucune question, il se saisirait simplement des feuillets pour les disposer dans un ordre qu'il jugerait le plus approprié.

Kaïrale tenterait de « lire » dans ce classement une réalité qui ne lui était pas apparue jusqu'alors.

La plupart du temps, Sahat savait faire preuve d'un instinct génial et un seul essai suffisait. Il aidait ainsi régulièrement le Ratel à résoudre des enquêtes ou à affiner des orientations de recherches.

Mais cette fois-ci, l'occasion de briller lui serait refusée puisque Kaïrale manquait manifestement d'inspiration. Elle paraissait tellement affectée par son voyage qu'il garda pour lui ce détail. Il s'empara des papiers sans attendre la bénédiction de la jeune femme qui, presque dans un état second, l'observait tandis qu'il découvrait les mots qu'elle y avait griffonné. Il les ordonna aussitôt face à elle.

« Toa » « Intimidation » « Perte de repères »

— Je t'avais prévenu que notre petit exercice était tout à fait inutile cette fois, abonna Kaïrale.

Soucieux, Sahat posa un doigt sur le mot « Toa », et signa :

— S'agit-il de l'Oeil de Rêve ?

— A priori, oui. Comment le connais-tu ?

— Je n'arrive pas à me souvenir. Il est normal qu'un tel nom ait marqué le poète que je suis, mais... j'ai le sentiment de l'avoir entendu, ou lu, il y a une éternité.

— Et bien, n'hésite pas à me le faire savoir si la mémoire te revient, avant que je n'y laisse quelques plumes...

— Il est grand temps pour toi de dormir. Viens.

Sahat s'allongea sans plus tarder, et Kaïrale sombra vite sur sa poitrine.

Elle se réveilla bien avant l'aurore et se leva pour grignoter des fruits secs en regardant son ami endormi. Enfin, elle jeta quelques mots de remerciement sur une feuille avant de sortir sans bruit pour rejoindre le palais.

Elle se dévêtit en traversant à grandes enjambées ses appartements jusqu'à la salle au bain, où elle entra immédiatement dans le bassin. Elle soupira d'aise.

Une fois délassée, elle sortit de l'eau et passa une longue tunique légère. Elle savourait une infusion glacée de fleurs d'hibiscus, lorsqu'elle découvrit un billet portant le sceau royal sur sa console d'entrée : l'annonce d'une réunion prévue au milieu de la journée en présence d'El Phâ, de ses deux Regards Clairs et de l'Aourit.

Plus que jamais démotivée à l'idée d'une confrontation avec l'assemblée militaire suprême, elle décida d'aller se promener dans le grand jardin privatif réservé au souverain et à ses proches.

El Phâ effectuait sa promenade matinale aux côtés de son Premier Regard Clair qui revenait alors sur son mauvais pressentiment lors de sa rencontre avec Itouma.

Agréablement diverti par leurs péripéties exotiques, contées avec brio, El Phâ le félicita une nouvelle fois pour la réussite de sa mission.

— Le mérite revient exclusivement à Kaïrale, reconnut sans peine Gel Ram.

— À l'instar de ce chef Drill…

— Rêemet, Majesté.

— Oui, comme lui, Nous la récompenserons. Pouvons-Nous en déduire que tu es revenu sur tes positions, et que tu considères qu'elle se montrera à la hauteur de nos attentes ?

— En vérité, je suis encore plus indécis qu'avant mon départ.

— Allons bon, soupira El Phâ.

— Je ne peux nier que cette Sentinelle fait preuve d'une capacité d'intuition peu commune et, qu'en conséquence, Votre Majesté bénéficiera sans conteste d'une protection supplémentaire en la gardant à ses côtés.

— Voilà au moins un point d'acquis.

— Toutefois, j'ai plus d'une fois été troublé, voire déconcerté, par son état… psychologique. Elle n'est pas stable. Il demeurera difficile de gérer ou de prévoir son comportement en toutes circonstances. Jugement que d'autres ont d'ailleurs porté avant moi, d'où ce surnom de Ratel. Et ce n'est pas tout, j'ignore par quel bout commencer pour vous évoquer son « Autre ».

Étonné par le silence d'El Phâ, Gel Ram, s'interrogea un court instant, avant d'oser :

— Pourquoi ai-je soudain la désagréable sensation de ne rien apprendre à Sa Majesté à ce sujet ?

— Parce qu'elle a su s'offrir les services du plus intelligent des conseillers, un ami, dont la perspicacité n'est plus à prouver. Voilà pourquoi elle ne pouvait se passer d'un avis impartial dans le cas présent.

— Vous aurais-je déjà fait défaut ?

— Jamais. Mais si Nous avions voulu que tu te prononces sur l'opportunité d'exploiter les talents d'une Sentinelle, tu nous aurais répondu sans détour qu'un tel domaine n'était pas de ton ressort. N'est-ce pas ?

— Il est probable qu'il en aurait été ainsi, admit Gel Ram.

— Pourtant, Ma Majesté ne pouvait se priver de ton point de vue.

» Bien, maintenant que l'orgueil comme l'honneur de notre précieux Regard Clair ont été préservés, peut-il poursuivre son rapport ?

— Hormis mes doutes quant à la docilité de Kaïrale, je n'ai guère plus à ajouter.

— Tu n'es vraiment pas doué pour masquer tes ressentiments, même envers ton roi, se moqua sans fard El Phâ.

— Quelle était votre idée première en envoyant Kaïrale, là-bas ? demanda Gel Ram, reconnaissant implicitement sa mauvaise humeur.

— Excepté gagner la sympathie des Mains Rouges ? Et bien… si elle mourait, elle justifiait une enquête, et dans ces conditions, une présence militaire pour un certain temps sur leur territoire, avec tout ce que cela comporte comme possibilités d'action à long terme. Si elle en revenait, elle prouvait sa valeur et je me soumettais aveuglément à ton avis puisque tu l'avais jugé sur le terrain.

— Pourquoi Sa Majesté ne m'a-t-elle pas présenté ouvertement tous ces paramètres ?

— Parce qu'elle n'est pas une ingrate. Nous constatons tous les jours ton dévouement sans faille, aussi, lorsque Nous pouvons éviter que tu te tortures l'esprit, Nous n'hésitons pas.

— Je vous rends grâce de toutes ses précautions, et pourtant, elles m'ont coûté cher. Elles sont à l'origine de la défiance perpétuelle de Kaïrale à mon égard.

— Nous ferons en sorte d'y remédier.

Gel Ram gardait un visage fermé, aussi le souverain ajouta-t-il :

— Ma Majesté connaît ta loyauté, et bien qu'elle n'ait aucune obligation à la rendre, tu n'as pas à douter un seul instant de la sienne.

Le Regard Clair se préparait à répondre, quand son attention fut attirée par un mouvement au loin.

— Lorsque je prédisais à Sa Majesté qu'elle ne sera jamais là où on l'attendra… annonça-t-il.

El Phâ se retourna et aperçut Kaïrale.

— Fais-la venir devant Nous. Le moment est propice et ce lieu idéal pour nous entretenir sans être dérangé, commanda le souverain, ravi.

Gel Ram se dirigea vers la jeune femme qui s'immobilisa dès qu'elle reconnut El Phâ un peu plus loin.

Elle ne put contenir une grimace, avant de saluer le Regard Clair.

— Sa Majesté souhaite-t-elle me parler maintenant? enchaîna-t-elle, avec le mince espoir de se méprendre.
— En effet. Je t'attendrai ici, et dès que votre entretien sera terminé, nous irons dans mon bureau afin de nous entendre sur les règles de notre collaboration lors des réunions plénières.
— Et quelle est humeur de Sa Majesté, ce matin?
— Elle s'est montrée dans les meilleures dispositions, alors ne gâche pas tout.
— Je ferai de mon mieux.

Kaïrale s'avança en direction d'El Phâ sans entrain, en songeant : *La journée va être longue...*

Elle n'était pas encore parvenue à sa hauteur, qu'il commença sans la regarder :

— Nous avons été très chagrinés d'apprendre les difficultés rencontrées par notre Regard Clair, sur le territoire des Mains Rouges. Et pourtant, l'Arrassanie tout entière est fière de la manière dont il les a affrontées. El Phâ se tourna tranquillement vers Kaïrale pour conclure : Qu'il émette un voeu, et il sera exaucé sur l'instant.

— La réponse à une seule question le comblerait, Majesté.
— Vraiment? Et bien, soit. Nous l'écoutons.
— Pourquoi Notre Vénérée Sénéphy a-t-elle porté son choix sur moi? Je connais plus d'une dizaine de Sentinelles qui aurait tout autant mérité son attention.
— Cela est juste. Mais il nous fallait un être unique. Un être capable de percevoir ce qu'aucun de nos experts ne pourra jamais anticiper. Un être aux talents comparable à un... Ong'Sati !
— Je ne suis pas... s'offusqua la jeune femme.
— Nous le savons, l'interrompit le roi, en posant les mains sur ses épaules.

Mais au lieu de l'apaiser, il ressentit immédiatement combien elles produisaient l'effet inverse sur Kaïrale, et ce ne fut pas pour lui déplaire.

» Allons nous asseoir et sois tranquille, loin de Nous l'idée de prétendre que tu invoques de quelconques démons pour parvenir à tes fins.

Ils s'installèrent sur un banc massif, et le souverain reprit avec une exaltation qui mit la jeune femme mal à l'aise.

» Voilà pourquoi Ma Majesté t'a choisie. Tu es capable de décimer une bande d'assassins à distance, et pourtant, tu chancelles sous la pression de nos doigts. C'est que Nous te connaissons depuis si longtemps... acheva-t-il, sur un ton presque nostalgique.

De plus en plus désorientée, Kaïrale fronça les sourcils.

» Oui. Tu as grandi à nos côtés, renchérit le roi, sans chercher à dissimuler son bonheur devant la perplexité de Kaïrale. Il la dévisageait avec une étrange lueur dans les yeux.

— Je ne comprends pas, balbutia-t-elle.

— Bien sûr... lui répondit-il, à voix basse.

Il se redressa en conservant son petit sourire puis, reprit : Dès notre dixième année, soit quatre ans après la mort de notre père, nous avons assisté aux réunions et entretiens de la reine avec ses conseillers, et particulièrement ceux, en privé, avec Oun.

Le coeur de Kaïrale s'emballa et sa bouche s'asséna.

» Depuis le premier jour où il a commencé à nous parler de toi, Ma Majesté a fait en sorte de ne jamais rater un seul de ses rendez-vous. Elle a tout de suite été fascinée par ce petit soldat aux facultés hors du commun sur lequel Oun ne tarissait pas d'éloges. Un soldat qui serait, tôt ou tard, à notre service... Tu étais son chef-d'œuvre et... Nous attendions toujours avec beaucoup d'impatience les prochaines aventures du Ratel. Parfois, il t'appelait sa « Petite Sagaie ».

Kaïrale crut mourir pendant que le sol s'ouvrait sous ses pieds. Les interrogations fusaient de toute part. À partir de quel moment Oun avait-il eu connaissance de ce surnom ? Soucieuse de ne jamais se montrer faible, l'élève avait toujours pris soin de ne jamais évoquer à son mentor le moindre de ses songes liés à Itouma. Il était clair qu'Oun l'avait trahie depuis très longtemps. Bien avant son départ inopiné, et en commençant par s'approprier ses rêves d'une façon ou d'une autre. Mais, plus grave encore, peut-être était-il parvenu à les utiliser à son insu ?

Tranquillement, le souverain poursuivait le fil de ses révélations, ignorant le profond désarroi dans lequel il plongeait son Regard Clair.

» Ainsi, nous avons été de toutes tes victoires comme de tous tes échecs. Nous avons partagé avec bonheur tes joies, et avec une sincère tristesse tes peines, comme la disparition de cette vieille nourrice, Létï, à laquelle tu étais tant attachée. Tu as grandi à distance de Nous, et pourtant, Ma Majesté a souvent pensé à toi lorsque la tâche de gouverner lui apparaissait trop ardue. Tu étais une petite fenêtre ouverte dans nos jours si étriqués, écrasés de devoirs. Tu es devenue à notre insu une petite bouffée d'air frais, de liberté enviée, détestée, mais indispensable à notre équilibre.

Abasourdie, Kaïrale esquissa un geste, comme pour réfuter une réalité qui la dépassait, mais le souverain poursuivit sans la laisser l'interrompre.

» Et vint enfin le jour où tu Nous fus présentée. La cité célébrait la fin de notre état d'enfant. Ma Majesté avait réalisé un saut magnifique du haut du Grand Mât Sacré, le ciel était splendide et tout se déroulait à merveille. Les troupes défilaient en notre honneur lorsque se présentèrent les membres de la Maison des Sentinelles. Tu étais la dernière, et Nous nous souvenons encore combien tu Nous es apparue fragile. Les chiens se sont montrés anormalement nerveux dès que tu as commencé à t'approcher, certains se sont mis à gémir. Et puis, ils se sont couchés quand tu vins Nous saluer. Ma Majesté n'a pas oublié le silence qui s'est imposé, juste avant l'ovation, lorsqu'elle s'est levée. Tu avais terrassé les chiens royaux aux pieds de ton futur roi, c'était un signe ! Alors, Nous t'avons demandé ton nom devant tous. Bien entendu, tu étais loin de ressembler à la beauté que Nous nous étions imaginée. Pourtant, Nous ne fûmes pas le moins du monde déçus.

Kaïrale aurait dû avoir envie de le gifler, mais non, pas du tout. Hormis l'impossibilité réelle de remettre en place le royal malotru, la Sentinelle avait simplement décroché. Il lui semblait que le souverain parlait de quelqu'un qui lui était totalement étranger. Les raisons du curieux comportement des lévriers lors de cette fête ne l'avaient jamais véritablement préoccupée. Mais en écoutant El Phâ, elle comprenait soudain pourquoi le souvenir de cet événement lui était demeuré insupportable : le seul responsable en était son indéfectible instinct ! Il n'avait cessé de l'alerter sur les incroyables conséquences de cet épisode, tout au long de ces années. Quelles qu'eussent été ses décisions, quoi qu'elle ait ou non entrepris depuis ce jour, tout avait et aurait conduit Kaïrale ici, maintenant, face à El Phâ ! Cette conclusion acheva de l'anéantir.

Elle réfréna son besoin de respirer à pleins poumons en serrant comme une forcenée le banc sur lequel elle était assise. Elle feignit de réajuster son écharpe, et demanda :

— Qu'attendez-vous de moi, exactement ?

— Beaucoup, lâcha El Phâ, dans un souffle empli de sous-entendus.

— Je suis toute ouïe, parvint à murmurer l'ancienne Sentinelle.

— L'Aourit craint qu'Oun ne soit en train de former sa propre armée.

— Oun ? Une Armée ? s'esclaffa-t-elle, incrédule.

— Ma Majesté a pris cette nouvelle de la même façon. Mais elle a dû se rendre à l'évidence, un nombre important de Sentinelles a quitté Niassamé, et l'hémorragie s'est répandue dans certains régiments, particulièrement aux frontières du désert.

— La plupart des Sentinelles subviennent aux besoins de leur famille, et parfois de leur village tout entier, grâce à Sa Majesté. La raison d'un tel renoncement ne peut être que fondamentale, affirma la jeune femme, pressentant que le pire restait à venir.

— Nous avons ordonné un nouveau statut pour les nouvelles recrues. Quant aux anciennes, ou elles acceptent de devenir pleinement des soldats, ou elles abandonnent leur fonction protectrice de l'Arrassanie et retournent à leurs villages.

— Si vous ne craignez pas de voir toutes les Sentinelles refusant ce changement rejoindre Oun, c'est bien que vous n'êtes pas convaincu de l'existence de son armée.

— Tu as raison. Mais ainsi, Nous connaîtrons avec certitude les éléments sur lesquels nous pourrons compter, rétorqua le souverain.

Le varan revenait à l'esprit de Kaïrale et ravageait ses derniers espoirs. La jeune femme ne pouvait en accepter l'idée.

— Majesté... commença-t-elle.

— Il ne peut en être autrement, coupa le roi, sans pour autant hausser le ton. Les Sentinelles n'auront pas à combattre, mais elles devront signer un engagement formel comme n'importe quel militaire, et Nous ne reviendrons pas sur notre décision.

— Comment espérez-vous les convaincre de s'y plier ? demanda Kaïrale, navrée.

— J'escomptais qu'elles feraient preuve de loyauté envers Ma Majesté, répondit El Phâ, avec amertume. Le recrutement opéré par

Oun aurait, soi-disant, pour but définitif de créer une nouvelle race de combattants. Si cela devait se confirmer, les Sentinelles d'Arrassanie ne devront plus alors seulement protéger leur pays au travers de leurs prémonitions, elles devront lutter d'égal à égal avec celles de Oun.

— Dois-je entendre que vous commanderez tôt ou tard qu'elles renoncent à leur serment de n'agir que dans le but de protéger ? s'inquiéta la jeune femme, atterrée.

— Les circonstances l'imposeront, rectifia le roi.

— Je vous implore de ne pas commettre cette erreur, Majesté, adjura Kaïrale, en se levant brusquement. Je suis certaine que telle n'était pas votre volonté première. Vous subissez une pression farouche de la part de l'Aourit, cette exigence est une aberration que j'entends bourdonner à mon oreille depuis le premier jour où j'ai exercé aux côtés d'Oun.

— Nous vous trouvons bien irrévérencieuse envers nos sages, Regard Clair, nota le souverain, plus surpris qu'agacé.

— Je vous prie de me pardonner, Votre Majesté, reconnut Kaïrale, en s'inclinant. Aucune Sentinelle ne renierait son serment sans conséquence. Nous sommes conditionnées ainsi, et la plupart de nos pouvoirs sont intimement liés à cet impératif, poursuivit la jeune femme, convaincue.

— Sous-entends-tu que vous perdriez vos dons si vous les utilisiez pour préparer une attaque pure et simple ?

— Il est sûr que nous perdrions nos âmes et risquerions notre raison, répondit Kaïrale, les yeux brouillés.

Ses mots étaient lourds de sens pour elle comme pour les siens, mais elle savait qu'ils ne seraient que du vent à l'oreille d'un homme de combat ou d'un souverain. Elle ajouta :

— Le don que possède une Sentinelle en fait un élu parmi ceux de son clan, c'est une lourde responsabilité. Aucune Sentinelle ne peut contourner les lois établies par la sagesse de ses anciens.

— N'as-tu jamais fait fi des règles ?

— Non, Votre Majesté. Pas une seule fois, je n'ai agi autrement que pour protéger un, ou des innocents.

— Nous voudrions croire que tes anciens confrères se comporteront toujours de cette façon, mais nous ne pouvons ignorer le risque que certains des tiens ne préfèrent signer un tout autre genre de pacte.

— Qu'ils ne deviennent des Ong'Satis ? C'est bien de cela dont il s'agit ?

— Nous savons qu'ils sont un sujet tabou, mais...

— Ils n'ont rien de commun avec des Sentinelles, grogna Kaïrale, en baissant la tête.

— Ils n'en demeurent pas moins un danger réel pour l'Arrassanie, si...

— Si Oun a effectivement fait ce choix insensé, mais rien ne le prouve jusqu'à ce jour. Non ?

— Pourtant, Nous ne pouvons décemment pas écarter cette possibilité.

— Pourquoi commettrait-il une telle folie ? s'interrogea la jeune femme, d'une voix forte

— Sa Majesté aimerait le découvrir tout autant que son Regard Clair, répondit le souverain, songeur. Il quitta le banc, fit quelques pas, puis demanda :

— Explique à ton roi ce qu'est précisément le Ong'Sati.

— Un individu qui aura vendu son âme aux esprits par orgueil.

— Et de façon plus claire ? Nous savons déjà qu'il s'agit d'un homme, ou d'une femme, possédé par un esprit fort, un esprit invoqué pour ses pouvoirs passés et qui, en échange, peut ressentir les plaisirs terrestres au travers du corps qu'il a investi.

— Les profanes vous résumeront toujours la chose ainsi, alors que c'est beaucoup plus compliqué. Avant tout, il faudrait des prédispositions de communication exceptionnelles avec les morts pour prétendre s'unir à l'un d'entre eux. Ensuite, l'inconscient qui chercherait à augmenter ses capacités de divination ou d'action sur ses semblables accepterait alors d'accueillir l'âme d'un défunt refusant son état de trépassé. Et ce détail prend toute son importance lorsqu'il est associé au caractère perturbé de celui qui oserait se lancer dans une telle entreprise. C'est une union contraire à l'ordre des choses, une abomination.

— Mais elle n'est pas qu'un mythe, n'est-ce pas ?

— Je ne parviens pas à croire qu'une telle association soit viable et encore moins durable. L'Aourit joue sur la peur ancestrale liée à cette croyance pour obtenir ce qu'il veut depuis toujours, des « Sentinelles soldats ». Et si elle prétend aujourd'hui que les Sentinelles n'auront pas à porter les armes, elle changera d'avis dès demain. Elle cherche depuis beaucoup trop longtemps à former de tels soldats sous le prétexte fallacieux de se défendre d'autres qui existeraient déjà. L'Aourit continue de refuser d'entendre combien ce serait un projet dangereux.

— Pour quelle raison ?

Kaïrale laissa soudain échapper un mouvement de tête, puis un autre tout aussi incontrôlé. Cette voix inhabituellement grave, qui signalait en elle l'empreinte de son Autre, se mit à enfler dans sa poitrine, et ses réponses à El Phâ prirent une tout autre dimension :

— Imaginez un « soldat Sentinelle » aux capacités décuplées par ses pouvoirs et sans aucune appréhension parce qu'il vit avec la mort en lui au quotidien.

Après avoir lu l'envie dans les yeux du roi, Kaïrale poursuivit :

— Imaginez maintenant cette puissante armée de soldats uniques se sentir si indestructible qu'elle décide de se retourner contre Sa Majesté.

Le regard du souverain se troubla.

» Imaginez-la alors mettre toute sa volonté, et pourquoi pas toutes les forces démoniaques qu'elle pourra invoquer au seul service de votre destruction.

Le souverain aurait dû se mettre en colère, mais il se sentait plus encore mal à l'aise aux côtés de la jeune femme. La jubilation à peine voilée dans ce timbre de voix féminin si grave avait quelque chose de terrifiant. Mais à sa plus grande surprise, cela n'était pas pour lui déplaire. El Phâ se sentait attiré par cette énergie aussi fascinante qu'étrange émanant de son Regard Clair. Toutefois, il préféra s'en écarter avant de lui rétorquer :

— L'Aourit ne prendrait pas de tels risques en sachant ce que tu prétends.

— Nous devrions nous assurer qu'elle ne l'a pas déjà tenté, répondit Kaïrale la voix pleine d'une sombre malice, en se rapprochant du roi.

Son Autre paraissait beaucoup s'amuser et elle osa lui murmurer presque à l'oreille :

— Je ne doute pas que notre illustre assemblée mesure à sa juste valeur un danger qui guetterait le pays.

Puis elle se planta devant El Phâ, en penchant un peu la tête sur le côté, pour continuer :

» Mais je subodore qu'elle vous cache à dessein la véritable source de ses inquiétudes en vous leurrant avec ce folklore des Ong'Satis.

— Dans quel but ? Sa Majesté n'a point de temps à perdre, s'emporta le souverain en reculant. Si son Regard Clair a des informations, il serait bon qu'il les lui donne sur le champ !

Kaïrale avait de plus en plus de tics nerveux. Elle revint de nouveau vers El Phâ, s'exprimant avec une lenteur dérangeante :

— Je ne peux vous proposer que mes déductions, mes intuitions. Mais je suis prête à parier que ce projet d'armée soi-disant élaboré par Oun est un écran de fumée pour en masquer un autre, beaucoup plus épineux. Et à cet instant, je suis persuadée qu'Oun a fui Niassamé pour ne pas le mener à son terme, ou pour se protéger. À moins qu'il ne soit déjà mort... Quoi qu'il en soit, je pense sincèrement que nous pouvons avoir peur, finit-elle, à nouveau si proche du roi qu'elle le frôlait presque.

— Nous allons nous empresser de tirer cela au clair, gronda le souverain, glacé.

Kaïrale parut soudain se ressaisir, et recula d'elle-même à une distance beaucoup plus convenable d'El Phâ.

— Il n'est jamais très prudent de se tenir volontairement sur le trajet d'un troupeau d'éléphants en proie à la panique. Il est préférable de l'observer à bonne distance, d'évaluer le groupe dans son ensemble, ainsi que ses membres les plus faibles, de suivre patiemment leurs traces et d'essayer d'anticiper leur prochaine direction. Tout en surveillant attentivement les alentours et en faisant confiance à son flair.

Le roi entendit tout de suite au ton de sa voix que Kaïrale avait retrouvé son état normal et il en fut soulagé. Mais il n'avait pas retrouvé la sérénité pour autant.

— Si ta métaphore est subtile, elle n'en est pas moins désagréable. Nous devrions pouvoir compter sans faille sur l'Aourit, plutôt que de la suspecter de comploter dans notre dos, pesta-t-il.

Kaïrale découvrit, pour la première fois, son souverain perdu. À l'évidence, le roi tombait de haut.

— Que Votre Majesté soit tranquille. Je serai ses yeux et ses oreilles, et lui apporterai toutes les réponses afin qu'elle puisse agir dans les meilleurs délais.

El Phâ détesta le ton compatissant de son conseiller, et il bomba le torse en déclarant :

— Le peuple d'Arrassane compte fortement sur toi, alors ne le déçois pas. Va, maintenant. Nous nous retrouverons dans quelques heures face à l'Aourit et Nous espérons bien obtenir des réponses claires.

La jeune femme salua le souverain, et alors qu'elle se détournait de lui, elle entendit :

— Ma Majesté a grandement apprécié cette entrevue… improvisée. Parce qu'elle l'était, n'est-ce pas ?

— Oui, Votre Majesté, répondit spontanément Kaïrale.

Le roi repartit vers le palais, tandis qu'elle demeurait figée au milieu de l'allée.

Gel Ram la rejoignit, à bout de patience.

— Notre souverain t'a-t-il fait part de sa haute estime ?

— Oui, il l'a fait, répondit-elle, pensive. Depuis combien de temps nous connaissons-nous maintenant ? En nombre de jours ?

— Je ne sais pas, je ne les ai pas comptés, marmonna Gel Ram. Une dizaine de jours, tout au plus. Pourquoi cette question ?

— Dix jours, précisément. Il aura suffi de dix malheureux petits jours pour balayer toute mon existence, abandonna Kaïrale.

Gel Ram baissa la tête, se reprit, et dirigea vers la sortie du jardin. La jeune femme le suivit, en traînant les pieds.

Chapitre 12

Kaïrale avait suggéré à Gel Ram de se rendre sur le lieu de la réunion avant les premiers intervenants, afin de « sentir » l'endroit encore désert. La petite mais somptueuse salle de l'Aourit avait des murs entièrement recouverts d'ébène. Le bois sombre, lustré comme un miroir, servait d'écrin à une sublime collection de masques tribaux. Tous très expressifs, ils offraient une variété de formes et de couleurs plus éclatantes les unes que les autres. Les plus anciens entouraient un immense portrait du roi Arrassane chevauchant un éléphant.

Kaïrale arpenta plusieurs fois la salle sans dire un mot puis elle prit place sur le siège que Gel Ram lui avait désigné comme le sien. Les Regards Clairs encadreraient leur souverain, et n'interviendraient que sur son ordre.

Au fur et à mesure de l'arrivée des participants, l'anxiété de Gel Ram n'avait cessée de croître jusqu'à ce qu'il en ait les mains moites. Il ne quittait pas Kaïrale des yeux, s'inquiétait de voir son visage à nouveau parcouru de tics de plus en plus nombreux.

Tout le monde se leva lorsque El Phâ s'annonça.

— Je crois qu'il est inutile de faire les présentations, alors commençons la séance sans attendre, commanda-t-il.

D'abord tête basse, Kaïrale se concentra sur un défaut de tissage de sa tunique, n'écoutant pas vraiment les échanges, mais respirant plutôt l'ambiance et cherchant à détecter des tensions. Enfin, elle examina avec attention les postures des membres de la prestigieuse assemblée, qu'ils prennent la parole ou pas.

Kaïrale réalisa alors que seuls neuf membres sur les seize étaient présents. Le père de Rêemet, Namouan, était absent et elle en fut soulagée. La rareté des séances plénières reflétait l'ordre régnant dans tout le pays, l'Aourit ne siégeant dans sa totalité que sur ordre du roi ou en cas de guerre.

Pour El Phâ, le ver était dans le fruit à Niassamé, et il comptait bien le faire sortir d'une manière ou d'une autre.

Énervé, il écouta à peine les rapports qui s'enchaînaient les uns après les autres quand, enfin, il put interroger un membre de l'Aourit sur les individus suspectés d'être des espions à la solde de Oun.

— Aucun incident depuis ce scélérat démasqué sur votre chantier, Votre Majesté, assura le responsable de l'enquête.

— Auraient-ils renoncé ?

— J'en serais fort surpris. Je crains plutôt que l'exécution de leur comparse les a conduits à adopter une autre stratégie. Tous les captifs ont préféré se donner la mort plutôt que de parler, c'est dire leur détermination. Il est inimaginable qu'ils ne poursuivent pas leur manœuvre de manière plus discrète et sournoise.

— Vous écartez un peu vite une hypothèse beaucoup plus simple, lâcha soudain Kaïrale, contrevenant au protocole.

Gel Ram se redressa vivement dans son fauteuil, tandis que l'intervenant paniquait à l'idée de s'être montré désinvolte.

— Nous sommes tous très impatients de l'entendre, lança une femme du clan des Scorpions, particulièrement dédaigneuse.

— Ils ont obtenu ce qu'ils cherchaient, lui répondit Kaïrale, avec calme.

— Le Rat... le Regard Clair disposerait-il d'éléments que nous ignorons ? répliqua alors un représentant du clan des Mambas, beaucoup plus agressif.

— Si tel était le cas, Ma Majesté en serait déjà avertie, s'interposa soudain El Phâ, cinglant.

Malgré la chaleur, un courant glacial parcourut toute la pièce.

La gêne de l'Aourit n'échappa ni au roi ni à son Premier Regard Clair, et ils échangèrent un rapide regard de connivence. L'affaire était entendue, Kaïrale se révélait indispensable au souverain. Elle était une lame à double tranchant, certes, mais se passer d'elle revenait à se désarmer totalement face à un ennemi invisible.

— Alors rien ? Vous n'avez toujours pas plus d'informations à nous révéler ? Pas même sur ce que pourrait être devenu Oun ? s'emporta El Phâ, en prenant tout le monde au dépourvu.

— Rien, votre Majesté, osa répondre un homme râblé, élu du clan des Lions, tandis que ses confrères se montraient de plus en plus inquiets de voir le roi faire montre d'une telle mauvaise humeur.

— Poursuivez les recherches, et tenez-moi informé de vos résultats, grogna El Phâ à l'encontre du premier rapporteur.

Puis on entendit les mouches voler pendant qu'il scrutait les visages scarifiés un à un, sans rien dire, jusqu'à ce qu'il explose :

— Sortez ! Disparaissez ! hurla-t-il.

Les dossiers non examinés furent refermés à la hâte et les feuilles volantes rangées en pagaille, si bien que le vœu du souverain fut exaucé à la vitesse d'un éclair, à l'exception de ses deux conseillers qui ne quittèrent pas leur siège.

Dans la grande salle déserte, El Phâ s'agitait, Gel Ram l'observait sans oser intervenir, alors que Kaïrale fixait le mur devant elle, absente.

Soudain, elle demanda d'une voix monocorde :

— À quelle fin le *walouri* est-il destiné, dorénavant ?

El Phâ et Gel Ram se regardèrent ahuris, puis le souverain répondit d'un ton sec :

— Tu as déjà suffisamment à faire avec l'Aourit pour ne pas t'occuper de nos choix économiques.

La jeune femme dévisagea alors froidement Gel Ram qui se défendit par un haussement d'épaule, marquant sa supposée impuissance.

— Je crains de devoir insister, Votre Majesté. Les individus que vous considérez comme des « espions », cherchaient probablement à découvrir les lieux de stockage du *walouri*. Il est devenu un danger pour la capitale.

— Cela confirme les craintes de l'Aourit concernant Oun et son armée, s'inquiéta El Phâ.

— Non. Je reste persuadée qu'il s'agit de tout autre chose, lui assura Kaïrale, avec une grande sérénité.

— Et comment peux-tu l'être ? hurla soudain le souverain.

— Parce que les réserves de *walouri* auraient déjà brûlées, et avec elles, Niassamé tout entière.

— Cela est très rassurant, maugréa le roi, un peu calmé.

— Il me semble évident que personne ne cherche à attenter à votre vie ou à votre prestige. Mais puisque de nombreuses Sentinelles ont choisi de quitter le pays, je suppose que nos sages vous cachent une contestation larvée et embarrassante, et qui prend de l'ampleur au sein de ma communauté.

— Oun m'aurait averti si... assura le souverain.

— Pas s'il est devenu le centre de cette contestation, le coupa Kaïrale, négligeant encore une fois les bonnes manières.

— Le centre ?

— Oun demeure une référence pour toutes Sentinelles. Et si un doute s'est instauré parmi elles sur le traitement qui lui a été réservé, alors il s'est propagé comme une épidémie, et vous pouvez être certain qu'il causera encore des ravages dans les effectifs.

— J'ai toujours affirmé, en public comme en privé, que je ne croyais pas aux rumeurs qui circulent sur son compte et que je lui conservais ma confiance, s'insurgea El Phâ.

— C'est loin d'être le cas de l'Aourit, Majesté, avança prudemment la jeune femme.

— Et si tu précisais le fond de ta pensée...

— Supposons un instant que Oun soit parvenu à trouver un terrain d'entente pour travailler main dans la main avec l'Aourit, mais qu'il ignorait alors leurs véritables intentions. Supposons encore qu'il les a découvertes d'une manière ou d'une autre et qu'il a menacé de vous en informer si l'Aourit poursuivait dans cette voie. La disparition brutale de votre mère devenait pour ses ennemis une aubaine. L'accuser au travers d'une rumeur nauséabonde et le pousser à la fuite était une solution facile et immédiate.

— Si Nous te comprenons bien, tu prétends tranquillement que l'Aourit envisageait de créer des soldats Ong'Satis sans en référer à son souverain, et que Oun aurait refusé en le découvrant ?

— Quelque chose de cet ordre, en effet. Je nuancerais cependant les propos de Votre Majesté, en précisant que l'Aourit a d'abord dû donner carte blanche à Oun pour former un premier soldat hors normes. Et peut-être qu'ensuite, leur souhait d'en faire un Ong'Sati les aura opposés.

— Qu'en penses-tu ? demanda le roi à Gel Ram.

— Je n'ai jamais eu de sympathie pour cet homme, mais j'ai toute confiance dans le jugement de Kaïrale. Et bien qu'un tel stratagème me paraisse un peu tiré par les cheveux, l'embarras et la nervosité de l'Aourit lors de la réunion me laissent à penser qu'il y a bien anguille sous roche.

— Le point positif de cette hypothèse est qu'elle confirme le bien-fondé de notre confiance envers Oun, lâcha El Phâ.

— Il n'en demeure pas moins que la reine a échappé à deux attentats, répliqua Gel Ram.

— Oun n'avait aucun intérêt à la voir disparaître, elle a toujours été sa meilleure alliée. Peut-être même découvrirons-nous, un jour, que ma nomination auprès de vous est directement liée à cette affaire, rétorqua Kaïrale.

— L'Aourit aurait-il pu commanditer le meurtre de notre reine ? s'effraya alors El Phâ.

— Je n'irais pas jusque-là, Majesté. Peut-être les sages ont-ils tiré avantage de cette situation dramatique, mais inespérée, pour évincer Oun en le faisant passer pour le coupable idéal.

— Dans ce cas, si ce n'est ni l'Aourit ni Oun, qui aurait pu vouloir la mort de la reine ? demanda Gel Ram, avant de suggérer presque aussitôt : Le soldat hors norme formé par Oun ?

— Oui. Ce serait logique, répondit Kaïrale, sur un bref mouvement de tête. Et dans ce cas, Oun ne fuirait pas seulement l'Aourit mais aussi sa propre création, déduisit-elle, pensive.

— Et comment Ma Majesté peut-elle espérer démêler ce sac de nœuds pour agir de façon constructive ? grogna le souverain.

— Je dois d'abord entrer en contact avec Toa, lâcha Kaïrale.

— Toa ? répéta aussitôt Gel Ram.

— Oui. Comme une idiote, j'ai oublié le *walouri* dans le jeu des cartes, marmonna-t-elle.

— Kaïrale, reste avec nous, s'il te plaît, pesta le Regard Clair.

— Oui... Pardon. Toa était une Sentinelle de ma promotion. C'est lui qui a mis l'Arrassanie en contact avec les Mains Rouges, et qui a exigé d'Itouma la cérémonie du Grand Baobab où j'ai failli me perdre.

— Le fameux lien que tu cherchais... ce Toa serait donc le « projet », le soldat hors normes... As-tu encore d'autres révélations de ce genre ?

— Non.

— Étaient-ce les complices de cette Main Rouge qui ont mené l'attaque au port? continua Gel Ram.

— Oui. Et je pense que l'avertissement était double. D'une part, m'obliger à rester sur mes gardes, et d'autre part, signifier à l'Aourit qu'il était toujours capable d'agir n'importe où, y compris à Niassamé.

— Mais enfin, c'est absurde, pourquoi te voudrait-il du bien? Au vu de tes déclarations, il pourrait être l'assassin de Sénéphy et il t'a entraîné dans un piège, s'offusqua le Regard Clair.

— Nous n'avons aucune certitude en ce qui concerne Notre Vénérée Sénéphy. Par contre, l'Oeil de Rêve m'a conduite auprès des siens pour m'enseigner ce qu'il voulait que je sache, et surtout me révéler que, peut-être comme lui, j'avais été manipulée par Oun.

— Nous voulons lui parler dans le plus grand secret, ordonna El Phâ. Rapporte-Nous la moindre de tes avancées en ce qui le concerne et… n'hésite pas à user de tous les moyens que tu jugeras utiles pour le dénicher. Nous avons bien dit, tous, insista El Phâ avec gravité, juste avant de sortir.

Gel Ram s'adressa à la jeune femme, qui fixait encore la porte empruntée par le roi :

— Sais-tu ce qui est pénible avec toi?

Mais Kaïrale n'eut aucune réaction.

— C'est d'être constamment tiraillé entre l'envie de te suivre, et celle de te fuir au plus vite.

— Tu es définitivement un être très intelligent, lui lança-t-elle, avec un grand sourire.

— Pourquoi un soldat obéissant, et dévoué au point d'accepter d'être un sujet d'expérience, se rebellerait-il de façon aussi radicale?

— Parce qu'il se sera senti trahi au-delà de l'acceptable, proposa Kaïrale.

— Et comment comptes-tu le débusquer?

— Je compte beaucoup sur la chance, déclara la jeune femme.

— Évidemment. Pourquoi n'y ai-je pas songé, abandonna Gel Ram, avant de quitter à son tour la salle de l'Aourit.

C'est lui qui me trouvera, pensa Kaïrale

Gel Ram parcourut la moitié du palais pour rejoindre de nouveau El Phâ qui se délassait dans un bain.

À la vue de son fidèle conseiller, le souverain chassa ses servantes d'un geste de la main, puis s'enflamma, le sourire aux lèvres.

— Elle est prodigieuse, n'est-ce pas ?

— Pardonnez-moi de ne pas partager votre enthousiasme, bougonna Gel Ram.

— Ne soit pas jaloux, ironisa le roi. Kaïrale vient de dénouer en un rien de temps ce que Nous ne parvenions pas à débrouiller depuis plusieurs saisons. Sans compter qu'elle Nous a offert sur un plateau l'identité de cet individu qui a juré d'éliminer Oun. Que demander de plus ?

— Qu'elle ne découvre jamais la raison pour laquelle nous l'avons mêlée à cette histoire.

— Et quand bien même ? Elle resterait fidèle à son pays, Ma Majesté n'en doute pas. Non, la seule véritable question est : Kaïrale serait-elle à la hauteur pour affronter Toa s'il se retournait contre Nous ?

— Je crains que personne ne puisse se prononcer sur ce point, répondit Gel Ram, songeur.

» L'Aourit vous a toujours présenté ce projet de soldat Sentinelle comme étant le vœu secret de votre mère, mais après tout, elle n'est plus là pour nous le certifier.

— Où veux-tu en venir, exactement ?

— Sa Majesté ne trouve-t-elle pas étrange qu'Oun ait pris autant de soin à cacher l'identité de ce premier soldat d'un genre nouveau ? S'il se méfiait de l'Aourit, je pense que nous devrions en faire de même.

— Et bien ! Quel revirement d'opinion vis à vis de celui que tu as toujours honni, se moqua ouvertement El Phâ.

— Même si cela m'est très désagréable, je me dois de me ranger à l'avis de Kaïrale, elle possède un instinct très sûr auquel je me fie aveuglément aujourd'hui. Et c'est bien ce qui me préoccupe le plus.

— Vraiment ?

— Oui, je crains qu'elle n'épouse la cause de Toa si ses motivations sont justifiées.

— Nous croyons que tu lui vouais une confiance absolue ?

— C'est le cas, mais nous devons impérativement trouver une solution, avant que Kaïrale n'apprenne l'implication de l'Aourit dans cette vieille histoire de faux empoisonnement des puits aux frontières du désert.

— Elle n'a pas besoin d'être informée sur ce point.

— Le temps nous est compté, Majesté. Si je l'ai découvert, elle le découvrira aussi. Vous ne réalisez pas combien la vérité sur cette affaire va profondément l'affecter. Elle a bâti sa carrière là-dessus. Kaïrale, mais le Ratel plus encore, ne le supportera pas. J'en suis convaincu. Croyez-moi, la possibilité que votre ancienne Sentinelle se joigne à l'Oeil de Rêve parce qu'elle s'estimera trompée est bien réelle.

— Comment pourrions-Nous nous assurer du contraire ?

— Nous ne le pouvons pas. Sans compter que l'Aourit ne tardera pas à vous demander de faire éliminer Kaïrale si la majorité de ses membres n'est pas assurée de sa loyauté envers le pays.

— Ignorons-les, lâcha El Phâ, excédé.

— Vous n'y pensez pas ? Ce serait une énorme erreur politique ! Si vous allez à leur encontre et que le Ratel se retourne effectivement contre nous, le peuple ne vous le pardonnera pas. Comment Sa Majesté pourrait-elle continuer à régner avec sérénité ?

— Nous n'avions pas envisagé la question sous cet angle, marmonna le roi.

Il y eut un long silence avant que le souverain ne reprenne :

— Que Nous suggères-tu ?

— Je pense qu'il faut lui révéler les abus inouïs de l'Aourit, avant que Toa ne le fasse.

— Crois-tu qu'il est à Niassamé ?

— Je n'en ai pas la moindre idée, mais Kaïrale s'est montrée beaucoup trop sereine lorsqu'elle a évoqué la possibilité d'entrer en contact avec lui. D'une façon ou d'une autre, il n'est pas loin, et elle le sent.

— Nous allons renforcer la sécurité du palais.

— Je crois la mesure prudente, en effet. Je me permets de signaler à Sa Majesté que Kaïrale ne sera pas insensible au fait que vous ayez couvert Oun durant sa fuite.

— Nous préférerions que tu lui taises ce détail, malgré tout.

— Je me conformerai à vos souhaits. De toute façon, l'Aourit n'exigera rien de votre part tant que vous continuerez à la présenter comme le seul rempart susceptible d'être efficace contre Toa s'il se déclarait ouvertement notre ennemi.

— Nous garderons pour nous le nom de ce soldat, en espérant que Kaïrale lui mette la main dessus avant l'Aourit. Même si rien ne nous dit qu'elle n'ira pas immédiatement rejoindre ses rangs dès leur rencontre.

— Certes, mais que pouvons-nous faire ?

— Ne pas la laisser sans surveillance.

— Je ne la quitterai pas un seul instant.

— Oui. Il faudra te montrer extrêmement vigilant, jusque dans ses fréquentations. Joue de tes charmes si nécessaire, ajouta El Phâ, pince-sans-rire.

Mais Gel Ram ne répondit pas au sous-entendu de son souverain, qui n'insista pas. D'autant que son Regard Clair prit un air encore plus grave pour poursuivre, un peu hésitant :

— Pourquoi avoir intensifié le rythme de stockage de *walouri*, Votre Majesté ?

— Ceci est de la cuisine militaire dont tu n'as pas à te soucier, répondit le roi, sans le moindre embarras.

— Se pourrait-il que son utilisation déplaise à Kaïrale si elle en prenait connaissance ?

El Phâ eut alors une mimique qui inquiéta son Regard Clair.

— Majesté, il vaut mieux que je sois informé si…

— Le *walouri* est un moyen de contrôle sur les Sentinelles, c'est tout ce que tu as besoin de savoir, coupa le roi, irrité. C'est un procédé récent et notre amie n'est en rien concernée. Maintenant, nous te prierons de laisser de côté tout sujet sur lequel Ma Majesté ne t'a pas convié à te prononcer. Tu peux disposer, acheva-t-il, soucieux.

Gel Ram salua le roi et sortit aussi furieux que déstabilisé par la réaction d'El Phâ.

Ces derniers temps, le souverain prenait beaucoup trop souvent la précaution de le tenir à l'écart de certains faits, et il ne comprenait pas pourquoi.

Vexé, le plus fidèle serviteur du roi n'entendait pas en rester là.

Chapitre 13

Comme durant chacune de ses missions d'infiltration, Kaïrale assura d'abord sa couverture. Elle assista sagement à toutes les réunions de travail dans l'ombre du Premier Regard Clair, qui ne s'était jamais montré aussi prévenant. Son «Autre» en éveil, elle sonda la plupart des maîtres de la cité, ainsi que tous les collaborateurs et les proches d'El Phâ.

À l'issue de chaque séance, elle confrontait ses impressions avec celles de Gel Ram, bénéficiant ainsi de sa longue expérience du palais.

Au fil de ses analyses, la jeune femme eut la confirmation qu'aucun sujet de Sa Majesté ne cherchait à lui nuire. Et ses conclusions ne faisaient qu'épaissir d'avantage les brumes mystérieuses entourant la disparition d'Oun, comme la présence de ses soi-disant espions.

Kaïrale était impatiente de voir El Phâ l'autoriser à fureter en dehors des réunions. D'une part parce qu'elle détestait piétiner dans une enquête, et d'autre part afin de bénéficier d'un peu plus de liberté d'action pour s'informer en parallèle sur le devenir des Sentinelles.

Malgré tout, partager le quotidien de Gel Ram lui fut beaucoup plus agréable qu'elle ne l'avait d'abord envisagé, à tel point que cela l'amena à considérer le Premier Regard Clair sous un jour nouveau.

Alors que le souverain enfiévrait les foules à l'image d'un chef de guerre charismatique promettant le ciel à ses troupes, Gel Ram ne vibrait qu'au son discret de la raison et de l'efficacité, fondements d'une gouvernance irréprochable.

Et curieusement, les heures passées à ses côtés se révélèrent bien moins fades qu'elle ne l'aurait parié à une table de jeux Ataros.

Les derniers nuages de l'après-midi finissaient de s'étirer dans le ciel de Niassamé, et Kaïrale s'étonnait du retard d'N'Mô dans sa cuisine déserte. Persuadée qu'il avait oublié leur rendez-vous, elle s'apprêtait à partir lorsqu'il fit irruption, au bord de l'asphyxie.

— Te serais-tu mis dans l'embarras pour une jolie servante ? lui lança-t-elle, gaiement.

— J'ai dû subir pas moins de huit fouilles et autant de contrôles d'identité pour arriver jusqu'ici, grommela le petit cuisinier en sueur.

Kaïrale lui tendit un linge et une timbale de jus de fruit.

— Tu me vois consternée que ta renommée ne suffise pas à t'éviter ce genre de tracas, ironisa-t-elle encore. Maintenant, assieds-toi. Je comptais faire appel à tes talents de coiffeur, mais il est hors de question que je te laisse manipuler un rasoir dans ton état.

— Tous ces soldats, c'est pour El Phâ, n'est-ce pas ?

— Ce déploiement de sécurité est avant tout de l'esbroufe, une démonstration de force pour dissuader plus qu'autre chose.

— Mais il prouve que notre bon souverain court un danger, non ? continua N'Mô, entre deux gorgées. On raconte que, pas plus tard que ce matin, un individu a été surpris dans les quartiers royaux, et qu'il s'est jeté depuis un balcon, préférant la mort plutôt que d'être arrêté.

— Je trouve très réconfortant qu'il y ait encore des hommes qui sachent ce qu'ils veulent.

— Tu n'es pas drôle, Kaïrale, geignit le cuisinier.

— N'Mô, c'est un énième clabaudage servit par une de tes commères, soupira la jeune femme. Ne crois-tu pas que dans ma position, je serais déjà avertie si un inconnu était parvenu à pénétrer dans le palais ?

— Et Sénéphy ? N'a-t-elle pas été empoisonnée ?

— Combien de fois t'ai-je répété de garder tous ces ragots pour toi, gronda-t-elle. Un jour, tu t'en mordras beaucoup plus que les doigts.

— Tu ne comprends pas... c'est horrible, pleurnicha N'Mô, effondré.

— Et si tu te contentais de me dire ce qui te tracasse ?

— Je... Je crois que j'ai tué Sénéphy.

— Et moi, que tu es resté trop longtemps près d'une cuve à bière.

— Je suis très sérieux, pesta le petit cuisinier.

— Vraiment ? fit mine de s'étonner la jeune femme, amusée.

— Oui. Tu sais combien je considère la présentation de mes services comme devant être au minimum parfaite. Hier, en préparant un banquet, je me suis souvenu avoir échangé, lors de son dernier repas, le plat de notre reine avec celui d'Oun, parce que sa fleur décorative avait bien plus de tenue.

N'Mô prit une profonde inspiration, avant de conclure dans un sanglot :

» Je suis la main qui a servi la mort à Notre Vénérée Souveraine.

— Tu te tais maintenant, articula Kaïrale, à voix basse, et les mâchoires aussi serrées que ses doigts sur les avant-bras du cuisinier en larmes.

Les conséquences d'une telle révélation mettaient tous ses sens en éveil.

— Mais je dois…

— Non. Tu ne dois rien dire et surtout ne rien faire. Et je te préviens, la moindre rumeur sur ce que tu viens de me dire et tu es mort, toi aussi !

— Mais… mais pourquoi essaies-tu de me terroriser plus encore ? bredouilla N'Mô, en essuyant ses yeux avec son tablier.

— Je suis plus que jamais sincère N'Mô. Dis-moi, quelle est cette formule que tu rabâches à tous tes apprentis lorsqu'ils doivent présenter une réalisation personnelle durant un examen ?

— «Vous ne pourrez exceller qu'en manipulant ce que vous connaissez parfaitement». Mais quel est le rapport ?

— Voilà, lâcha Kaïrale, déjà la tête ailleurs.

Oun était, et a toujours été, la cible des assassins. Ce qui explique qu'il n'a pu réagir qu'au dernier moment lors des deux premiers attentats contre Sénéphy. Il ne pouvait rien prévoir, tout simplement parce qu'elle n'était pas visée. Oun a fini par le comprendre et a fui pour protéger sa vie. Se pourrait-il en effet que la mort de la reine ne soit que le résultat d'une basse vengeance, ou une tragique erreur de la part de Toa ? Cela ne ressemble pourtant pas aux manières du jeune soldat que j'ai connu, se dit-elle, dubitative.

Quoi qu'il en soit, l'Aourit aurait engendré l'assassin de sa reine et je comprends qu'il ne veuille pas que cela se sache, ironisa-t-elle.

Oh, Oun, qu'as-tu fait subir à l'Oeil de Rêve pour qu'il tienne autant à te voir mort ?

Les dunes d'un désert se dessinèrent tout à coup dans son l'esprit, et la jeune femme s'exclama :

— Les éléphants !

Le cuisinier resta bouche ouverte, l'air complètement ahuri.

— Je n'ai pas le temps de t'expliquer. Mais je t'en supplie, tiens ta langue, veux-tu ? lui conseilla-t-elle vivement, avant d'ajouter en l'embrassant sur le front :

— Fais attention à toi, mon ami.

Puis elle partit en courant.

Seul, le petit cuisinier ânonna, hébété :

— Toi aussi.

Kaïrale accélérait sa course pour retrouver Gel Ram qui l'attendait, et qui ne lui avait accordé qu'un court moment de liberté avec N'Mô. Mais au premier soldat aperçu au loin, elle reprit une démarche tranquille, alors que tout en elle bouillonnait.

Un entretien avec El Phâ était prévu pour le lendemain aux aurores, dans le jardin, loin des regards indiscrets. Kaïrale pourrait lui expliquer la fuite d'Oun, et lui réaffirmer qu'il n'avait pas à craindre pour sa vie.

La jeune femme devrait déposer un ordre de mission pour se rendre au-delà des frontières du désert afin de proposer un terrain neutre, propice à une rencontre avec l'Oeil de Rêve.

El Phâ ayant donné tout pouvoir à son nouveau Regard Clair, les formalités administratives n'en seraient que plus rapides si elle présentait sa requête en bonne et due forme dès maintenant.

Euphorique, Kaïrale en oublia tout à coup Gel Ram et partit en trombe en direction des bureaux militaires, espérant ainsi pouvoir quitter la capitale dans deux jours.

Sa fébrilité retomba dès que sa demande fut enregistrée, et elle se souvint de son rendez-vous manqué avec Gel Ram. Puisqu'il serait furieux contre elle, autant que cela en vaille la peine. Elle prit donc tout son temps pour faire une petite balade dans ses anciens quartiers.

Malgré tout, elle ne parvint pas à se défaire de son excitation à l'idée de découvrir l'adulte qu'était devenu Toa, et le fin mot de toute cette histoire.

Après avoir regardé sa vie se détricoter depuis les révélations d'Itouma, elle espérait que l'Oeil de Rêve allait lui permettre de retisser le fil de ses jours d'une façon cohérente et solide. Et si cet espoir rendait l'avenir un peu plus rassurant, il n'en demeurait pas moins effrayant car ses révélations risquaient de la mettre face à de nouveaux dangers. Kaïrale en avait presque le vertige, bien qu'elle réussisse à masquer admirablement son trouble sous une attitude faussement détendue.

Elle s'engageait dans le couloir desservant ses appartements, quand son attention fut attirée par une silhouette familière. Elle lui adressa un signe mais Tana ne la vit pas, tellement pressée qu'elle était de s'engouffrer chez Gel Ram sans même s'annoncer.

Kaïrale s'immobilisa, les bras ballants.

Ce serait vraiment dommage de les déranger, gloussa-t-elle intérieurement en se décidant finalement à regagner sa chambre.

Elle découvrit un pli sur la console de l'entrée. Persuadée qu'il provenait de son amie, elle se pressa de l'ouvrir en souriant. Mais le message avait été envoyé par Sahat. Il lui demandait de le rejoindre dans leur « antre préféré », au beau milieu de la nuit, mais ne précisait pas la raison de ce rendez-vous mystérieux.

— Décidément ! s'exclama-t-elle, amusée.

Plus par habitude que par prudence, Kaïrale brûla le billet dans une coupelle de cuivre. Puis, comme à chaque fois qu'elle se retrouvait en ces lieux, elle se laissa envahir par l'harmonie et la quiétude du décor.

La nuit était encore loin et son lit immense baignait dans une lumière voilée par des paravents en bois précieux, savamment ajourés. Cette couche de reine paraissait lui tendre les bras. Kaïrale ne résista pas au luxe d'une petite sieste, sieste qu'elle aurait certainement regrettée si elle avait pu avoir connaissance de l'étrange dialogue qui se tenait alors dans les appartements voisins.

Dame Tana tentait de se décharger d'une angoisse devenue insupportable :

— Je ne me serais jamais permise de vous déranger jusqu'ici si ce n'était pour un sujet de la plus haute importance, s'excusait-elle pour la troisième fois, la voix tremblante.

— Calmez-vous ma chère. Venez vous asseoir, et prenez le temps de vous remettre, lui proposa le Regard Clair, avec chaleur.

— Malheureusement, nous n'avons pas celui des civilités, gémit-elle. Kaïrale est en danger !

Gel Ram se crispa l'espace d'un instant.

— Je ne vous ferai pas l'affront de vous demander la source de vos informations, lâcha-t-il, contrarié.

— Et je vous en rends grâce, répondit avec précipitation Tana. Mais je suis certaine qu'elles sont à prendre au sérieux. J'ai appris que...

— Arrêtez Tana, l'interrompit Gel Ram, sans brusquerie pourtant. Je ne veux rien entendre et vous prie instamment d'oublier tout ce que vous croyez savoir. M'avez-vous compris ?

— Vous ne pourriez être plus clair, lui répondit-elle, perdue malgré tout.

Gel Ram la fixa intensément, puis lui enjoignit-il avec fermeté :

— Madame, bien que nous nous connaissions très peu, je dois exiger de vous une confiance absolue.

Comme les yeux de Tana s'écarquillaient d'effroi, il ajouta aussitôt :

» Regardez-moi, Tana. Regardez-moi ! Croyez-vous que je puisse sciemment choisir de faire souffrir Kaïrale ?

Tana faisait tout son possible pour essayer de saisir les subtilités qui se cachaient derrière la question du premier conseiller d'El Phâ, mais l'affolement la submergeait tant qu'elle ne parvenait plus à réfléchir.

Gel Ram insista, avec un calme d'autant plus inquiétant :

» Répondez-moi, Tana. Pensez-vous que je pourrais prendre plaisir à lui causer du tort, ou laisser qui que ce soit le faire sans intervenir ?

— Je... Je ne sais pas... Non, parvint-elle à bredouiller, paniquée.

— Très bien. Alors maintenant, écoutez-moi attentivement. Nous allons devenir les meilleurs amis du monde et, à l'avenir, plus jamais vous ne prononcerez le nom de Kaïrale. Et ceci, dans votre propre intérêt.

— Me menaceriez-vous ?

— Non, très chère. Notre connaissance commune vous a toujours tenue en haute estime, alors je ne doute pas un seul instant de votre loyauté. Sachez toutefois que le Premier Regard Clair d'El Phâ n'a ni le temps ni l'envie de jouer la partition des guerres d'influences. Aussi, si je devais m'assurer de votre silence, je ne prendrais pas la peine de vous prévenir. Je vous somme donc de me faire aveuglément confiance.

— Je n'ai guère le choix, n'est-ce pas ?

— Je le crains.

Tana parut se reprendre et, après un temps de réflexion, se lança :

— Je vais encore avoir l'audace de vous demander une faveur.

— Je vous écoute.

— Voulez-vous bien veiller sur le Tambour Sahat ?

Gel Ram crut que ses oreilles lui jouaient un mauvais tour. Il ne put masquer sa surprise :

— Le connaissez-vous ? s'enquit aussitôt Tana, à nouveau en proie à la panique.

— Je connais tous les Tambours de la Grande Maison, répondit avec aplomb le Regard Clair. Pour quelle raison cet homme mériterait-il une surveillance particulière de ma part ?

— Il s'est toujours beaucoup préoccupé de... de qui vous savez, prenant parfois des risques insensés pour elle. J'ai peur qu'il ne commette une énorme bêtise dès qu'il...

— Voyez-vous cela, laissa échapper Gel Ram.

— Je suis certaine qu'il entreprendra une folie s'il apprend qu'on...

— Ne vous inquiétez plus, je m'en occupe, coupa de nouveau Gel Ram en se levant.

Bien qu'il ait pris Tana par les épaules avec délicatesse pour la raccompagner, il lui précisa encore, avec gravité :

— J'espère que vous mesurez, maintenant, qu'il s'agit d'une affaire d'État. Votre entière discrétion devient aussi une condition indispensable à la garantie de vos lendemains paisibles, ma chère.

— J'entends bien, Regard Clair.

— Cette conversation n'a donc jamais eu lieu.

— Bien sûr, souffla la pauvre femme, dévastée.

— Souvenez-vous, notre amie est définitivement sortie de nos existences. Ne changez rien à vos habitudes et n'accordez aucune foi à ce que vous pourriez apprendre à son sujet.

— Je… Je m'y efforcerai, répondit Tana tristement, en passant une main nerveuse dans ses cheveux.

Elle le quitta tête basse, épuisée comme après une longue et mauvaise nuit.

Kaïrale, elle, dormait d'un sommeil d'enfant.

Chapitre 14

Sahat se figea dans la ruelle lorsqu'il aperçut un homme, le nez collé à sa fenêtre, qui tentait manifestement d'inspecter l'intérieur de sa maison.

Le muet fit prudemment quelques pas, mais se détendit dès qu'il reconnu la singulière écharpe de Gel Ram. Il rejoignit le Regard Clair à grandes enjambées, le salua d'un bref hochement de tête, et l'invita à entrer chez lui. Il ne prit pas le temps de se dévêtir et se dirigea d'emblée vers une pile de feuillets qui attendaient une relecture. Il saisit la première feuille de la pile qu'il tendit aussitôt à son visiteur, avant de requérir par signes l'autorisation de le publier.

En amoureux des langues, tout autant que par jeu, le petit Gel Ram avait appris très tôt le langage gestuel utilisé entre les Tambours de la Grande Maison. Ce soir là, il ne lui fallut que quelques secondes pour jeter un oeil sur le texte; le reconnaître, et répondre favorablement au muet en signant et sans la moindre hésitation. Après tout, si Sahat avait su, il y a des années, mettre des mots sur ceux d'un jeune homme éconduit, ils restaient la propriété du poète qui devait être libre de le publier s'il le souhaitait et quand bon lui semblerait. Quant au thème universel du dépit amoureux, qui oserait revendiquer son exclusivité ?

La question résolue, le naturel du Regard Clair reprit le dessus, et il se mit à réfléchir à la meilleure façon d'aborder le sujet de ses préoccupations, qui justifiait sa venue inhabituelle.

Une subtile tension s'installa dans la pièce et le visage de Sahat se crispa ; il n'était plus temps d'user de diversions.

— J'ai reçu la visite très instructive de la Dame Tana, cet après-midi, commença Gel Ram.

Mais Sahat n'eut aucune réaction particulière.

Agacé, Gel Ram poursuivit plus sèchement :

— Depuis quand prends-tu des risques inconsidérés pour Kaïrale ?

Le muet ne chercha nullement à se défiler et signa aussitôt :

— Depuis qu'elle en a fait de même pour moi, il y a longtemps.

— Penses-tu lui être redevable jusqu'à la fin de tes jours ?

— Tu ne peux pas comprendre.

— Tentons l'expérience.

Gel Ram fut surpris de voir Sahat se saisir d'une feuille vierge. À l'évidence, le muet entendait être précis. Et si cette intention aiguisa la curiosité du Regard Clair, elle le rendit plus nerveux encore.

— Kaïrale m'a disculpé quand que je n'étais encore qu'un Tambour inexpérimenté. J'étais suspecté de participer à un trafic de faux papiers, de laissez-passer, et j'en passe, écrivit Sahat.

— Comment t'es-tu mis dans un tel pétrin ?

— Un marchand a cité mon nom, alors qu'il se faisait contrôler en possession d'un grand nombre de bons qui nous sont d'ordinaire réservés, signa Sahat.

— Des bons ?

— Grâce à eux, nous sommes aussi pris totalement en charge hors de la capitale. Nous les utilisons pour payer les commerçants qui se font rembourser auprès des agents comptables d'El Phâ.

— Et pourquoi ton nom ?

— Espérant gagner un peu de temps, il a donné le premier qu'il se souvenait avoir entendu parmi les nôtres. Le chef de la police, mouillé jusqu'au cou et premier informé de cette arrestation, a chargé une novice de m'interroger. Il a dû penser que cela faciliterait une mise en accusation rapide. Mais ce fut une erreur, une énorme erreur.

— Il ignorait qu'il s'adressait au Ratel, ricana Gel Ram.

Sahat fronça les sourcils.

— Continue, lui enjoignit aussitôt le Regard Clair.

— Kaïrale a d'abord pris la peine d'apprendre les rudiments de nos signes.

— Je crois savoir que la plupart des Tambours les utilisent, non ?

— Bien sur. Mais elle a prétendu vouloir s'assurer que le traducteur désigné d'office lui rapporterait exactement mes propos durant nos entretiens.

— Cela a-t-il été le cas ?
— Oui.
— Pourquoi préciser qu'elle « a prétendu » ?
Le muet choisit alors d'écrire :
— Parce qu'elle avait surtout en tête de rôder dans la Grande Maison pour enquêter par elle-même. Le chef de la police, comme moi-même d'ailleurs, ignorions à l'époque qu'elle était la petite protégée d'Oun. (Puis, il reprit par signe :) Il n'est entré en scène que lorsqu'elle a reçu de sérieuses menaces anonymes. Le chef des Sentinelles a alors décidé que l'incrimination d'un Tambour Royal dans un délit, qu'il tenait pour très grave, nécessitait une procédure exemplaire. Il a donc exigé d'être informé du moindre développement de l'affaire afin de suivre l'instruction de très près. Je n'ai compris que bien plus tard combien sa vigilance n'avait rien à voir avec moi ni avec l'honneur de ma fonction, mais plutôt avec le travail et la sécurité de sa soldate préférée.

— Serais-tu en train d'insinuer que Kaïrale aurait risqué gros sans la protection déclarée d'Oun ?

—Si je te dis que le chef de la police n'a pas pu être jugé parce qu'il a été retrouvé raide mort dans son lit, la gorge broyée ?

— Diantre ! Tu étais effectivement dans de sales draps !

Sahat salua d'un pouce en l'air l'humour si particulier du Regard Clair, avant de reprendre :

— Malgré sa liberté d'action, cela reste un exploit que la jeune Kaïrale soit parvenue à faire toute la lumière sur cette affaire, surtout si l'on considère les pontes qui étaient impliqués et qu'elle a fait arrêter.

— À l'exception de ceux qui ont fait la peau au chef de la police, rectifia Gel Ram.

— Il y a toujours un rat plus malin pour trouver un trou dans la nasse. Quoi qu'il en soit, elle s'était engagée à me sortir de ce guêpier, et elle a tenu sa promesse.

— Avais-tu quelque chose à te reprocher ?

— Pas la moindre. Mais je n'aurais pas été le premier lampiste à payer pour un de ses supérieurs.

— Sans doute.

— Pourtant, je dois reconnaître qu'autant de zèle m'a d'abord paru suspect. J'étais certain que la pugnace Sentinelle allait me demander un service en retour, mais il n'en fut rien. Elle est revenue régulièrement dans ma ruche, et nous avons fini par devenir amis. Je n'ai pas pour autant résisté au plaisir de faire fonctionner mon petit réseau personnel et j'ai eu la confirmation qu'elle était reconnue comme incorruptible. Autrement dit, si cette Sentinelle n'adoptait pas au plus vite les codes et traditions de Niassamé, elle allait tôt ou tard s'attirer des ennuis, même parmi les siens. J'ai fait en sorte que cela n'arrive pas, dans la mesure de mes possibilités. Bien sûr, cela n'a plus été très utile dès lors que Sa Majesté a affiché au grand jour son intérêt pour elle.

— J'en déduis que tu m'as conseillé Rêemet dans le seul but de veiller sur elle. Et moi qui croyais que tu nous préservais d'un danger extérieur... fit mine de bougonner Gel Ram.

Il se saisit à nouveau du poème dont il avait autorisé la publication, et en relut les derniers vers avant de le reposer. Il reprit, beaucoup plus serein :

— Pourquoi ne m'as-tu jamais parlé d'elle ? Sollicité mon aide ?

— J'ai confiance en l'homme, mais pas suffisamment dans le Regard Clair, signa alors Sahat.

— Je peux le comprendre. Agissais-tu dans le cadre d'une de vos missions lorsque je t'ai surpris chez ce vieux porc de Nédaout ?

Sahat opina du chef.

» J'ai toujours détesté cet arrogant maître de rang.

— Il était pourri jusqu'à la moelle, griffonna Sahat, avec une grimace de dégoût.

— De quelle malversation le soupçonniez-vous ?

— Il rançonnait, voire exigeait des avantages en nature de certains membres du personnel servant au palais.

— Je vois. J'en conclus donc que le Ratel n'était pas étranger à l'état végétatif dans lequel il a été découvert. Tu as eu beaucoup de chance que ce soit moi qui t'ai surpris en train de fouiller dans ses papiers.

— Et je t'en serai toujours reconnaissant. J'estime te l'avoir prouvé en t'apportant les informations que tu désirais sur Kaïrale dès que tu as su qu'elle fréquentait ma ruche, non ?

— C'est vrai. Mais à cette époque, je pensais avoir exigé de toi un maximum de ruse et de talent pour les obtenir, ironisa Gel Ram, tout en montrant qu'il appréciait peu avoir été dupé.

— L'origine de notre relation n'a jamais fait l'objet d'une seule de tes questions, rétorqua par écrit le muet.

— Mouais... Et je suppose que Tana fait partie, elle aussi, de votre cellule de renseignement ?

Là encore, Sahat confirma les déductions de Gel Ram par un hochement de tête.

» Qui sont les autres ?

Le muet fit une moue. Il posa ses mains sur ses oreilles, avant de mimer sur sa bouche un geste de fermeture, puis d'y croiser ses doigts. Autrement dit, il l'ignorait, et même s'il l'avait su, il n'aurait été en aucun cas autorisé à le révéler.

— D'accord. Je ne te cacherai pas combien je regrette que tu ne m'aies pas averti que le simple fait de côtoyer Kaïrale pouvait s'avérer dangereux.

La désapprobation dans le regard dur du muet ne fit aucun doute.

» Je ne partage pas ton point de vue, railla le Regard Clair.

Sahat gribouilla encore quelques lignes d'une main nerveuse, auxquelles Gel Ram répondit :

— Que je me montre un peu plus rationnel ? Soit, je veux bien admettre avoir pu être impressionné par quelques tours de passe-passe. Il n'en demeure pas moins que notre amie est loin d'être saine d'esprit. Et à cause de ses présumées capacités extraordinaires, nous allons devoir nous soumettre à l'impensable... L'Aourit a décidé que c'était pour ce soir.

Gel Ram respira à pleins poumons puis expira.

— Nos vies vont être irrémédiablement bouleversées. Es-tu vraiment prêt à assumer un tel acte ?

Sahat répondit par l'affirmative avec un autre mouvement vif de la tête, sans ciller.

Gel Ram reprit :

— Je puis t'assurer que j'ai examiné tous les moyens possibles et imaginables, et j'aboutis toujours à la même conclusion : nous ne pouvions agir autrement. Sans compter que les ordres émanent directement du roi. Cependant... je ne suis pas parvenu à trancher si nous devions, ou non, une explication à Kaïrale avant que tu ne... Je te laisse décider.

Le muet leva le menton, signe qu'il attendait maintenant ses instructions, ce qui aida Gel Ram à poursuivre :

— Il est prévu que la lame du roi se rende directement ici, et c'est donc ici que tu feras ce dont nous avons douloureusement convenu. Il faudra tout de suite après enterrer le corps sous les sycomores des jardins royaux. Tiens, tu verseras le contenu de cette fiole sur son visage afin qu'il devienne méconnaissable... oui, je sais, je te demande beaucoup, mais nous devons être prudents, au cas où son cadavre serait découvert trop tôt. Tu déposeras aussi ceci entre ses mains, finit le Regard Clair, en tendant un feuillet décacheté. Je comprendrais si tu ressentais le besoin de quitter la cité après cette nuit, mais il serait plus judicieux d'attendre quelque temps. La disparition de Kaïrale ne passera pas longtemps inaperçue et ton absence risquerait de te désigner immédiatement comme responsable. Je voudrais m'éviter les affres de la culpabilité en voyant s'effacer définitivement de ma vie, coup sur coup, deux êtres qui y tiennent une place particulière.

Gel Ram ressentit la nécessité de faire une nouvelle pause avant de donner ses dernières précisions.

— Je ferai en sorte qu'on retrouve la dépouille en temps voulu et l'identifierai moi-même. Je ne doute pas du bon déroulement de notre plan mon ami, mais j'ignore si ta conscience saura s'accommoder d'un tel crime.

L'expression figée du Tambour le laissa penser que Sahat n'avait aucun état d'âme.

— J'espère que tu as raison, conclut Gel Ram.

Chapitre 15

Les Tambours de la Grande Maison rythmaient la nuit depuis un long moment lorsque Kaïrale pénétra chez son ami. La jeune femme s'amusa à le voir s'empresser de tirer le rideau dès son arrivée.

— Craindrais-tu une visite inopinée ? gloussa-t-elle, enjouée.

Mais absorbé dans ses pensées, son interlocuteur ne goûta pas à la plaisanterie.

Je pourrais lui révéler combien ce signal n'évoquera plus jamais rien de torride en moi. Mais je sais qu'à l'instant où je commencerai à parler, je verrai l'horreur dans ses yeux, et je ne pourrai plus m'exécuter. Je suis sûr qu'elle n'aura nul besoin de chercher ses mots pour m'en dissuader, et nous serons alors tous perdus par ma faute.

Il ne faisait aucun effort pour lire les propos de Kaïrale sur ses lèvres. Il ne faisait que la contempler, tout entière, belle, et si pleine de vie.

Sahat hurlait comme jamais dans sa solitude, et personne ne l'entendait.

Lorsque Kaïrale se planta devant lui, il fut bien obligé de fixer sa bouche.

— Je suppose que je t'ennuie et que je suis la plus sinistre de toutes tes amies. Mais sache que sans toi et ce refuge, je serais devenue folle depuis longtemps.

Elle prit le visage du muet entre ses mains pour l'embrasser sans lui laisser le temps d'une réponse. Elle se détourna rapidement et ne remarqua pas le geste esquissé qu'eut Sahat pour la retenir. Elle s'écriait déjà :

— Hé ! Mais que vois-je ? Tu vas enfin proposer ton recueil de poèmes à la cour ?

Spontanément, elle saisit le premier feuillet de la pile, celui que Gel Râm avait lu un peu plus tôt, et ses vers résonnèrent étrangement en elle sans qu'elle ne sache pourquoi :
> *Aux heures du grand soleil où, las, j'agonise,*
> *Le ventre du sycomore m'a offert son assise.*
> *Porté contre l'écorce, une ombre de fraîcheur,*
> *Le froissé du feuillage m'écrase en douceur.*
> *Nos unions clandestines...*

» J'ai la curieuse sensation d'avoir déjà entendu ces...

Quelqu'un fit brutalement irruption dans la pièce en adressant un» finissons-en» à Sahat, qui n'eut aucune réaction.

Kaïrale, elle, avait sursauté et laissé échapper le texte qu'elle tenait entre ses mains. Son instinct de Sentinelle la submergea tant elle ressentit que sa fin était proche, tandis que son cœur se glaçait. Elle ne put contenir ses larmes lorsqu'en regardant son ami, elle le revit dans la ruche, prenant son poing pour le recouvrir de son autre main.

Le crocodile du grand fleuve, pensa-t-elle.

Sahat avait songé mille fois à ce moment précis, à ce qu'il avait à faire, il savait qu'il devait agir vite. Mais bien qu'il se soit résigné à passer à l'acte, l'idée de se voir commettre ce geste funeste lui demeurait insupportable, aussi éteignit-il la seule source de lumière de la chambre.

Au dehors, aucun des rares passants n'aurait pu deviner quel ballet se dansait derrière le petit rideau rouge. Personne n'entendit l'horrible craquement d'une nuque brisée entre deux battements de tambour, pas plus que le bruit sourd d'un corps sans vie s'échouant sur le sol. Nul ne vit l'ombre du puissant muet charger sur son épaule tout le poids qui pèserait sur ses prochaines années.

Il sortit sans attendre, pour s'enfoncer dans la nuit, suivi de près par une silhouette humaine fantomatique. Le spectre accompagnant Sahat encore quelques pas s'évapora dans l'obscurité d'une sombre ruelle.

Le muet ne revint sur les lieux de son forfait qu'après plusieurs heures passées dans sa ruche à boire jusqu'à plus soif. Il s'assit dans un coin et, bien qu'il fut dans la pénombre, commença à écrire :

J'étais le cœur qui apaisait la dernière Sentinelle, l'unique, celui sur lequel elle s'endormait.

Mais en ce jour, désormais, ne battra plus que celui d'un assassin. Par amour, et à jamais, ...

Épilogue

Les cuisines royales avaient résonné toute la soirée de rumeurs contradictoires à propos d'un complot visant à assassiner le Second Regard Clair d'El Phâ.

D'abord incrédule, N'Mô avait parcouru le palais dans tous les sens. On lui avait plusieurs fois confirmé la présence de Kaïrale en fin d'après-midi, mais personne ne l'avait croisée depuis. Le seul fait qu'il n'y ait aucune ébullition dans ce petit monde de cour si friand de scandales, que tout fut si calme, lui fit craindre le pire. Mais il n'était pas du genre à baisser les bras dès qu'une sauce sentait le roussi, et il poursuivit sans relâche ses investigations. Il se rendit dans tous les endroits habituellement fréquentés par la jeune femme, et plus il échouait dans ses recherches, plus il refusait d'accepter l'évidence. Mais elle lui devint incontournable lorsqu'il perdit définitivement la trace de Kaïrale dans le quartier qu'habitait Sahat.

Anéanti, N'Mô pleura longtemps en errant dans la cité. Quand, épuisé, il se trouva à cours de larmes, il décida, désespéré et la rage au coeur, de partir sur le champ loin de Niassamé. Il embarquerait avec le premier équipage qui se présenterait, convaincu qu'aucun capitaine ne refuserait un bon cuisinier.

Il allait arpenter le quai à la recherche d'un bateau prêt à quitter le port, lorsqu'une silhouette s'avança vers lui sans quitter le couvert de l'obscurité. N'Mô s'affola à l'idée d'être rançonné car il n'aurait rien à remettre au voyou et craignait pour sa vie, mais l'inconnu s'arrêta à quelques pas de lui.

— N'Mô ? demanda-t-on avec surprise.

Le petit homme fondit sur la forme soigneusement encapuchonnée, et la serra dans ses bras comme un forcené en criant :

— Kaïrale ! J'ai eu si peur !

— Chuuuut... Et tu m'étouffes, lui souffla-t-elle.

— C'est que je pleure ta mort depuis... réussit-il à sangloter. Pourquoi tout le palais te croit-il morte ?

— Parce qu'il le faut, mon ami, répondit-elle gravement. Parce que Sahat m'a sauvée la vie en choisissant d'éliminer celui qui devait prendre la mienne, et je sais que ce choix le hantera à jamais. Mon pauvre poète se détestera d'avoir été contraint de le supprimer de sang froid, et à mains nues. Mais toi, que fais-tu ici à cette heure ?

— Je ne me voyais pas rester au service d'assassins. D'abord Notre Vénérée Sénéphy, ensuite toi, je ne pouvais m'y résoudre, pleurnicha le petit cuisinier. J'espérais prendre le premier bateau en partance.

— Le destin fait parfois bien les choses, j'en ai un à ma disposition.

— Dois-tu fuir le pays pour toujours ?

— Je le crains.

— Dois-je comprendre que ceux qui sont à tes trousses agissent pour le compte de gens bien placés ?

— L'Aourit, El Phâ, ou même les deux, cela n'a plus d'importance maintenant. Les jeux sont faits ! acheva la jeune femme avec fatalité.

— Alors, qu'attendons-nous ?

— Gel Ram, répondit laconiquement Kaïrale.

N'Mô reconnut l'allure du Premier Regard Clair qui s'approchait discrètement, et choisit, après l'avoir salué, de se tenir un peu plus loin, avec modestie.

— N'Mô m'accompagnera, annonça tout de suite Kaïrale.

— C'est une bonne chose que... que tu ne sois pas seule, bredouilla le conseiller du roi. Je suis sincèrement navré qu'il ait fallu en venir à de telles extrémités.

— En bon Regard Clair, n'oublie pas de répéter très souvent à ton roi de bien surveiller ses arrières.

— Ne commence pas, d'autant que tu lui dois la vie, Kaïrale. Crois-tu vraiment que j'aurais pu te sauver sans sa bénédiction ? Je te certifie qu'El Phâ ne supporte pas l'idée qu'il t'arrive du mal. J'ignore pourquoi, mais il semble tenir beaucoup à toi.

— Ne te méprend pas, Regard Clair. Sa Majesté possède une âme aussi noire que son ébène. Il a surtout peur des conséquences qu'entraînerait l'ordre, donné en personne, de supprimer le Ratel, gronda la jeune femme.

— Peut-être bien, mais après tout, qu'importe. Tu es vivante et c'est tout ce qui compte, non ?

— Et toi ? Quels sont les motifs qui justifient que le Regard Clair se mette en danger pour son insignifiant second ?

— J'ai toujours agi en fonction de ce qui me semblait juste.

— Que vont devenir les miens sans ma rente ? ajouta Kaïrale, après un court silence.

— Je ne puis rien pour eux. Tu es censée être morte, et moi, ignorant sur les circonstances de ta disparition.

— Je vois…

Gel Ram tendit un paquet à la jeune femme, en lui précisant :

— Tu y trouveras, entre autres, une liste de personnes de confiance ainsi que de lieux où tu seras en sécurité. Je te laisse le choix de ta nouvelle identité, mais évite toute activité qui serait en lien, de près ou de loin, avec l'armée. Et oublie Toa. Malgré les apparences, tu es libre maintenant.

— Souhaites-tu aussi que je tombe amoureuse et que je marie ? ricana Kaïrale

— Sois prudente, se contenta de recommander tristement Gel Ram.

— Vais-je te manquer ? Ne serait-ce qu'un petit peu ? osa-t-elle, sans ironie.

— Je ne crois pas. Je suis trop impatient de retrouver des jours studieux, calmes, et sereins, lui répondit-il, avec tout autant de sérieux.

— Tu ne te livreras donc jamais, n'est-ce pas ?

Gel Ram soutint sans faillir le regard appuyé de la jeune femme.

Elle s'approcha pour l'étreindre, le front contre son cou. Et bien qu'il restât de marbre, Kaïrale lui confia avec émotion :

— Si tu m'autorisais à coller ma joue contre les remparts dressés tout autour de ton cœur, je lui murmurerais combien ma petite larme de Massou va me manquer.

Le Regard Clair se crispa et l'écarta de lui.

— Adieu, Kaïrale. Je dois retourner au palais avant qu'on ne s'étonne de mon absence.

— Bien sûr... dit-elle doucement, avant de se détourner et de s'adresser à N'Mô.
— Prêt ?
— Prêt, répondit décidé, le petit cuisinier.

Kaïrale prit sur elle de ne pas regarder le Regard Clair s'éloigner et entraîna N'Mô à l'écart des quais, là où, sur une grève dissimulée par les hautes herbes, se cachait une petite embarcation couverte et richement ornée.

Devant l'air étonné de son ami, Kaïrale se limita à un :
— Tana.
» Non, ne détache pas l'amarre, commanda-t-elle. Il serait beaucoup trop dangereux de naviguer en pleine nuit. Nous partirons dès les premières lueurs de l'aube.

Ils embarquèrent, et ce n'est qu'une fois confortablement installé sur sa couche que le petit cuisinier se renseigna sur leur destination, par simple curiosité.

Kaïrale lui répondit alors d'une voix étrange, et sur un ton qu'il ne lui connaissait pas :
— As-tu déjà entendu parler du Territoire des Mains Rouges, mon bon N'Mô ?